Der Kuss der Ewigen Nacht

Helena Vogler

Published by Helena Vogler, 2024.

This is a work of fiction. Similarities to real people, places, or events are entirely coincidental.

DER KUSS DER EWIGEN NACHT

First edition. November 6, 2024.

Copyright © 2024 Helena Vogler.

ISBN: 979-8227255037

Written by Helena Vogler.

Inhaltsverzeichnis

Prolog 1
Kapitel 1 9
Kapitel 2 25
Kapitel 3 37
Kapitel 4 51
Kapitel 5 61
Kapitel 6 71
Kapitel 7 81
Kapitel 8 91
Kapitel 9 103
Kapitel 10 113
Kapitel 11 123
Kapitel 12 133
Kapitel 13 143
Kapitel 14 153
Kapitel 15 163
Kapitel 16 171
Kapitel 17 177
Kapitel 18 183
Kapitel 19 195
Kapitel 20 207
Epilog 217

Prolog

Die alten, eisernen Tore knarrten in einem gedämpften Echo, als Lilly sie durchschritt, und eine kühle Brise fuhr über das Schulgelände, die ihr eine Gänsehaut über den Rücken jagte. Das riesige gotische Schloss, das vor ihr wie aus der Dunkelheit herausgewachsen zu sein schien, wirkte in der kalten Mondbeleuchtung beinahe lebendig. Türme ragten scharf gegen den sternenlosen Himmel auf, die Schatten tanzten wie Gestalten aus einem längst vergessenen Albtraum über die grauen Steinwände.

„So. Das ist also die 'Elite-Schule' meiner Träume," murmelte sie mit einem sarkastischen Grinsen. „Man merkt, hier wird das Thema „Schule mit besonderem Schwerpunkt" ernst genommen."

Sie trat vorsichtig ein paar Schritte weiter, ihre Hand umklammerte den Griff ihres Koffers wie einen Anker. Rundherum war es still – eine unnatürliche Stille, die selbst die Nacht verschluckt zu haben schien. Kein Windhauch, kein Rascheln, nur die schwache Erinnerung an einen Hall, als ob die Steine selbst ein eigenes Flüstern besäßen.

Sie zwang sich, nicht zurückzuweichen. Ihre Mutter hatte natürlich wieder übertrieben, als sie sie gewarnt hatte: „Bleib bei dir, Lilly, und fall nicht auf alles herein, was du hier siehst." Wenn es nach ihrer Mutter ginge, würde sie das ganze Jahr über in ihrem Zimmer eingesperrt sitzen und... vermutlich Stricken lernen.

Ein dumpfer Knall ließ Lilly erstarren. Der Ton kam von irgendwo weiter vorne, hinter einem der ältesten Flügel des Schlosses. Sie starrte angestrengt in die Dunkelheit, suchte nach einem Grund, eine Erklärung, irgendeinem Schild mit der Aufschrift „Willkommen, Lilly,

HELENA VOGLER

bitte hier entlang, und keine Sorge, das war nur das Wasserrohr." Aber da war nichts, außer einem immer dichter werdenden Nebel, der jetzt schwer wie ein Mantel über dem Eingang lag. Das Schloss ließ sich Zeit, sie zu begrüßen, als wolle es ihren Mut testen, oder vielleicht... sie ganz verschlucken.

„Also gut, Lilly, du schaffst das. Das hier ist nur... eine Schule, genau wie jede andere. Mit etwas mehr Spinnweben und einem besonderen Angebot für Nachtschwärmer." Sie grinste über ihren eigenen Witz, auch wenn ihr das Herz schneller schlug.

Ein Schritt nach dem anderen. Die Kofferrollen quietschten über den schmalen Kiesweg, der zum Hauptor führte. Die Schatten der Gargoyles – oder waren das Statuen von verstorbenen Schulleitern? – wirkten, als würden sie ihr mit toten Augen folgen, aber das lag sicher nur an der Fantasie. Lilly nahm sich zusammen und holte tief Luft, als sie die riesige Eingangstür erreichte. „Hier fängt's also an."

Die Tür öffnete sich mit einem langsamen, bedrohlichen Knarren. Dahinter erstreckte sich ein Vorraum, der von alten Kerzenleuchtern schwach beleuchtet wurde, die in hohen Messinghaltern wie zum Spott brannten. Ihre flackernden Schatten tauchten die Wände in ein gespenstisches Lichtspiel aus Schwarz und Ocker. Ein kaltes, feuchtes Kribbeln ergriff ihre Nackenhaare, und Lilly konnte nicht widerstehen, einen Blick über die Schulter zu werfen. Nichts. Nur diese beklemmende Stille, die wie ein alter Fluch über den Steinen lag.

Sie spürte einen Anflug von Panik, doch zugleich eine seltsame Neugierde. Das war schließlich der Moment, auf den sie sich gefreut hatte, oder? Etwas völlig Anderes, etwas, das sich nicht in Bücher oder Regeln zwängen ließ – und doch fühlte es sich an, als wartete hier etwas, das ihr Leben auf eine Weise beeinflussen würde, die sie nicht einmal ahnte.

Mit diesem Gedanke setzte sie entschlossen den Fuß über die Schwelle des Schlosses. Eine Ahnung, dass sie ab diesem Punkt nicht mehr zurückkönnte, begann sich in ihrem Magen zu verankern. Doch

DER KUSS DER EWIGEN NACHT

bevor sie weiter über diesen seltsamen Gedanken nachdenken konnte, vernahm sie ein leises Flüstern, kaum mehr als ein Raunen in der Luft.

„... mutig, wenn auch etwas leichtsinnig," hörte sie ein tiefes Lachen, und das Echo schien von den Wänden zurückzuschallen, bis es ganz leise in der Dunkelheit versank.

Lillys Augen weiteten sich, und ihre Hand fuhr instinktiv an ihre Brust. „Wer...?"

Doch die Halle blieb still, und das Flüstern war verschwunden, als hätte es nie existiert. Nur die Schatten über ihr in den verworrenen Ecken der Decke schienen sich in einem unheimlichen Tanz zu bewegen, während sie in das schummrige Licht der Kerzen schaute, die die wenigen Farben, die das Schloss vielleicht irgendwann einmal besessen hatte, zu verschlucken schienen.

Ein tiefer Atemzug, und sie bewegte sich vorwärts. Sie spürte, wie sich ihre Schritte im riesigen, hallenden Raum verloren und dass jede Bewegung sie tiefer in das dunkle Herz dieses Ortes zog.

„Na gut," murmelte sie schließlich entschlossen, „wenn das hier meine neue Schule ist, dann soll sie mich auch ordentlich willkommen heißen."

Einige Schritte weiter wurde ihr Blick auf eine weitere Tür gelenkt, an der sie für einen Moment innehielt. Lilly hatte plötzlich das Gefühl, dass dort – hinter dieser Tür – etwas oder... jemand auf sie wartete.

LILLY DRÜCKTE DIE TÜR vorsichtig auf und trat in einen weiteren Raum, noch düsterer und kälter als die Eingangshalle. Dunkle Holzwände, deren Ornamentik wie riesige Spinnweben wirkte, schimmerten im Kerzenlicht, und schwere Vorhänge verwehrten dem Mondschein den Zutritt. Auf einem erhöhten Pult am anderen Ende des Raumes entdeckte sie eine Gestalt, die sie schweigend, beinahe regungslos beobachtete. Der Mann stand im Schatten, und nur die

HELENA VOGLER

scharfen Konturen seines Gesichts und die kühle Gelassenheit seiner Haltung waren zu erkennen.

„Willkommen, Fräulein Kästner." Die Stimme war tief, ruhig und von einer unheimlichen Klarheit – fast so, als käme sie nicht von ihm, sondern von irgendwo weiter entfernt, aus einer anderen Dimension, die sich von der Realität losgelöst hatte.

Lilly schluckte und nickte, unsicher, was sie darauf erwidern sollte.

„Danke," brachte sie schließlich hervor, dabei unwillkürlich an ihre Mutter denkend, die in dem Moment sicher wieder gesagt hätte: „Manchmal ist Schweigen die beste Antwort."

Der Mann im Schatten trat langsam näher und entblößte ein Gesicht, das so streng und markant war, dass es glatt in einer gotischen Kirche hätte gemeißelt sein können. Hohe Wangenknochen, dunkle Augen und ein Lächeln, das mehr Drohung als Freundlichkeit auszudrücken schien. Seine schwarzen Augen glitzerten wie kalte Steine im Licht der flackernden Kerzen. „Ich bin Dr. Stein, der Direktor dieser Anstalt," erklärte er, und sein Lächeln wurde noch ein wenig schärfer. „Wie ich sehe, sind Sie unbeeindruckt von der... etwas speziellen Atmosphäre unserer Schule."

„Oh, unbeeindruckt ist wohl der falsche Begriff," entgegnete Lilly leichthin und zwang sich zu einem Lächeln, das ihrer Unsicherheit zumindest ein wenig zu trotzen versuchte. „Beeindruckt – aber mehr so im Sinne von, ähm, 'was zur Hölle habe ich mir nur dabei gedacht?'"

Dr. Stein nickte nachsichtig, als hätte er solche Fragen schon oft gehört. „Der Ort hier ist ungewöhnlich. Doch so, wie die Menschen, die ihn bewohnen, verdient er Respekt und ein gewisses Maß an... Vorsicht."

Bei diesen Worten merkte Lilly, wie sich eine Schwere auf ihre Schultern legte, als wäre die Luft im Raum plötzlich dichter, die Stille drückender. Was war es, das hier so anders war? War das wirklich nur eine normale Schule mit übertriebenem Hang zur Gothic-Ästhetik,

DER KUSS DER EWIGEN NACHT

oder verbarg sich hinter diesen Mauern noch etwas, das sie sich lieber gar nicht vorstellen wollte?

Dr. Stein trat noch einen Schritt näher, und sein Blick fixierte sie so scharf, dass Lilly beinahe fröstelte. „Bevor Sie Ihren Aufenthalt bei uns beginnen, gibt es einige Regeln, die Sie sich besser gut merken sollten, Fräulein Kästner."

„Regeln?" wiederholte sie skeptisch und versuchte, ihren angespannten Nacken zu entspannen. „Ist das hier so eine Art Internat oder eher... ein Hochsicherheitsgefängnis?" Ihr Versuch, witzig zu sein, klang im Raum fast provozierend und prallte an Dr. Steins ernster Miene ab.

„Ein Internat mit sehr... speziellen Richtlinien," entgegnete er kühl und ließ seine Stimme leicht sinken. „Hier sind einige Dinge, die man besser akzeptiert, als sie zu hinterfragen. Beispielsweise... die absolute Ausgangssperre ab Mitternacht."

„Ah ja, natürlich," murmelte Lilly und hob eine Augenbraue. „Das heißt, sobald es Mitternacht ist, sollen wir... uns in unseren Särgen verstecken?"

Ein unergründliches Lächeln spielte um Dr. Steins Lippen, und für einen winzigen Moment blitzte etwas in seinen Augen auf, das ihre innere Unruhe nur verstärkte. „Ich bin sicher, Sie werden die Regeln bald schätzen lernen, Fräulein Kästner. Sie sind zu Ihrem eigenen Schutz."

„Zu meinem Schutz?" Lilly spürte, wie ihre eigene Neugier ihre Vorsicht zu überholen begann. Was genau meinte er damit? Doch sie hielt sich zurück und zwang sich, nur stumm zu nicken. So war das also hier – eine Schule voller Regeln, voller Geheimnisse und vermutlich einer Menge ungeschriebener Gesetze, die für Neulinge wie sie nur schwer zu begreifen waren.

Dr. Stein legte den Kopf leicht schief, als könnte er ihre Gedanken lesen. „Was auch immer Sie über unsere Schule gehört haben mögen," sagte er schließlich leise, „ich kann Ihnen versichern, die Realität ist...

anders. Vielleicht sollten Sie in der kommenden Zeit Ihre Augen und Ohren offenhalten und vor allem ... sich daran gewöhnen, dass nicht alles ist, wie es scheint."

Er hielt einen Moment inne, und seine Augen verengten sich leicht. „Ein letzter Ratschlag: Achten Sie darauf, wem Sie hier vertrauen. In einem Ort wie diesem ist Vertrauen ... ein Luxus."

Ein leises Lächeln umspielte Lillys Lippen, doch sie hielt seinen Blick fest. „Ich habe noch nie daran geglaubt, dass Vertrauen etwas für Anfänger ist, Dr. Stein."

Er neigte kaum merklich den Kopf, als würde er das respektieren. „Gut. Dann wünsche ich Ihnen eine angenehme Nacht, Fräulein Kästner. Morgen wird Ihr neuer Alltag beginnen."

Lilly fühlte, wie ihr Herz plötzlich schneller schlug, als Dr. Stein sich mit einem letzten, durchdringenden Blick abwandte und auf leisen Sohlen im Schatten des Raumes verschwand. Sekundenlang blieb sie stehen, und es fühlte sich an, als wäre der Raum mit ihm lebendig geworden, als hätte der dunkle Stein selbst sie beobachtet und geprüft.

„Ja, angenehme Nacht," murmelte sie leise in den leeren Raum und schaute in die Dunkelheit, in die der Schulleiter verschwunden war. „Falls ich überhaupt schlafen kann, nachdem ich den gruseligsten Direktor der Welt getroffen habe."

Doch noch während sie dies sagte, überkam sie ein seltsames Gefühl, ein Kribbeln auf der Haut, als würde sie jemand – oder etwas – beobachten. Sie schüttelte den Kopf, sich selbst versichernd, dass es nur die Anspannung und die Müdigkeit waren, doch die Kälte blieb.

Sie hob den Koffer auf und verließ den Raum, ihre Schritte hallten in der stillen, leeren Eingangshalle wider. Mit einer Mischung aus Neugierde und Beklemmung versuchte sie, die wenigen Worte, die Dr. Stein ihr mitgegeben hatte, zu verarbeiten. „Vertrauen ist ein Luxus". Eine Warnung, oder? Oder doch eher eine Drohung?

Ihre Gedanken waren ein wirres Durcheinander, als sie den schmalen Flur entlangging, der zu den Wohnräumen führte. Im Kopf

DER KUSS DER EWIGEN NACHT

hallten noch immer Dr. Steins Worte wider, wie ein Echo, das sich in den dunklen Ecken des Schlosses verloren hatte.

Morgen würde ihr neues Leben an der Schule „Ewige Nacht" beginnen.

Kapitel 1

Lilly schob ihre Zimmertür auf und blieb kurz stehen, um den Raum zu betrachten, der nun offiziell ihr neues Zuhause sein würde. „Naja, wenigstens gibt es Fenster," murmelte sie leise und blickte auf die massiven, altmodischen Vorhänge aus samtigem Stoff, die so schwer waren, dass sie wohl selbst den hellsten Sonnenstrahl verschlucken würden. Der Raum war groß, fast schon majestätisch, mit dunklen Holzmöbeln und einem schweren Teppich, der sanft unter ihren Füßen nachgab. Wenn es hier spuken sollte, dann definitiv in einem Stil, der für die Oberschicht entworfen war.

„Oh, du bist also meine neue Mitbewohnerin!" Eine warme, helle Stimme ertönte vom anderen Ende des Raumes, und Lilly drehte sich schnell um. Ein Mädchen stand dort, ihr breites Lächeln fast so strahlend wie das nicht vorhandene Sonnenlicht. Sie hatte leuchtend blonde Locken und große, grüne Augen, die beinahe hypnotisch funkelten. „Ich bin Sofia."

„Lilly," erwiderte Lilly und erwiderte das Lächeln etwas schüchtern. „Freut mich."

Sofia trat näher und betrachtete Lilly interessiert, wobei ihr Blick voller Neugierde war. „Die Freude ist ganz auf meiner Seite. Und wie fühlst du dich? Nervös? Verängstigt? Bereit, jederzeit schreiend davon zu rennen?"

„Eine Mischung aus allem, um ehrlich zu sein," antwortete Lilly mit einem trockenen Lächeln. „Aber hey, solange ich hier keine Geister oder riesigen Fledermäuse begegne, komme ich schon zurecht."

Sofias Lächeln wurde breiter, und sie legte den Kopf leicht schräg. „Geister und Fledermäuse? Hm, ich kann dir nichts versprechen. Es gibt hier so einige... interessante Persönlichkeiten."

Lilly zog eine Augenbraue hoch und musterte Sofia nun genauer. Da war etwas Ungewöhnliches an ihr – eine Art von Selbstsicherheit, die sie bei anderen Mädchen ihres Alters selten gesehen hatte. Es war, als ob Sofia mehr wusste, als sie jemals preisgeben würde, und gleichzeitig unglaublich amüsiert darüber war.

„Interessante Persönlichkeiten, hm?" wiederholte Lilly und ließ sich auf das Bett fallen. Die Matratze war erstaunlich bequem, zumindest besser, als sie für eine alte Schule wie diese erwartet hatte. „Dann hoffe ich, dass ich im Notfall wenigstens gute Fluchtwege finde."

„Ach, Flucht ist hier doch gar nicht nötig," erwiderte Sofia und lachte leicht. „Die meisten hier sind... freundlich, auf ihre ganz eigene Art. Du wirst schon sehen."

Ihre Augen funkelten geheimnisvoll, als sie auf Lilly hinunterschaute. „Also, Lilly, erzähl mir ein wenig von dir. Warum bist du hier? Außer natürlich wegen der herrlichen Aussicht und der überaus praktischen Lage mitten im Nirgendwo."

Lilly musste unwillkürlich lachen. „Warum ich hier bin? Das frage ich mich auch noch. Meine Mutter dachte, das hier wäre ein guter Ort, um 'etwas Struktur' in mein Leben zu bringen." Sie setzte eine theatralische Stimme auf und ahmte ihre Mutter nach. ,Eine Schule mit Geschichte und strengen Regeln – das wird dir guttun, Lilly.'"

Sofia kicherte. „Oh, die strengen Regeln wirst du hier schnell zu schätzen lernen, glaube mir. Die gibt es hier zur Genüge. Vor allem..." Sie hielt kurz inne, als wollte sie etwas sagen, schüttelte dann aber den Kopf. „Ach, du wirst alles bald selbst sehen. Die Ewige Nacht ist ein Ort, der seine Geheimnisse nur nach und nach preisgibt."

„Na, das klingt ja... beruhigend." Lilly ließ sich auf das Bett zurückfallen und starrte an die dunklen Balken an der Decke. „Also,

DER KUSS DER EWIGEN NACHT

was für Regeln? Muss ich jeden Abend um Punkt neun meine Zähne putzen oder sowas?"

Sofia lachte und setzte sich ebenfalls auf ihr Bett, das dem von Lilly gegenüberstand. „Oh, nein. Um Zähneputzen machen sie sich hier sicher keine Sorgen. Aber... sagen wir, dass es gewisse... nächtliche Ausgangsbeschränkungen gibt."

„Ausgangsbeschränkungen? Wirklich?" Lilly setzte sich wieder auf und musterte Sofia neugierig. „Wie soll das denn bitte funktionieren? Sperren sie die Türen zu?"

„Sagen wir mal so," Sofia lächelte verschwörerisch, „es gibt hier... bestimmte Vorkehrungen. Der Grund dafür... nun, das wird dir sicher bald klarer werden. Ich würde es nicht sofort als 'Gefängnis' bezeichnen – aber wenn man nicht weiß, wie man sich benimmt, könnte man diesen Eindruck bekommen."

„Oh, perfekt," erwiderte Lilly ironisch. „Also kann ich schon mal davon ausgehen, dass mein erster Schultag morgen genauso aufregend wie gruselig wird."

Sofia kicherte und nahm ihre Bettdecke hoch, während sie eine besonders neugierige Haarsträhne über die Schulter warf. „Definitiv. Oh, und übrigens – keine Sorge, falls es heute Nacht etwas... lauter wird."

„Laute Nächte?" Lilly zog fragend die Augenbrauen hoch. „Was genau meinst du damit?"

„Ach, du weißt schon," Sofia zuckte mit den Schultern, und ihr Gesichtsausdruck war so unschuldig, dass es schon verdächtig war. „Ein altes Gebäude wie dieses – manchmal macht es Geräusche. Manche finden es unheimlich, aber ich? Ich finde es... fast beruhigend. Die Wände erzählen Geschichten, wenn man genau hinhört."

„Das hört sich an, als hättest du ein ganzes Jahr lang Geistergeschichten geschrieben." Lilly lachte, aber die Neugier ließ sie nicht los. Was meinte Sofia wirklich?

HELENA VOGLER

„Sagen wir, dass die Ewige Nacht ihre ganz eigenen Regeln hat." Sofia blickte sie durchdringend an, und plötzlich war der Raum wieder von dieser eigentümlichen Stille erfüllt. „Und wenn du diese Regeln nicht verstehst, könnten sie... unangenehme Überraschungen mit sich bringen."

Lilly fühlte sich, als wäre ein Eiswürfel ihren Rücken hinabgerutscht. Sofia hatte zwar gelächelt, aber etwas in ihrem Blick hatte eine warnende Botschaft getragen. Etwas Unerklärliches, als ob die Luft im Zimmer plötzlich schwerer geworden wäre. „Na toll, das klingt, als wäre ich in einem Fantasy-Horrorfilm gelandet," murmelte sie und versuchte, das mulmige Gefühl wegzuschieben.

„Oh, sieh es doch positiv!" Sofia zwinkerte, als wollte sie das alles nur als Scherz abtun. „Wer braucht schon langweilige, normale Schulen, wenn man an einem Ort wie diesem lernen kann? Hier hast du... naja, sagen wir mal, den Unterricht deines Lebens."

Lilly lachte, aber ihre Stimme klang hohl. Morgen war der erste Schultag. Sie wusste, dass das nur der Anfang war, dass sie hier wohl mehr lernen würde, als in jedem anderen Internat – und dass nicht alles davon in den Lehrbüchern stand.

Und doch, als sie sich schließlich zum Schlafen hinlegte und die alten Balken über ihr anstarrte, spürte sie eine seltsame Spannung, ein Knistern in der Luft, das sie nicht ganz erklären konnte. Sie schloss die Augen und versuchte, die Warnung, die in Sofias Stimme mitgeklungen hatte, zu vergessen. Morgen würde sie herausfinden, ob diese Schule wirklich nur ein altes Gebäude mit schrägen Regeln war – oder ob sie in ein ganz anderes Universum eingetreten war.

AM NÄCHSTEN MORGEN stand Lilly vor dem Klassenzimmer und atmete tief durch. Der erste Schultag – und das in einem Internat, das offenbar auf gotischen Horror spezialisiert war. Sie hatte kaum geschlafen und fragte sich, ob die knarrenden Wände und seltsamen

DER KUSS DER EWIGEN NACHT

Schatten in ihrem Zimmer echt waren oder ob ihr Verstand einfach nur eine lebhafte Fantasie hatte.

Mit einem letzten tiefen Atemzug öffnete sie die Tür und trat ein. Der Raum war groß, mit hohen Fenstern, durch die mattes Tageslicht fiel und auf alte Holztische und abgenutzte Stühle fiel. Alle anderen Schüler saßen schon und beobachteten sie, als wäre sie ein seltenes Insekt, das sich zufällig hierher verirrt hatte.

„Oh, Lilly, du hast es geschafft!" rief Sofia, die in der hinteren Reihe saß, und winkte ihr fröhlich zu. Lilly fühlte sich etwas erleichtert, zumindest ein vertrautes Gesicht zu sehen, und schlängelte sich durch die Reihen, um sich neben Sofia zu setzen.

Kaum hatte sie ihren Platz eingenommen, ging die Tür erneut auf, und jemand trat herein. Jemand Großes, Elegantes – und vor allem unverschämt gut aussehend. Lillys Herzschlag beschleunigte sich unwillkürlich, und sie bemerkte, wie der Raum plötzlich eine seltsame Spannung bekam.

Der Junge – oder eher, junger Mann – hatte dunkelbraunes Haar, das ihm leicht in die Stirn fiel, und eine schlanke, aber muskulöse Figur. Seine grünen Augen blitzten fast bedrohlich im Licht, während er sich mit einer faszinierenden Mischung aus Arroganz und Gelassenheit im Raum bewegte. Er war das, was man ein wandelndes Klischee von düsterer Anziehung nennen konnte – und doch fühlte es sich an, als könnte man bei seinem Anblick die Luft kaum noch einatmen.

„Christoph Böhm," murmelte Sofia leise neben Lilly. „Unser kleines Wunderkind."

„Wunderkind?" flüsterte Lilly zurück, ohne den Blick von ihm abzuwenden.

„Na ja, er ist... besonders," sagte Sofia vage und machte eine andeutende Geste. „Er... zieht Aufmerksamkeit auf sich, sagen wir es so. Sehr viel Aufmerksamkeit."

Lilly hob eine Augenbraue, war aber zu neugierig, um noch mehr nachzufragen, bevor sie endlich ihren Blick von Christoph löste und

HELENA VOGLER

versuchte, so normal wie möglich zu atmen. Dieser Junge schien irgendwie... anders zu sein. Und wenn sie ehrlich war, hatte sie keine Ahnung, ob das eine gute oder eine schlechte Nachricht war.

Christoph nahm Platz in der vordersten Reihe, als würde ihm diese Schule tatsächlich am Herzen liegen. Und genau in diesem Moment kam die Lehrerin herein, eine Frau mit scharfen Gesichtszügen und einem langen, schwarzen Kleid, das ihre Gestalt noch bedrohlicher wirken ließ.

„Willkommen zurück, meine Lieben," sagte sie mit einem Lächeln, das so warm war wie die Oberfläche eines gefrorenen Sees. „Und für die neuen Schüler – willkommen in der Ewigen Nacht. Ich bin Frau Vogt."

Frau Vogt begann mit einer Ansprache über die glorreiche Geschichte der Schule, ihre Traditionen und ihre „strengen Prinzipien". Lillys Gedanken drifteten ab, doch immer wieder fiel ihr Blick auf Christoph, der unbewegt und aufmerksam vorne saß und die Lehrerin musterte, als würde er versuchen, ihre Gedanken zu durchdringen.

Dann, als wäre er sich ihres Blicks bewusst, drehte er sich ganz leicht um – gerade so, dass seine Augen sie direkt trafen. Ein kalter Schauer lief Lilly über den Rücken, und sie konnte nicht anders, als für einen Moment den Atem anzuhalten. Diese grünen Augen schienen tief in sie hinein zu sehen, bis in ihre Gedanken und Ängste. Sie fühlte sich ertappt, und doch konnte sie nicht wegsehen.

Ein amüsiertes Lächeln umspielte seine Lippen, und Lilly spürte, wie ihr Herz heftig klopfte, während ihr Gesicht heiß wurde. Was war das? Ein stiller Gruß? Eine Provokation?

„Wow," murmelte Sofia und grinste verschwörerisch. „Du hast Christophs Aufmerksamkeit geweckt. Glückwunsch – das schaffen nur die wenigsten."

„Ach, wirklich?" Lillys Stimme klang gepresst, und sie zwang sich, den Blick wieder auf das Notizbuch vor sich zu richten, als könnte es ihr eine Art Schutz bieten. „Warum habe ich das Gefühl, dass das hier keine gute Nachricht ist?"

DER KUSS DER EWIGEN NACHT

„Oh, das ist es meistens auch nicht." Sofia lächelte hintergründig. „Aber wenn ich ehrlich bin – ich beneide dich ein wenig. Christoph ist... kompliziert. Ein Rätsel, das sich viele gern zur Aufgabe machen würden."

„Kompliziert?" wiederholte Lilly skeptisch. „Das ist das einzige Wort, das dir einfällt?"

Sofia lachte leise. „Oh, Lilly. Du hast keine Ahnung, worauf du dich hier eingelassen hast."

In diesem Moment drang ein schneidender Klang durch den Raum, als ob jemand absichtlich mit den Fingernägeln über die Tafel gekratzt hätte. Lilly sah auf und bemerkte ein anderes Mädchen in der ersten Reihe – eine makellos schöne, blasse Gestalt mit honigfarbenen Haaren, die in perfekten Wellen über ihre Schultern fielen und einer feindseligen, geradezu giftigen Miene.

„Oh, das ist Victoria," flüsterte Sofia unaufgefordert. „Die Hohepriesterin der ewigen Kälte. Oder, wenn du es dramatischer magst: die Ex-Freundin von Christoph."

Lilly schluckte, als Victoria ihren Blick direkt auf sie richtete. Die Augen dieses Mädchens hatten einen stahlharten, eiskalten Ausdruck, als wären sie auf der Suche nach etwas, das sie zerstören könnte. Lilly spürte, wie sich ein unsichtbares Band der Feindseligkeit zwischen ihr und Victoria bildete, obwohl sie das Mädchen gerade erst kennengelernt hatte.

„Sieht so aus, als hätte ich mich bei jemandem unbeliebt gemacht," murmelte Lilly trocken und sah kurz zu Sofia, die nur wissend grinste.

„Ach, mach dir nichts draus. Victoria ist bei den meisten Menschen unbeliebt – und das ist noch die nette Version. Sie sieht in jedem eine potenzielle Bedrohung... oder ein Spielzeug. Vor allem aber hasst sie es, wenn jemand Neues ihre Kreise stört."

Lillys Lächeln wurde breiter. „Na wunderbar. Dann mache ich wohl einen perfekten ersten Eindruck."

HELENA VOGLER

Die Lehrerin wandte sich schließlich an die Klasse und begann, mit einer Liste jeden Schüler einzeln aufzurufen. Lilly hörte kaum zu, denn ihr Kopf war ein einziges Durcheinander – Gedanken an Christoph, der sie so durchdringend angesehen hatte, an Victoria, die ihre stille Feindseligkeit bereits offen zeigte, und an Sofia, die neben ihr saß und sich zu amüsieren schien.

„Lilly Kästner." Die Stimme der Lehrerin riss sie aus ihren Gedanken.

„Hier," antwortete Lilly, und sie spürte, wie die Blicke der anderen auf sie fielen. Unter ihnen Christophs ruhiger, intensiver Blick – und Victorias eisiger, prüfender Ausdruck.

Was hatte sie hier nur in Gang gesetzt?

ALS DIE GLOCKE ZUR Mittagspause läutete, atmete Lilly erleichtert auf. Der erste Teil des Unterrichts war überstanden – wenn auch begleitet von grimmigen Blicken und mehr Fragen, als sie sich hätte vorstellen können. Gemeinsam mit Sofia machte sie sich auf den Weg zur großen Halle, die gleichzeitig als Essenssaal diente.

„Okay, das war… interessant," murmelte Lilly und versuchte, den dichten Schleier von Eindrücken zu sortieren, die sich in ihrem Kopf festgesetzt hatten.

Sofia kicherte leise. „Ja, das kann man so sagen. Willkommen bei uns – das Chaos hat dich nun offiziell aufgenommen."

Die große Halle war genauso beeindruckend wie der Rest der Schule. Hohe Decken, gotische Bogenfenster, die das blasse Licht durch farbiges Glas brachen, und lange Holztische, die von Schülern in kleinen Grüppchen besetzt waren. Lilly ließ ihren Blick schweifen und bemerkte, dass die Schüler sich scheinbar in strikte Cliquen unterteilten. An einem Tisch herrschte geradezu noble Stille, während an einem anderen die Schüler leise, fast verschwörerisch miteinander flüsterten. Und dann gab es noch einen dritten Tisch, um den die

DER KUSS DER EWIGEN NACHT

Schüler einen weiten Bogen machten – bis auf eine Gruppe blasser, auffallend schöner Gestalten.

„Und, siehst du etwas Besonderes?" fragte Sofia und folgte ihrem Blick.

„Hmm... ich sehe eine Menge Selbstinszenierung und Drama." Lilly deutete auf den Tisch mit den schönsten und arrogantesten Schülern. „Lass mich raten – die gehören zu eurer ganz speziellen Elite?"

„Treffer." Sofia grinste und lehnte sich leicht zu Lilly hinüber. „Sie nennen sich... na ja, nicht offiziell, aber jeder kennt sie als die Erben der Nacht. Als Neuling könnte man denken, sie wären einfach nur überhebliche Schnösel, die sich für was Besseres halten. Aber in Wahrheit... ist das nicht ganz falsch." Sie zuckte unschuldig mit den Schultern. „Nur, dass das mit dem Bessersein hier eine ganz eigene Bedeutung hat."

„Erben der Nacht, wirklich? Wow." Lilly lachte und schüttelte ungläubig den Kopf. „Das klingt, als würden sie auf Bühnenauftritten in dunklen Umhängen bestehen und um Mitternacht bei Kerzenschein Gedichte rezitieren."

Sofia lächelte geheimnisvoll. „Oh, sie haben ihre Rituale. Aber so offen über ihre... Eigenheiten zu sprechen, würde gegen die oberste Regel verstoßen."

Lilly spürte, wie die Neugier in ihr brannte. „Und was genau sind diese... Eigenheiten?"

„Das wirst du sicher bald selbst herausfinden," antwortete Sofia ausweichend und griff nach einem Apfel. „Aber ein kleiner Tipp: Wenn sie dich neugierig ansehen – was sie heute Morgen eindeutig getan haben – bedeutet das meist, dass du in irgendeiner Weise ihre Aufmerksamkeit erregt hast."

„Oh, wie schön," erwiderte Lilly sarkastisch. „Ich hatte schon immer davon geträumt, von einer Elite beobachtet zu werden, die anscheinend glaubt, dass sie über der normalen Menschheit steht."

HELENA VOGLER

Sofia lachte und schüttelte den Kopf. „Keine Sorge, die meisten hier sind wirklich harmlos. Zumindest... solange du weißt, wann es besser ist, wegzuschauen."

Lilly schnaubte amüsiert, doch ihr Blick wanderte unwillkürlich zurück zu den „Erben der Nacht". Sie konnte nicht anders, als die einzelnen Gesichter zu betrachten: markante Wangenknochen, strahlende Haut, fast hypnotische Augen. Diese Gruppe hätte leicht eine Modelkampagne für düstere Mode anführen können.

Und da saß er. Christoph. Er war das Herzstück der Gruppe, als ob die Atmosphäre um ihn herum besonders schwer und intensiv war. Seine grünen Augen wirkten kühl und unberührt, und ein leichter Anflug von Arroganz lag in seiner Haltung, als würde er sich all dessen vollkommen bewusst sein.

Neben ihm saß Victoria, die ihn mit einem Blick ansah, der halb Besitzanspruch, halb Wut ausdrückte. Lilly bemerkte, wie sich die anderen Schüler, die ihm zu nahe kamen, unbewusst von ihm zurückzogen – fast so, als würde Christoph eine unsichtbare Barriere um sich herum halten, die nur wenige durchbrechen konnten.

„Sie beobachten dich wieder," sagte Sofia, die Lillys Blick genau verfolgte. „Vor allem Victoria. Sei vorsichtig mit ihr. Sie ist... nun ja, das Schöne daran, im Rampenlicht zu stehen, ist, dass du in ihrem Schatten bleibst."

Lilly lachte und wandte sich Sofia zu. „Perfekt. Ich wollte ja schon immer in einer Reality-Show der menschlichen Schrecklichkeiten mitspielen."

Sofia legte eine Hand auf ihre Schulter und drückte sie leicht. „Mach dir nichts draus. Wir normalen Menschen sind hier quasi... wie soll ich sagen? Das Publikum in einem ganz besonderen Theaterstück. Aber sobald du eine Rolle spielst, kann es schwer sein, sie wieder abzulegen."

„Beruhigend," murmelte Lilly. „Sehr beruhigend."

DER KUSS DER EWIGEN NACHT

Doch irgendetwas in ihr weckte eine seltsame, unerklärliche Faszination. Diese „Erben der Nacht" wirkten wie Magnete, ihre kalte Aura zog sie an, auch wenn ihre Vernunft schrie, sie solle sich von ihnen fernhalten. Es war, als gäbe es eine unsichtbare Verbindung, eine geheimnisvolle Anziehungskraft, die sie nicht ignorieren konnte.

Christophs Augen glitten zu ihr herüber, und in diesem Moment erstarrte Lilly. Ein Anflug von Erkennen blitzte in seinen Augen auf, und seine kühle Maske schien für einen winzigen Moment zu bröckeln. Er musterte sie, als ob er ein verstecktes Geheimnis in ihr entdecken wollte, das selbst sie nicht kannte. Lilly spürte ein Kribbeln, das von ihrem Magen bis in ihre Fingerspitzen zog.

Aber dann schien er sich zusammenzureißen und blickte weg, als wäre nichts passiert. Neben ihm legte Victoria demonstrativ ihre Hand auf seinen Arm und beugte sich zu ihm, etwas zu sagen – oder vielleicht eher zu flüstern. Doch ihr Blick blieb dabei auf Lilly gerichtet, voller Abneigung und unmissverständlicher Warnung.

„Schau sie an," murmelte Lilly leise zu Sofia. „Sie sieht mich an, als hätte ich einen dreifachen Mord begangen."

„Victoria ist... besitzergreifend," antwortete Sofia und zog die Mundwinkel nach unten. „Vor allem, wenn es um Christoph geht. Aber glaube mir, das hier ist nur die Spitze des Eisbergs. Ich an deiner Stelle würde einen großen Bogen um sie machen."

„Großartig," murmelte Lilly, „mein erster Tag und ich habe bereits eine Erzfeindin."

„Willkommen an der Ewigen Nacht." Sofia grinste breit. „Das ist erst der Anfang."

Lilly seufzte und starrte auf das Essen vor sich, während ihre Gedanken um Christoph und seine rätselhaften Blicke kreisten. Warum hatte er sie so angesehen? Was war es, das ihn kurz aus der Fassung gebracht hatte? Und warum fühlte sie sich, als hätte dieser eine Blick sie mitten in der Seele getroffen?

„Lilly?" Sofias Stimme riss sie aus ihren Gedanken. „Bleib cool, okay? Das hier ist ein seltsamer Ort, ja, aber du bist nicht allein. Die meisten von uns sind ganz normal – und einige sind sogar wirklich nett."

„Ich werde es versuchen." Lilly zwang sich zu einem Lächeln und sah Sofia in die Augen. „Danke, Sofia."

„Was soll ich sagen? Du bist neu, also ist es meine Pflicht, dir das Überleben zu erleichtern," entgegnete Sofia schulterzuckend und lächelte dabei warm.

Doch Lilly wusste, dass diese Pause nur vorübergehend war. Die Frage, die sie sich stellte, war, was als nächstes passieren würde – und ob Christoph, Victoria und die „Erben der Nacht" sie wirklich in Ruhe lassen würden.

DER TAG SCHIEN SICH für Lilly endlos hinzuziehen. Von Klassenzimmer zu Klassenzimmer geschleppt, verlor sie beinahe das Zeitgefühl, während die Lehrer monoton von Geschichte, Mathematik und alter Philosophie redeten. Ihr Kopf fühlte sich an wie eine überladene Festplatte, die kurz vor dem Absturz stand. Doch eines war klar: Hier gab es mehr Fragen als Antworten, und je mehr Lilly sich umzusehen versuchte, desto dichter schien das Netz an Geheimnissen zu werden.

Als das Abendessen vorbei war und die anderen Schüler sich auf ihre Zimmer zurückzogen oder in Grüppchen über die Flure schlenderten, schlich sie in die Bibliothek. Es war ein spontaner Entschluss gewesen – sie brauchte etwas Ruhe, einen Rückzugsort, und die düstere Bibliothek mit ihren hohen Decken und alten Buchregalen versprach eine Art Sicherheit, die sie kaum erklären konnte.

Das kühle Licht der aufgereihten Stehlampen tauchte die Reihen endloser Bücher in gedämpfte Schatten. Die Stille war fast greifbar, eine Art erdrückende, aber tröstliche Leere. Lilly schlenderte durch die

DER KUSS DER EWIGEN NACHT

Gänge und ließ die Fingerspitzen über die Rücken der Bücher gleiten, atmete tief den vertrauten Duft von Leder und altem Papier ein. Es fühlte sich gut an, als könnte sie hier endlich einmal abschalten – weg von all den seltsamen Begegnungen und finsteren Blicken. Doch ihre Ruhe währte nur kurz.

„Suchst du etwas Bestimmtes?" Die Stimme klang leise und fast zu nah. Lillys Herz setzte einen Schlag aus, und sie wirbelte herum. Im dämmrigen Licht stand Christoph nur wenige Schritte von ihr entfernt und beobachtete sie mit diesem unvergleichlichen Blick, der sie schon den ganzen Tag verfolgte. Wie lange war er schon hier? Hatte er sie etwa beobachtet?

„Oh," brachte sie heraus und schluckte. „Du hast mir fast einen Herzinfarkt beschert."

Er lächelte kaum merklich, und in seinem Blick lag ein geheimnisvolles Funkeln. „Das wäre eine Schande gewesen."

„Wieso?" fragte sie, und ihre Augen verengten sich, während sie ihn misstrauisch musterte.

Er trat einen Schritt näher und neigte leicht den Kopf, als wollte er sie herausfordern. „Es wäre schade, jemanden wie dich gleich am ersten Tag zu verlieren." Er hielt inne und ließ seinen Blick langsam über ihr Gesicht gleiten, als würde er jede ihrer Reaktionen wie ein Puzzle zusammensetzen.

Lilly spürte, wie ihr Herz zu rasen begann, und zwang sich, den Blick nicht abzuwenden. „Ich wusste gar nicht, dass ich so viel Interesse wecke."

„Vielleicht mehr, als du ahnst," erwiderte er kühl. Seine Augen schienen förmlich durch sie hindurchzusehen, als könne er alle ihre Gedanken lesen, jeden Zweifel, jede Unsicherheit. Diese Augen waren faszinierend – dunkelgrün, wie tiefe Waldseen in der Nacht, die Geheimnisse in ihren Tiefen verborgen hielten.

Sie spürte, wie sich die Spannung im Raum verdichtete, beinahe greifbar wurde, als würde eine unsichtbare Verbindung zwischen ihnen entstehen, etwas, das sich nicht in Worte fassen ließ. Lilly war sich plötzlich sehr bewusst, wie nah er ihr stand, wie sein Parfüm – eine Mischung aus Kälte und einem Hauch von Gewürzen – in der Luft hing und ihren Herzschlag nur noch mehr beschleunigte.

„Und was genau hat mein Interesse geweckt?" fragte sie schließlich, ihre Stimme ein wenig heiser.

„Das wüsste ich auch gern." Er betrachtete sie mit einem leichten Lächeln, als ob er von einem Geheimnis wüsste, das nur ihm allein gehörte. „Du bist... anders. Die meisten Schüler hier sind leicht zu durchschauen. Sie haben ein Ziel, eine Rolle, die sie perfekt spielen. Aber bei dir... da ist etwas Unberechenbares."

Lilly zog eine Augenbraue hoch und schnaubte. „Unberechenbar? Klingt wie eine höfliche Umschreibung für 'problematisch'."

„Nein," sagte er ernst. „Es ist eine Art von Freiheit. Ein Mangel an..." Er schien nach dem richtigen Wort zu suchen und ließ den Satz unvollendet in der Luft hängen.

„Mangel an Wahnsinn? Regeln? Durchhaltevermögen?" Sie lachte leise, mehr aus Verlegenheit als aus echter Freude. Was meinte er damit? Dieser Junge schien in Rätseln zu sprechen, die nur er selbst verstehen konnte, und doch war da etwas in seinem Blick, das sie anzog, auch wenn sie sich insgeheim wünschte, ihm entkommen zu können.

Er neigte den Kopf und betrachtete sie so intensiv, dass Lilly das Gefühl hatte, dass ihre eigene Haut zu glühen begann. „Du unterschätzt dich, Lilly."

„Und du überschätzt mich vielleicht," entgegnete sie, und ein Hauch von Unsicherheit lag in ihrer Stimme. „Ich bin neu hier. Ein... unbeschriebenes Blatt."

„Niemand ist ein unbeschriebenes Blatt." Seine Stimme war leise, und sein Lächeln verschwand, als seine Augen sie ernst musterten. „Die Frage ist, wie gut man seine Geheimnisse bewahren kann."

DER KUSS DER EWIGEN NACHT

Lilly spürte, wie ihre Hände feucht wurden, während sie seine Worte auf sich wirken ließ. Was wusste er über sie? Warum hatte sie das Gefühl, dass er viel mehr wusste, als er preisgab? Sie hielt den Atem an und zwang sich, ruhig zu bleiben.

„Und wie sieht es mit dir aus?" fragte sie schließlich und versuchte, die Kontrolle zurückzugewinnen. „Bist du... gut darin, Geheimnisse zu bewahren?"

Christoph lächelte und schüttelte langsam den Kopf, als ob sie etwas sehr Naives gefragt hätte. „Jeder hier hat seine Geheimnisse, Lilly. Manche sind gefährlicher als andere." Er machte eine kurze Pause und fügte hinzu: „Es hängt davon ab, was du bereit bist, herauszufinden."

In dem Moment wusste sie, dass dieser Junge weit mehr zu verbergen hatte, als er vorgab, und dass es nicht nur seine Vergangenheit war, die ihn umgab wie ein dunkler Schatten. Sie spürte, wie eine unheimliche Kälte ihren Rücken hinunterlief, aber zugleich konnte sie den Drang, mehr zu erfahren, nicht verdrängen.

„Ich bin nicht sicher, ob ich das wissen will," murmelte sie und blickte zu Boden, als würde das alte Parkett ihr plötzlich Trost spenden können.

„Vielleicht solltest du es auch nicht wollen," sagte er leise, und für einen Moment sah er fast traurig aus. „Einige Dinge... ändern einen für immer, wenn man sie einmal kennt."

Das Herz hämmerte ihr bis in die Kehle, und Lilly zwang sich, ihn wieder anzusehen. Diese Worte klangen wie eine Warnung, wie etwas, das sie abschrecken sollte – und dennoch fühlte sie sich nur noch mehr hingezogen. Es war, als hätte sie eine Grenze überschritten, die sie nie überschreiten sollte, und doch... wollte sie es wissen.

„Dann wünsche ich dir eine gute Nacht," sagte er schließlich, drehte sich langsam um und verschwand in den Schatten des Ganges, ohne einen weiteren Blick zurückzuwerfen.

HELENA VOGLER

Lilly blieb allein zurück, das Herz noch immer rasend und die Gedanken wirr. Was sollte das alles? Wieso hatte sie das Gefühl, dass er sie absichtlich in ein Spiel zog, dessen Regeln nur er kannte? Sie seufzte und ließ sich auf einem Sessel nieder, unfähig, sich von dem seltsamen Gefühl der Nähe, die sie gerade erlebt hatte, zu lösen.

Doch als sie endlich in ihr Zimmer zurückkehrte und sich ins Bett legte, kreisten ihre Gedanken weiter. Sie sah Christophs durchdringenden Blick vor sich, sein rätselhaftes Lächeln und seine warnenden Worte. Eine seltsame Wärme erfüllte sie, eine unbändige Neugier, die sie nicht verdrängen konnte. Ihre Fantasie malte sich aus, was es hieße, ihn noch einmal zu sehen, ihm noch näher zu kommen.

Mit einem letzten tiefen Atemzug versank sie in einen leichten, unruhigen Schlaf, in dem seine grünen Augen sie verfolgten, wie Schatten in der Nacht.

Kapitel 2

Der Chemieraum der Ewigen Nacht war genauso, wie Lilly es erwartet hatte: dunkel, mit hohen, spinnwebenverzierten Fenstern und endlosen, aufgereihten Fläschchen, die in diffuses Licht getaucht waren. Sie hätte fast geschworen, dass es hier ein wenig nach Schwefel roch – oder vielleicht war es einfach nur das Alter dieses Raumes, das alles irgendwie... faulig erscheinen ließ.

„Und du magst wirklich Chemie?" Sofia, die neben ihr stand und Lillys Gesichtsausdruck bemerkt hatte, zog eine Augenbraue hoch. „Respekt. Die meisten hier bevorzugen die Art Chemie, die kein Lehrbuch kennt."

Lilly grinste leicht. „Ach, solange nichts explodiert, denke ich, wird das hier ein großartiger Start in den Tag."

Doch bevor sie weiterreden konnte, ertönte die tiefe Stimme des Lehrers – ein alter, zerbrechlich wirkender Mann mit einer Nase, die an den Schnabel eines Greifvogels erinnerte. „Setzt euch bitte! Heute werden wir die Chemie des Blutes studieren – nichts für schwache Nerven, also haltet eure Augen offen und eure Nasen bereit."

Perfekt, dachte Lilly und schüttelte leicht den Kopf. Blut – natürlich. Warum hatte sie so etwas nicht erwartet?

Als sie sich auf einen freien Platz setzen wollte, hörte sie plötzlich eine vertraute Stimme neben sich.

„Lilly." Christoph stand da, und sein Blick ruhte ruhig auf ihr, ein leichtes, undefinierbares Lächeln umspielte seine Lippen. „Wir sind heute Laborkollegen."

HELENA VOGLER

Oh. Großartig. So sehr sie sich auch zu ihm hingezogen fühlte – oder gerade deshalb –, Christoph als Partner im Chemielabor zu haben, schien keine entspannte Aussicht zu sein. „Freut mich," brachte sie heraus, obwohl sie wusste, dass ihre Augen sie verrieten.

Er setzte sich neben sie, seine Bewegungen ruhig und fließend, fast wie ein Raubtier, das sich auf die Jagd vorbereitet. Lilly musste sich zusammenreißen, nicht unruhig auf ihrem Stuhl zu rutschen, während der Lehrer begann, über die Bestandteile des Blutes zu dozieren und die verschiedenen chemischen Reaktionen, die darin abliefen.

„Ist das alles für dich auch so..." Lilly zögerte und wählte dann mit einem ironischen Grinsen das Wort, „naja, anregend wie für mich?"

Christoph sah sie kurz an, seine grünen Augen glitzerten im schummrigen Licht des Raumes. „Anregend ist wohl das richtige Wort." Seine Stimme war leise, fast gehaucht, und Lilly spürte, wie ihre Haut unter seinem Blick zu kribbeln begann.

Der Lehrer teilte schließlich die Reagenzgläser aus, und die Schüler begannen mit der Untersuchung einer blutähnlichen Flüssigkeit. Es war zwar nur ein Experiment, doch Christophs Präsenz neben ihr machte die ohnehin unheimliche Aufgabe noch intensiver.

Sie arbeitete konzentriert und versuchte, seinen Blick zu ignorieren, bis sie plötzlich einen Schmerz in ihrem Finger spürte. Ein kleiner Schnitt hatte sich auf ihrem Zeigefinger geöffnet, und ein Tropfen Blut quoll hervor. Sie zuckte zusammen und machte ein Geräusch, das sie am liebsten sofort zurückgenommen hätte.

„Alles in Ordnung?" fragte Christoph, doch seine Stimme klang seltsam rau, fast tonlos. Sein Blick war auf ihren Finger geheftet, und für einen winzigen Moment meinte sie, ein seltsames Funkeln in seinen Augen zu sehen – als ob sie einen Schalter umgelegt hätte.

„Nur ein kleiner Schnitt," murmelte sie und zog ihren Finger unwillkürlich zurück. Doch Christophs Hand, die eben noch ruhig auf dem Tisch gelegen hatte, hob sich, als würde er nach ihrer greifen wollen. Seine Augen schienen sich zu verändern, etwas Dunkles,

DER KUSS DER EWIGEN NACHT

Verzehrendes spiegelte sich darin, und Lilly spürte, wie das Blut in ihren Wangen zu pulsieren begann.

„Vielleicht solltest du das... reinigen." Christophs Stimme war kaum mehr als ein Flüstern, und seine Hand sank wieder, als ob er sich nur mit Mühe davon abhalten könnte, sie zu berühren.

„Ja, klar," stotterte Lilly und drehte sich um, um ein Taschentuch aus ihrer Tasche zu holen. Sie presste es gegen ihren Finger, spürte noch immer seinen intensiven Blick auf sich und wusste nicht, ob sie erleichtert oder fasziniert sein sollte.

Doch es war nicht nur Christophs Reaktion, die sie beunruhigte. Aus dem Augenwinkel sah sie, wie jemand sie beobachtete – und diesmal war es keine wohlmeinende Aufmerksamkeit. Victoria saß am anderen Ende des Raumes und hatte jede ihrer Bewegungen genau verfolgt. Ihre Lippen waren zu einem dünnen, harten Strich verzogen, und ihre Augen funkelten vor Eifersucht.

Christoph bemerkte Victorias Blick, und seine Miene verhärtete sich. Ein stummes, unübersehbares Unbehagen schien zwischen ihnen zu liegen, und Lilly spürte die Spannung, die sich von ihm ausbreitete. Victoria verschränkte die Arme und wandte sich schließlich ab, doch Lilly konnte den Eindruck nicht loswerden, dass sie gerade einen unsichtbaren Krieg ausgelöst hatte, dessen Regeln sie nicht verstand.

„Tut mir leid," murmelte Lilly leise und hielt ihren Finger noch immer in das Taschentuch gewickelt.

„Für was?" Christophs Augen fixierten sie mit einer fast beunruhigenden Intensität. „Das ist nicht deine Schuld."

„Ich schätze, ich ziehe Schwierigkeiten magisch an," erwiderte sie sarkastisch, in dem Versuch, die Spannung zu brechen. Doch sein Ausdruck blieb ernst, und sie hatte das Gefühl, dass sein Blick tiefer ging, als sie zulassen wollte.

„Vielleicht bist du einfach nur mutiger, als die meisten anderen hier," sagte er schließlich und sein Lächeln kehrte langsam zurück, ein

HELENA VOGLER

Hauch von Wärme inmitten der kühlen Fassade. „Oder vielleicht bist du einfach... anders."

Lillys Herz schlug schneller. Sie wollte etwas sagen, irgendeine ironische Bemerkung, um ihre Nervosität zu überspielen, doch ihre Worte schienen im Hals stecken zu bleiben. Der Gedanke, dass Christoph sie auf eine Weise sah, die sonst niemand sah, löste etwas in ihr aus – ein Gefühl, das sowohl aufregend als auch beängstigend war.

Der Lehrer kam zurück und beendete das Experiment, ohne die Spannung zwischen Lilly, Christoph und Victoria zu bemerken. Lilly war insgeheim froh, als das Thema Blut endlich von der Tagesordnung gestrichen war. Doch während sie ihre Sachen zusammenpackte und sich darauf vorbereitete, den Raum zu verlassen, spürte sie erneut Christophs Blick auf sich.

„Pass auf dich auf, Lilly," sagte er leise, fast zu leise, als dass sie sicher sein konnte, dass er es wirklich gesagt hatte. Sie wollte ihn fragen, was er damit meinte, doch der Moment war vorbei. Christoph wandte sich um und verschwand in der Menge der anderen Schüler, bevor sie auch nur den Mund öffnen konnte.

Lilly spürte, wie ein Schauer über ihren Rücken lief. Was genau ging hier vor? Und warum hatte sie das Gefühl, dass die Antwort viel dunkler war, als sie sich jemals hatte vorstellen können?

Mit einer letzten Nachdenklichkeit verließ sie den Raum und wusste, dass diese Begegnung mit Christoph – und das gefährliche Funkeln in Victorias Augen – der Anfang von etwas war, das sie vielleicht nie wieder loslassen würde.

LILLY LIESS DIE CHEMIE-Stunde noch einmal durch ihren Kopf laufen, während sie sich neben Sofia am Tisch in der großen Halle niederließ. Der dumpfe Schmerz von dem kleinen Schnitt in ihrem Finger war längst verschwunden, doch das seltsame Knistern, das sie bei Christoph gespürt hatte, verfolgte sie noch immer. Was genau war da eben passiert?

„Du siehst aus, als hättest du einen Geist gesehen," bemerkte Sofia, ohne den Blick von ihrem Apfel zu heben, den sie lässig schälte. „Und das in dieser Schule? Willkommen im Club."

Lilly lachte trocken und rieb sich unwillkürlich die Stirn. „Kann man das irgendwie als Spezialfach belegen? 'Überleben in der Schule der Gothic-Schrecken' oder so?"

Sofia grinste und schüttelte den Kopf. „Dafür brauchst du mehr als nur ein gutes Curriculum – vor allem ein dickes Fell und viel, viel Geduld."

Lilly seufzte und schob ihr Tablett zur Seite, das Interesse am Mittagessen schwand zunehmend. „Und wie passt Christoph Böhm in diese ganze... Szenerie? Er hat heute im Chemieunterricht einen... seltsamen Eindruck gemacht." Sie bemühte sich um einen neutralen Ton, doch sie war sich sicher, dass ihre Stimme ein wenig zu neugierig klang.

Sofia warf ihr einen durchdringenden Blick zu und hielt einen Moment inne, bevor sie wieder zu ihrem Apfel zurückkehrte. „Ach, Christoph. Ja, er ist... besonders. Ich hab dich ja schon ein bisschen gewarnt, oder? Die Elite-Gruppe? Naja, er ist so etwas wie deren... Zentrum. Ihr dunkler Prinz, sozusagen."

„Dunkler Prinz?" Lilly versuchte, ein Lachen zu unterdrücken, das mehr aus Unsicherheit als aus echter Heiterkeit kam. „Macht er das freiwillig? Oder gibt's da sowas wie eine Wahl?"

„Freiwillig oder nicht, wer weiß das schon?" Sofia zuckte mit den Schultern und schaute kurz über ihre Schulter, als wolle sie sicherstellen, dass niemand in der Nähe lauschte. „Christoph hat seine eigenen... Regeln. Er und seine Clique, die Erben der Nacht – sie sind wie eine fest verschworene Gemeinschaft. Irgendwie losgelöst vom Rest. Als ob sie aus einer ganz anderen Welt kämen."

HELENA VOGLER

Lilly schnaubte leicht und hob skeptisch eine Augenbraue. „Klingt ja, als wären sie eine geheime Sekte oder sowas."

„Glaub mir, manchmal fühlt es sich genau so an." Sofia hielt inne und senkte ihre Stimme zu einem fast unhörbaren Flüstern. „Hör zu, Lilly, das hier ist vielleicht nicht das, was du hören willst, aber... es gibt hier Schüler, die nachts verschwinden. Die... wie soll ich das sagen, ein Eigenleben führen. Sie sind nachts wach, haben andere Regeln, andere... Ziele."

Lilly sah sie ungläubig an. „Warte mal. Was soll das heißen? Sie führen ein 'Eigenleben'? Was tun sie denn, bitteschön? Heimlich Schlösser erkunden und Versteck spielen?"

Sofia schüttelte den Kopf, und ein dunkler Schatten huschte über ihr Gesicht. „Das wäre harmlos. Es gibt Dinge, Lilly, die du am besten nicht zu wissen versuchst. Die nächtlichen Aktivitäten dieser... Gruppe sind von einer anderen Art. Als ob sie – ach, vergiss es."

„Nein, vergiss es nicht." Lilly lehnte sich vor, ihre Stimme fordernd. „Sofia, du kannst nicht einfach solche Andeutungen machen und mich dann mit einem Rätsel zurücklassen. Was genau meinst du?"

Sofia zögerte und biss sich kurz auf die Lippe. „Lilly, bitte. Das hier ist keine normale Schule, das hast du doch schon gemerkt. Ich meine... du hast doch sicher bemerkt, dass einige Schüler hier... anders sind, oder?"

„Ja, das könnte man sagen." Lilly versuchte, locker zu bleiben, obwohl ihre Neugierde nun wie Feuer in ihr loderte. „Aber was ist das für ein Geheimnis? Warum gibt's hier überhaupt eine Gruppe, die so geheimnisvoll tut?"

Sofia seufzte tief, fast verzweifelt, und sah Lilly fest an. „Es ist schwer zu erklären. Einige hier... sie haben Kräfte. Dinge, die sie anders machen, die ihnen Vorteile geben. Christoph ist da nicht der Einzige, aber er... er ist der Stärkste von ihnen. Der Einflussreichste."

DER KUSS DER EWIGEN NACHT

„Kräfte?" Lilly lachte trocken, um das nervöse Kribbeln in ihrem Magen zu überspielen. „Was meinst du? Superkräfte? Kann Christoph etwa Gedanken lesen? Oder fliegen?"

Sofia verdrehte die Augen und schüttelte langsam den Kopf. „Es ist nicht so offensichtlich, aber... du wirst es bald merken. Es ist eine Präsenz. Etwas, das sie von anderen abhebt. Christoph, Victoria, die ganze Elite – sie sind anders, Lilly. Versuch einfach, ihnen nicht zu nahe zu kommen."

Lilly lehnte sich zurück und verschränkte die Arme, noch immer skeptisch. Doch etwas an Sofias ernster Miene ließ sie frösteln. „Und was ist mit dir? Bist du auch so ein... Mitglied der Elite?"

Sofia lachte leise, ihr Lachen war bitter und fast schmerzvoll. „Ich? Bitte, ich bin so weit weg von der Elite, wie ein Mensch nur sein kann. Ich bin hier, weil ich gute Noten hatte und mir ein Stipendium erkämpft habe. Nichts Mysteriöses, nichts Dunkles – nur ich und meine Bücher."

Lilly entspannte sich ein wenig und lächelte. „Na immerhin bist du normal. Aber ich verstehe immer noch nicht, was das alles soll. Wozu diese Geheimnistuerei?"

„Weil sie sich selbst schützen müssen," sagte Sofia leise, fast wie für sich selbst. „Vielleicht vor den anderen Schülern. Vielleicht vor der Welt. Und vielleicht auch vor sich selbst."

Lilly spürte, wie ihre Haut prickelte, als Sofia weitersprach. „Es gibt Gerüchte über alte Traditionen, die nur die Erben der Nacht kennen. Rituale und Regeln, die sie nie jemandem preisgeben würden. Wenn du klug bist, Lilly, dann bleib auf Distanz. Sie sind nicht wie wir."

„Klingt ja richtig beruhigend," murmelte Lilly und sah Sofia mit einer Mischung aus Neugier und Frustration an. „Aber weißt du was? Jetzt will ich es erst recht wissen. Es bringt doch nichts, sich davon einschüchtern zu lassen."

„Genau das wollen sie, Lilly. Sie ziehen dich in ihre Welt, ohne dass du es merkst. Und wenn du erst einmal dabei bist... kommst du vielleicht nie wieder raus." Sofias Blick war jetzt fest und eindringlich. „Gib dich nicht der Versuchung hin."

Doch Lillys Neugier war längst geweckt. Christoph, mit seinen rätselhaften Blicken, mit seinen geheimnisvollen Warnungen und der eisigen Schönheit, die eine dunkle Anziehungskraft auf sie ausübte – wie sollte sie sich ihm fernhalten? Vor allem, wenn er jedes Mal, wenn sie ihn sah, einen Funken in ihr entzündete, den sie nicht löschen konnte?

„Du hast gut reden," sagte Lilly schließlich und versuchte, ihre wachsende Unruhe zu verbergen. „Aber vielleicht... muss ich das auf meine Weise herausfinden."

Sofia sah sie lange und nachdenklich an, als würde sie Lillys Gedanken lesen, doch dann seufzte sie nur und nahm einen letzten Bissen von ihrem Apfel. „Nun gut, Lilly. Aber denk daran – wer mit Dunkelheit spielt, wird leicht in ihr verloren."

„Klingt poetisch." Lilly grinste, auch wenn sie wusste, dass ihre Fassade Sofia kaum täuschte.

„Nur ein kleiner Ratschlag," erwiderte Sofia und stand auf. „Vielleicht hilft er dir eines Tages. Oder du merkst es zu spät." Dann zwinkerte sie kurz, eine Geste, die fast aufmunternd war, und verschwand in der Menge der anderen Schüler, die sich bereits auflösten, um den Rest des Tages anzutreten.

Lilly saß noch einen Moment da, ihr Kopf wirbelte. Dunkelheit, die einen in ihren Bann zog, geheime Rituale, die nur für die Elite reserviert waren, und eine Gruppe, die sich wie eine verbotene, magische Gemeinschaft verhielt. War das alles nur Gerede? Oder gab es mehr, als sie sich je vorgestellt hatte?

Als die Glocke zum nächsten Unterricht rief, wusste sie, dass sie eine Entscheidung getroffen hatte: Christoph und seine „Erben der Nacht" – sie würde ihnen nicht aus dem Weg gehen.

DER KUSS DER EWIGEN NACHT

SPÄTER AM ABEND ENTSCHLOSS sich Lilly, erneut die Zuflucht der Schulbibliothek zu suchen. Die dicken, staubigen Bücherreihen und das schwache Flackern der alten Stehlampen hatten etwas Beruhigendes – wie eine Verschnaufpause von all dem Mysteriösen und den unausgesprochenen Bedrohungen, die in dieser Schule zu schweben schienen. Außerdem... vielleicht würde sie tatsächlich mehr über die „Erben der Nacht" herausfinden.

Sie schlenderte durch die Gänge, ihr Finger strich über die Buchrücken mit alten, ausgebleichten Titeln, bis sie schließlich bei einer Sektion ankam, die scheinbar niemand mehr anrührte. Verwitterte Einbände mit seltsamen, prunkvollen Symbolen, die aussahen wie... Familienwappen? Interessant.

Eines der Bücher war besonders groß und schwer, der Titel lautete schlicht: *Sagen und Legenden der Region*. Lilly zog das Buch aus dem Regal und blätterte durch die staubigen Seiten, die förmlich nach altem Papier und verborgenen Geheimnissen rochen.

Sie hatte sich in eine kleine Ecke gesetzt, das Buch auf ihren Knien, und begann gerade, die erste Geschichte zu lesen, als eine vertraute Stimme neben ihr erklang.

„Faszinierend, nicht wahr?" Christoph stand vor ihr, seine Augen glitzerten im Halbdunkel, und Lilly zuckte zusammen. Schon wieder! Dieser Kerl hatte wirklich ein Talent dafür, unbemerkt aufzutauchen.

„Möchtest du mich irgendwann mal vorwarnen, wenn du dich mir auf zehn Zentimeter näherst?" murmelte sie sarkastisch, doch das konnte nicht verbergen, dass ihr Herz ein bisschen schneller schlug.

Christoph lächelte kaum merklich. „Vielleicht möchte ich das, vielleicht auch nicht." Sein Blick wanderte zum Buch in ihren Händen. „Eine interessante Wahl. Ich wusste nicht, dass du dich für... Legenden interessierst."

„Oh, absolut. Die Frage ist nur, welche dieser Legenden hier in dieser Schule wirklich wahr sind." Lilly hielt seinem Blick stand und versuchte, cool zu bleiben. „Und welche... kreativen Ausschmückungen sind."

„Es gibt in jeder Legende ein Stück Wahrheit," erwiderte er, und seine Augen verengten sich leicht, als wollte er abschätzen, wie ernst sie es meinte. „Du musst nur wissen, wo du suchen musst."

Lilly schlug die Seite um und versuchte, die Tatsache zu ignorieren, dass er ihr jetzt so nah stand, dass sie seinen Geruch wahrnehmen konnte – etwas Frisches, fast wie der Wald nach einem Regen. „Und weißt du zufällig, wo ich suchen sollte?" fragte sie spitz und hob den Kopf, um ihm direkt in die Augen zu sehen.

„Kommt darauf an, wonach du suchst." Seine Stimme war leise, fast ein Flüstern, und sein Blick war so intensiv, dass Lilly das Gefühl hatte, für einen Moment die Welt um sich herum zu vergessen. „Manchmal findet die Antwort einen, bevor man überhaupt die richtige Frage gestellt hat."

„Du redest in Rätseln, weißt du das?" entgegnete sie und versuchte, die aufkommende Nervosität zu unterdrücken. Sie hielt sich an ihrem Buch fest, doch ihre Finger fingen unwillkürlich an zu kribbeln.

„Vielleicht ist das Leben ein Rätsel, das nur die lösen können, die keine Angst haben, in die Dunkelheit zu blicken." Christophs Lippen verzogen sich zu einem schiefen Lächeln. „Aber das weißt du sicher längst, oder?"

Lillys Herz schlug jetzt so laut, dass sie fürchtete, er könnte es hören. „Ich bin mir nicht sicher, ob ich mutig genug bin, um solche Antworten zu suchen."

„Vielleicht unterschätzt du dich." Christophs Hand streckte sich plötzlich aus, und bevor Lilly realisierte, was geschah, nahm er das Buch sanft aus ihren Händen. „Hier, lass mich dir helfen."

Seine Finger berührten die ihren, und das Kribbeln schoss wie ein Blitz durch ihren Körper. Lilly zog leicht die Hand zurück, konnte aber den Blick nicht von ihm abwenden, als er durch die Seiten blätterte. Seine Hände waren überraschend elegant, fast wie die eines Musikers

DER KUSS DER EWIGEN NACHT

oder Künstlers. „Die Geschichten dieser Region... sie gehen zurück bis ins Mittelalter," erklärte er leise, sein Tonfall war ruhig, aber voller ungesagter Andeutungen.

Er blätterte durch eine Seite mit kunstvollen Zeichnungen alter Familienwappen und legte seinen Finger auf eines der Symbole. „Siehst du das? Die Familie Böhm. Es gibt eine Legende, die besagt, dass ihre Mitglieder... von etwas Übernatürlichem durchdrungen sind."

Lilly hielt den Atem an und ließ ihren Blick über das Wappen schweifen. „Heißt das, du bist ein... was? Ein lebender Mythos?"

Christoph hob den Blick und lächelte, doch dieses Lächeln war kalt und trug einen Hauch von Traurigkeit in sich. „Ein lebender Mythos? Vielleicht. Vielleicht bin ich aber auch nur eine Geschichte, die man sich erzählt, um Angst zu vertreiben."

„Und wenn ich keine Angst habe?" Lilly wollte die Frage leichthin stellen, doch ihre Stimme zitterte ein wenig.

Er sah sie eindringlich an, sein Blick war dunkel und unergründlich. „Dann weiß ich nicht, ob ich dich mehr bewundern oder bedauern soll." Er legte das Buch beiseite und richtete sich ein wenig zu ihr hinunter, sodass ihr Gesicht nur wenige Zentimeter von seinem entfernt war. „Aber Vorsicht, Lilly. Manche Geschichten beginnen unschuldig – und enden im Verhängnis."

Lillys Herz schlug schneller, und sie spürte, wie ihre Haut prickelte. Seine Nähe, seine geheimnisvollen Worte – all das verwirrte sie mehr, als sie sich anmerken lassen wollte. Sie hätte ihm widersprechen sollen, ihn herausfordern, doch stattdessen blieb sie still und sah ihm direkt in die Augen, gefangen von dem Sog seiner Präsenz.

„Manche Geschichten... sind es vielleicht wert," flüsterte sie schließlich, ohne den Blick abzuwenden.

Christophs Lächeln verblasste, und seine Hand, die noch immer auf der Seite des Buches lag, zuckte kurz, als wollte er sie zurückziehen. Doch dann beugte er sich noch ein Stück näher und legte seine Finger sanft an ihre Wange, ganz leicht, fast wie eine Prüfung.

HELENA VOGLER

„Bist du dir sicher?" Seine Stimme war ein dunkles, flüsterndes Versprechen, und Lilly spürte die Hitze auf ihren Wangen steigen.

„Nein," gab sie zu, und das war die Wahrheit. Sie wusste nicht, worauf sie sich einließ, und das Gefühl der Gefahr war wie eine aufregende, verbotene Melodie, die in ihrem Kopf widerhallte. „Aber ich habe das Gefühl, dass ich es herausfinden muss."

Ein Moment verging, in dem sie sich beide nur ansahen, in dem alles andere in Vergessenheit geriet – die Bibliothek, die Welt, sogar die Zweifel. Christophs Finger glitten leicht über ihre Wange, und ein Schauer lief ihr über den Rücken, als seine Hand an ihrem Nacken ruhte.

Doch dann, im nächsten Augenblick, löste er die Berührung und trat zurück, als hätte ihn die Realität wieder eingeholt. „Vielleicht ist es das, was ich befürchtet habe," sagte er leise, und seine Augen wirkten jetzt schwer und voller Geheimnisse. „Lilly... pass auf, wem du vertraust. Es könnte... gefährlich werden."

„Gefährlich?" Sie lachte nervös und hob das Kinn. „Du hast einen Hang zum Drama, Christoph. Aber danke für die Warnung."

Er lächelte schwach, und für einen kurzen Moment flackerte ein Schmerz in seinem Blick auf, den sie nicht deuten konnte. „Vielleicht ja. Aber manche Dinge werden real, sobald man sie ausspricht." Er neigte leicht den Kopf und drehte sich dann um, als wolle er die letzte Grenze zwischen ihnen endgültig setzen. „Gute Nacht, Lilly."

Sie wollte ihn noch aufhalten, irgendetwas fragen – doch die Worte blieben ihr im Hals stecken, als er in den Schatten der Regale verschwand, so leise, als wäre er nie da gewesen.

Lilly atmete tief durch und fühlte, wie ihre Knie schwach wurden. Was hatte sie sich nur eingebrockt?

Kapitel 3

Die Stunden nach ihrem Gespräch mit Christoph in der Bibliothek zogen sich für Lilly wie zäher Nebel. Schlafen war unmöglich. Sie lag in ihrem Bett, starrte zur Decke und wälzte sich hin und her, während ihre Gedanken um Christophs rätselhafte Worte kreisten.

„Es könnte gefährlich werden." Diese Warnung hallte durch ihren Kopf wie ein verlorenes Echo. Aber was meinte er damit? War das eine Drohung? Ein Versprechen? Oder beides?

Um drei Uhr morgens stand sie schließlich auf, zog die schweren Vorhänge zur Seite und ließ das blasse Mondlicht in ihr Zimmer strömen. Der Anblick des Gartens unter ihr, eingehüllt in gespenstische Schatten und Lichtstreifen, hatte etwas Beruhigendes und zugleich Beunruhigendes. Im Mondschein wirkte der Garten wie eine unwirkliche, stille Welt, als hätten die Pflanzen und Bäume ihre eigenen Geheimnisse, die sie bewahrten, bis die ersten Sonnenstrahlen sie wieder lebendig machten.

Doch dann bewegte sich etwas.

Lilly blinzelte und versuchte, den Schatten zu erkennen, der sich zwischen den Büschen und Bäumen wie ein lautloses Raubtier vorbeischob. Ihre Augen weiteten sich, als sie die Gestalt erkannte: Christoph. Er bewegte sich durch den Garten, und das Mondlicht ließ seine Bewegungen geschmeidig und kraftvoll wirken, wie ein Tänzer, der jede Regung, jede Linie seines Körpers präzise kontrollierte.

Was machte er hier draußen, so mitten in der Nacht? Ihre Hände krallten sich in die Fensterbank, während sie ihm mit den Augen folgte, unfähig, den Blick abzuwenden. Sein Gesicht lag halb im Schatten, und doch konnte sie die angespannte Ruhe in seiner Haltung erkennen, als ob er auf etwas wartete. Oder auf jemanden.

Plötzlich drehte er sich um und sah direkt zu ihrem Fenster hinauf. Lillys Herz setzte einen Schlag aus. Hatte er sie bemerkt? Und – lächelte er? Sie konnte es kaum glauben, aber da war ein Hauch von Amüsement in seinem Blick, als würde er die Tatsache genießen, dass sie ihn heimlich beobachtete. Und doch lag etwas in seinem Gesicht, etwas Dunkles, das sie erschauern ließ.

Ohne Vorwarnung hob Christoph eine Hand, fast als wolle er sie wortlos grüßen. Lilly fühlte ein seltsames Kribbeln in ihrem Magen, doch bevor sie darauf reagieren konnte, hatte er sich bereits wieder abgewandt und verschwand lautlos im Schatten eines hohen Baumes.

Verwirrt ließ sie sich auf das Bett zurücksinken, das Herz noch immer wild schlagend. Was machte Christoph mitten in der Nacht im Garten? Und warum hatte sie das Gefühl, dass sie gerade eine unsichtbare Grenze überschritten hatte?

Unruhig wälzte sie sich hin und her, doch die Eindrücke ließen sie nicht los. Es war, als wäre Christoph in ihren Kopf eingedrungen und würde dort wie ein verborgenes Feuer brennen. Als sie endlich die Augen schloss, drängten sich ihr Träume auf, seltsame Bilder, in denen er und sein intensiver Blick eine Rolle spielten.

Der Morgen würde bald grauen, und sie wusste, dass dieser erste Anblick von Christoph im nächtlichen Garten sie nie wieder loslassen würde.

~~~

AM NÄCHSTEN MORGEN kämpfte sich Lilly mit schweren Lidern und einem leichten Schwindelgefühl durch die düsteren Flure in Richtung Speisesaal. Der Schlaf war unruhig und voller bruchstückhafter Träume gewesen – seltsame Bilder von Christoph, von geheimnisvollen Schatten und einer beklemmenden Nähe, die sie auch jetzt noch nicht ganz abschütteln konnte. Doch die Neugier trieb sie aus dem Bett, und mit einem vagen Plan, Christoph wiederzusehen, schlurfte sie nun in die große Halle.

Der Saal war bereits halb gefüllt, und Lilly nahm sich ein Tablett und schaute sich suchend um. Gerade als sie sich einen Sitzplatz suchte, hörte sie ein kühles Lachen – das unverwechselbare, süßlich-giftige Lachen von Victoria.

„Oh, Lilly! Schau mal einer an, das Mauerblümchen ist früh auf den Beinen," sagte Victoria mit einer Stimme, die so honigsüß war, dass es schmerzte. Ihr hämisches Grinsen wirkte dabei wie eine perfekt inszenierte Maske, die nur den Bruchteil einer Sekunde lang riss, um das pure Gift darunter freizulegen.

Lilly schnaubte innerlich, hielt sich aber zurück und versuchte, die Provokation zu ignorieren, doch Victoria schob sich absichtlich in ihren Weg. „Hattest du eine... spannende Nacht?" Ihr Lächeln vertiefte sich, und in ihren Augen blitzte eine drohende, geradezu besitzergreifende Eifersucht auf.

„Ja, und ich danke dir für deine Besorgnis." Lilly ließ sich nichts anmerken und versuchte, mit einem unbeteiligten Lächeln an Victoria vorbeizugehen, doch Victoria streckte einen Arm aus und drängte sich weiter in Lillys Weg.

„Ich habe gehört, dass du viel Zeit in der Bibliothek verbringst." Victorias Stimme war leise und kaum hörbar, doch jeder einzelne Tonfall triefte vor Verachtung. „Vielleicht solltest du lernen, wann du dich besser zurückziehen solltest. Manchmal... ist Wissen eine gefährliche Sache."

Lillys Kiefer spannte sich an, und sie hielt Victorias stechendem Blick stand. „Wissen ist nur für diejenigen gefährlich, die sich nicht damit auseinandersetzen können," erwiderte sie kühl. „Falls das ein Problem für dich ist... vielleicht solltest du dann tatsächlich aufpassen."

Victorias Gesichtszüge versteiften sich, und für einen kurzen Moment flammte eine unverhohlene Wut in ihren Augen auf. Doch bevor Victoria etwas erwidern konnte, mischte sich eine neue Stimme ein – ruhig und doch voller Spott.

„Victoria, du langweilst unsere neue Freundin." Maximilian, Christophs bester Freund, tauchte plötzlich neben ihnen auf und legte ganz beiläufig eine Hand auf Lillys Schulter. Sein Grinsen war die perfekte Mischung aus Arroganz und spielerischer Herausforderung. „Wollen wir nicht alle ein wenig... höflicher sein? Es ist doch Frühstückszeit. Kein Grund, die Stimmung zu ruinieren."

Victoria wandte sich ihm zu und funkelte ihn an. „Ich brauche deine Belehrungen nicht, Max."

„Oh, das sehe ich," antwortete er trocken und ließ den Blick langsam zwischen Lilly und Victoria hin und her wandern. „Aber vielleicht solltest du dich trotzdem daran erinnern, dass die Schule allen Schülern gehört – nicht nur den... Erben der Nacht."

Victoria verzog die Lippen zu einem kalten Lächeln, das nichts von echter Freundlichkeit hatte, und neigte leicht den Kopf. „Das sollten sich vor allem die Neulinge in Erinnerung rufen, meinst du nicht auch?"

„Nun, zumindest macht sie die Schule interessanter," erwiderte Maximilian und wandte sich dann direkt an Lilly. „Lass uns gehen, bevor der Frühstücksbrei sauer wird." Er schob sie sanft in Richtung der anderen Tische und schenkte ihr ein zwinkerndes Lächeln.

Lilly wusste nicht genau, was sie von ihm halten sollte. Maximilian hatte dieselbe schneidende Schönheit wie die anderen Mitglieder der Elite-Gruppe, doch anders als Christoph schien er eine gewisse Verspieltheit zu besitzen, eine Freude am Widerspruch, die sie verwirrte und amüsierte. Sie ließ sich von ihm zu einem freien Tisch führen, während Victoria sie aus der Entfernung noch immer mit giftigem Blick verfolgte.

„Also, du bist so etwas wie ein wandelndes Abenteuer?" fragte Maximilian und grinste, als er ihr das Tablett aus der Hand nahm und es beiläufig auf den Tisch stellte. „Ich muss sagen, ich bin beeindruckt. Victoria ist nicht leicht aus der Fassung zu bringen."

„Ich glaube nicht, dass ich das als Kompliment auffassen sollte," murmelte Lilly und setzte sich neben ihn. „Ich scheine einfach ein Talent dafür zu haben, hier unangenehm aufzufallen."

„Ach, ich glaube, es liegt eher an deiner… naiven Neugierde," sagte Maximilian und lehnte sich mit einem schiefen Lächeln zurück. „Du hast etwas, das diese Schule selten sieht: ein offenes Interesse an Dingen, die besser unberührt bleiben."

„Ein netter Hinweis, aber darauf werde ich wohl kaum hören." Lillys Augen blitzten auf. „Ich mag vielleicht neu sein, aber ich bin keine ängstliche Maus, die auf alles hereinfällt, was ihr vorgesetzt wird."

„Das sehe ich." Maximilian lachte, und sein Lächeln hatte etwas Unergründliches. „Ich mag deinen Mut, Lilly. Es ist erfrischend."

„Wenn du damit versuchst, mich zu beeindrucken, solltest du wissen, dass es nicht so leicht ist." Lilly schob ihm sein eigenes Grinsen zurück, doch insgeheim spürte sie ein leichtes Kribbeln der Freude. Maximilian hatte eine Art, sie aufzumuntern, die sie nur schwer einordnen konnte.

„Beeindrucken? Nein, so einfach gebe ich mich nicht zufrieden." Er musterte sie eine Weile mit diesem durchdringenden Blick, den sie jetzt von Christoph und der ganzen Elite-Gruppe nur zu gut kannte, und dann nickte er langsam. „Aber ich denke, wir könnten Freunde werden. Vorausgesetzt, du hältst dich an die unausgesprochenen Regeln hier."

Lilly schnaubte amüsiert. „Ach ja? Und die wären?"

„Ganz einfach," sagte Maximilian und beugte sich leicht vor, sein Blick voller gespieltem Ernst. „Nicht alles glauben, was du siehst. Vor allem, wenn es bei Mondlicht passiert." Sein Tonfall war beinahe verspielt, doch sie hatte das Gefühl, dass er es durchaus ernst meinte.

„Du klingst wie ein wandelnder Rätseltext," erwiderte Lilly, die seine Andeutungen langsam leid war. „Warum könnt ihr Elite-Leute nicht einfach mal direkt sein? Vielleicht würde ich euch dann sogar ein bisschen sympathischer finden."

Maximilian lachte und lehnte sich wieder zurück. „Direktheit, Lilly, ist nur etwas für diejenigen, die keine Geheimnisse haben. Und ich denke, das trifft auf uns alle hier nicht zu." Seine Augen funkelten, und für einen Moment war da eine stille Spannung zwischen ihnen, etwas, das sie beide zu belustigen schien.

„Ich werde mich jedenfalls bemühen, deine Regeln zu beherzigen." Sie grinste leicht und nahm einen Schluck von ihrem Tee. „Aber, Max... wenn du glaubst, dass mich das davon abhalten wird, ein paar dieser Rätsel zu lösen, dann kennst du mich noch nicht gut genug."

„Das hoffe ich doch," murmelte er, und sein Lächeln vertiefte sich. „Ich freue mich auf das, was kommt, Lilly. Es wird... spannend werden."

Lilly hob eine Augenbraue und konnte sich ein Lächeln nicht verkneifen. Wenn Maximilian auch nur ansatzweise so geheimnisvoll war wie Christoph, würde sie bald wissen, worauf sie sich eingelassen hatte. Aber eines war klar: Die Elite der Schule hatte ihre Aufmerksamkeit – und umgekehrt.

⁓⁓⁓

ALS LILLY IN DIE GROSSE Turnhalle kam, schob sie das vage Unbehagen, das sie seit dem Frühstück verspürte, beiseite. Der Sportunterricht an der Schule "Ewige Nacht" war so etwas wie ein Geheimtipp – man hörte die wildesten Gerüchte darüber. Angeblich sollte die Elite hier regelmäßig ihre „Fähigkeiten" zur Schau stellen, was auch immer das genau bedeutete. Lillys Skepsis vermischte sich jedoch mit einer unbestreitbaren Neugier.

Die Halle selbst war gewaltig – hoch wie eine Kathedrale, mit massiven Säulen und großen, vergitterten Fenstern, durch die das trübe Tageslicht hereinsickerte. Wie alles in dieser Schule strahlte der Raum eine geheimnisvolle, geradezu ehrfurchtgebietende Atmosphäre aus.

DER KUSS DER EWIGEN NACHT

Man hätte sich nicht gewundert, wenn hier gleich ein mittelalterliches Turnier stattgefunden hätte.

„Na, Lilly, bereit für dein Initiationsritual?" flüsterte Sofia neben ihr und grinste verschmitzt. „Hier trennt sich die Spreu vom Weizen – oder, besser gesagt, die Menschen von den Monstern."

Lilly schnaubte. „Du meinst wohl eher: die Talentierten von den absolut Ahnungslosen."

Sofia grinste breit. „Gut, dann sollte dir ja nichts passieren." Doch ihre Augen glitzerten herausfordernd, und Lilly war sich nicht sicher, ob das eine Art Warnung oder ein Witz sein sollte.

Die Schüler versammelten sich in Gruppen, und ihr Sportlehrer – ein kantiger Typ mit kurzen, grauen Haaren und einem stechenden Blick – rief die Namen für die Zweierteams auf. Lilly rollte innerlich mit den Augen, als sie hörte, dass sie und Christoph gemeinsam eine Übung machen sollten. Ausgerechnet.

Er stand bereits in der Nähe und wirkte seltsam entspannt, als wäre ihm das alles nur ein Spiel. Als sie auf ihn zutrat, drehte er sich langsam zu ihr um und sah sie mit einem Lächeln an, das fast wie eine Herausforderung wirkte.

„Na, Lilly," sagte er, seine Stimme tief und samtig, „bereit, herauszufinden, ob du mithalten kannst?"

„Das hängt davon ab, ob du es schaffst, fair zu bleiben," entgegnete sie schnippisch, während ihr Herz ein wenig schneller schlug. Die Erinnerung an die nächtliche Szene im Garten, seine unheimliche Anziehungskraft, war noch zu frisch, um sie einfach zu ignorieren.

„Fair? Das ist ja langweilig," murmelte er mit einem leichten Grinsen und streckte die Arme. „Mal sehen, was du draufhast."

Die Übung begann simpel genug: eine Abfolge von Schnellkraftübungen, bei denen es um Geschwindigkeit und Präzision ging. Doch es dauerte nicht lange, bis Lilly das Gefühl hatte, dass etwas nicht stimmte. Christoph bewegte sich fast zu geschmeidig, zu schnell, als würde er die Schwerkraft umgehen. Es war, als hätte er Fähigkeiten, die sie nicht verstand, eine Art übermenschlicher Kontrolle über seinen Körper.

„Ist das dein Ernst?" keuchte Lilly, während sie versuchte, Schritt zu halten. Christoph wirkte nicht einmal angestrengt; tatsächlich sah er sie belustigt an, als sei das Ganze nur eine Art Aufwärmen.

„Was? Wirst du etwa müde?" fragte er unschuldig, doch seine Augen blitzten herausfordernd.

„Ich frage mich nur, wie fair das hier ist," schnaufte sie und zwang sich, weiterzumachen, obwohl ihr Herz bereits wie ein Presslufthammer in ihrer Brust schlug. „Du bewegst dich wie... wie jemand, der die Regeln der Physik bricht."

„Ach, die Physik ist überbewertet," murmelte er lächelnd und tat dabei so, als sei alles selbstverständlich. „Manchmal braucht man nur... den richtigen Willen."

Willen. Sicher. Lilly schnaubte und biss die Zähne zusammen, beschloss jedoch, sich ihm nichts anmerken zu lassen. „Ich denke, dein Willen hat mehr mit unerklärlichen Fähigkeiten zu tun, als du zugibst."

Ein Schatten von Ernst lag für einen Moment in seinem Blick, doch er antwortete nicht. Stattdessen folgte die nächste Übung – diesmal ein Sprung über eine hohe Latte, die mit Seilen gespannt war. Christoph ließ ihr den Vortritt, und Lilly bemerkte sofort, dass die Höhe für einen normalen Menschen fast unmöglich zu bewältigen war. Fast.

„Willst du mich testen?" fragte sie, hob eine Augenbraue und funkelte ihn an.

„Vielleicht." Er lächelte, und seine Stimme war ein Hauch, der mehr versprechen ließ, als er verriet. „Zeig mir, was du kannst, Lilly."

Sie kniff die Augen zusammen, setzte sich in Bewegung und rannte los. Mit einem Sprung, der alles von ihr verlangte, überwand sie die Latte, ihr Herz raste vor Anstrengung und Stolz. Doch im nächsten Moment hörte sie einen kaum vernehmbaren Laut – und als sie sich

DER KUSS DER EWIGEN NACHT

umdrehte, landete Christoph, völlig mühelos, mit einer geschmeidigen Bewegung neben ihr.

„Beeindruckend," murmelte er, ohne eine Spur von Anstrengung, und grinste sie an. „Aber du musst noch ein bisschen üben."

Lilly spürte, wie das Blut in ihren Wangen pulsierte. „Gib's zu, du hast geschummelt."

„Vielleicht. Aber was, wenn das mein Geheimnis ist?" Seine Augen blitzten erneut, und sie konnte das Amüsement und die Herausforderung darin lesen. Es war, als spiele er mit ihr – ein Spiel, dessen Regeln nur er kannte.

Doch bevor sie etwas erwidern konnte, hörten sie einen leisen Fluch von der anderen Seite der Halle. Es war Victoria, die die Szene mit finsterem Blick beobachtete. Lilly konnte spüren, wie die Spannung in der Luft wuchs, wie Victorias Augen von Christoph zu ihr wanderten und ihre Verachtung kaum verhüllt hinter der perfekten Fassade schwelte.

Doch dann geschah etwas, womit Lilly nicht gerechnet hatte. Maximilian trat zu Victoria und sprach leise auf sie ein, sein Gesichtsausdruck fordernd, fast warnend. Lilly konnte nicht hören, was er sagte, doch Victoria schien sichtlich verärgert und warf ihm einen Blick zu, der nichts Gutes verhieß.

„Was immer sie will, sie wird es nicht bekommen," murmelte Christoph plötzlich, als hätte er ihre Gedanken gelesen. Lilly sah ihn überrascht an, konnte sich jedoch nicht entscheiden, ob das ein Versprechen oder eine Drohung war.

„Und was ist das?" fragte sie leise, ihre Augen auf Christoph gerichtet.

„Was immer es ist – es betrifft nicht dich. Zumindest nicht, wenn du aufpasst." Seine Stimme war so ruhig, dass sie unwillkürlich eine Gänsehaut bekam.

HELENA VOGLER

„Danke für die Warnung," entgegnete Lilly ironisch und versuchte, die Verwirrung in ihrem Kopf zu ignorieren. „Aber ich denke, ich kann selbst entscheiden, was mich betrifft."

„Das ist das Problem," sagte er ernst und sah sie an, sein Blick schien sie förmlich zu durchbohren. „Manchmal holt einen die Vergangenheit schneller ein, als einem lieb ist."

Lilly erwiderte seinen Blick, ihr Herz raste, und sie wollte ihm sagen, dass sie nicht vorhatte, sich von seiner kryptischen Art abschrecken zu lassen. Doch die Worte blieben ihr im Hals stecken.

Die Szene wurde jäh unterbrochen, als der Sportlehrer mit einem energischen Ruf alle Schüler versammelte und das Training offiziell für beendet erklärte. Die Schüler strömten aus der Halle, doch Lilly blieb für einen Moment stehen, ihr Blick ruhte noch immer auf Christoph, der sich inzwischen abgewandt hatte.

„Bis bald, Lilly." Seine Stimme war leise und fast wie ein Versprechen, als er sich schließlich entfernte und im Schatten der Halle verschwand.

Lilly atmete tief durch und ließ den Moment auf sich wirken. Ein leises Kribbeln zog sich durch ihre Finger, und sie wusste, dass sie mehr wollte – mehr verstehen, mehr erfahren. Doch etwas sagte ihr, dass dies nur der Anfang eines gefährlichen Spiels war, das mehr von ihr verlangen würde, als sie sich jemals hätte vorstellen können.

※

DER NACHMITTAG VERGING wie im Nebel, und Lilly fühlte sich wie im Bann der seltsamen Begegnungen, die sich häuften und sie immer tiefer in das Netz von Geheimnissen zogen. Christophs Worte, seine mysteriöse Art und die offensichtlichen Spannungen mit Victoria – all das brodelte in ihr, und sie konnte sich auf nichts anderes konzentrieren. Sie wusste, dass sie Antworten brauchte.

Als sie in die Bibliothek kam, war das kühle Dämmerlicht bereits in die hohen Hallen gedrungen. Sie war allein. Die schweren Holzregale

DER KUSS DER EWIGEN NACHT

und die aufgereihten, in Leder gebundenen Bücher wirkten in der Stille fast wie stumme Zeugen.

Sie war gerade in einer dunklen Ecke angekommen, als sie eine Bewegung bemerkte. Christoph. Er lehnte an einem der Regale, die Arme verschränkt, und betrachtete sie, als hätte er auf genau diesen Moment gewartet.

„Ich sollte anfangen, dich in der Bibliothek zu suchen, wann immer ich dich brauche," sagte er leise und lächelte, während seine Augen im schummrigen Licht geheimnisvoll funkelten.

„Vielleicht solltest du es tun," entgegnete Lilly und versuchte, ihren Herzschlag unter Kontrolle zu halten. „Hier finden sich wohl die besten Rätsel."

„Oder die gefährlichsten," murmelte er, seine Stimme war kaum mehr als ein Flüstern. Dann sah er sie an, sein Blick schien durch sie hindurchzusehen. „Warum bist du wirklich hier, Lilly?"

Sie hielt seinem intensiven Blick stand, und für einen Moment war es, als würde die Zeit stehen bleiben. „Ich könnte dir dieselbe Frage stellen."

Christoph lächelte. „Ich bin hier, weil ich eine Vergangenheit habe, die mich nie loslässt."

„Vergangenheit, Geheimnisse, Warnungen... du klingst wie der Protagonist in einem düsteren Roman," sagte Lilly trocken, obwohl ihre Neugierde sie innerlich zu zerreißen schien. „Was ist es, das dich wirklich verfolgt?"

Er schwieg für einen Moment, sein Blick war auf einen Punkt im Raum gerichtet, den nur er sehen konnte. Dann sah er sie wieder an, und das Gewicht seines Blicks ließ sie fast erschaudern.

„Lilly, manche Dinge sind besser ungesagt. Glaub mir." Seine Stimme war leise, aber sie spürte, dass er jedes Wort ernst meinte.

„Vielleicht hast du recht," erwiderte sie. „Aber du bist mir schon so nah gekommen – und ich glaube nicht, dass du damit zufrieden bist, es dabei zu belassen."

HELENA VOGLER

Seine Lippen zuckten kaum merklich, als hätte sie einen Nerv getroffen. „Du hast recht. Ich bin nicht der Typ, der sich mit der Oberfläche zufriedengibt."

Einen Augenblick lang standen sie sich einfach gegenüber, und die Stille in der Bibliothek war so schwer, dass sie fast greifbar wurde. Dann, ganz langsam, trat er näher und ließ seine Hand sanft an einem der Regale entlanggleiten, als müsste er sich an etwas festhalten.

„Meine Familie... hat eine Geschichte, die dich überraschen würde." Seine Augen schienen in die Ferne zu blicken, als würde er eine unsichtbare Grenze zwischen der Vergangenheit und dem Hier und Jetzt durchbrechen. „Eine Geschichte, die sich über Generationen hinweg zieht, voller Versprechen, die nie gebrochen wurden – und Flüche, die niemand je ganz abschütteln konnte."

„Flüche?" Sie sprach das Wort fast ungläubig aus, doch der Ausdruck in seinem Gesicht verriet ihr, dass er es ernst meinte. „Ich dachte, solche Dinge existieren nur in Märchen."

„Märchen?" Christophs Lächeln war kalt und bitter. „Es gibt Dinge, Lilly, die wir als Märchen abtun, weil wir es nicht ertragen könnten, wenn sie wahr wären."

Sie spürte, wie die Luft zwischen ihnen prickelte, und die Fragen in ihrem Kopf explodierten förmlich. „Und was ist deine Rolle in dieser Geschichte? Bist du der Verfluchte oder derjenige, der den Fluch ausführt?"

Ein schwacher Schatten huschte über sein Gesicht, und für einen Moment glaubte sie, in seinen Augen einen Schmerz zu sehen, der älter war, als sie je hätte ahnen können.

„Vielleicht bin ich beides," murmelte er, sein Blick war hart und doch voller Sehnsucht. „Aber weißt du, was das Schlimmste daran ist? Dieser Fluch... verlangt Opfer. Und ich habe zu viele gebracht."

Lilly konnte ihren Blick nicht abwenden, seine Worte schienen sie zu fesseln. „Aber wieso tust du das? Wieso... akzeptierst du das?"

DER KUSS DER EWIGEN NACHT

„Weil ich keine Wahl habe." Seine Stimme war rau, und zum ersten Mal sah sie einen Hauch von Verzweiflung in seinen Augen. „Und doch..." Er hielt inne, sein Blick ruhte auf ihren Lippen, und für einen Moment schien der Raum um sie herum zu verschwinden.

„Doch was?" flüsterte sie, während ihr Herz wie wild klopfte.

„Doch manchmal frage ich mich, ob es anders sein könnte. Ob ich... anders sein könnte." Seine Hand glitt langsam von dem Regal zu ihrer Schulter, eine sanfte Berührung, die mehr versprechen schien, als er auszusprechen wagte.

Der Raum um sie herum schien sich zu drehen, und Lilly spürte, wie ihre Knie weich wurden. Christophs Hand wanderte langsam an ihrem Nacken entlang, sein Blick ruhte auf ihrem Gesicht, und sie konnte seinen Atem auf ihrer Haut spüren. Ein Kribbeln breitete sich in ihr aus, das sie nicht kontrollieren konnte.

Seine Finger streichelten sanft über ihre Wange, und ihre Augen suchten die seinen, während sie den Moment vollends in sich aufnahm. „Christoph..." Ihre Stimme war nur ein Flüstern, doch es schien das einzige Wort zu sein, das sie noch aussprechen konnte.

Langsam, fast zögernd, neigte er sich zu ihr, und sie konnte das intensive Grün seiner Augen sehen, das sie förmlich durchbohrte. Ihre Gesichter waren nur Zentimeter voneinander entfernt, und in diesem Augenblick gab es keine Geheimnisse, keine Warnungen – nur das unerklärliche Verlangen, das zwischen ihnen pulsierte.

Doch dann ertönte das Knarren der Tür, und beide fuhren auseinander. Dr. Stein stand am Eingang zur Bibliothek, seine kalten, durchdringenden Augen fixierten sie. „Ich hoffe, ich störe nicht?" fragte er mit einem Hauch von Spott in seiner Stimme, als ob er genau wusste, was er unterbrochen hatte.

Lilly spürte, wie ihre Wangen heiß wurden, doch Christoph behielt seine ruhige Fassade, sein Blick ausdruckslos und kalt. „Nein, Dr. Stein. Wir waren nur... bei einem Gespräch."

Dr. Stein musterte sie beide, und Lilly spürte ein seltsames Unbehagen unter seinem prüfenden Blick. „Manchmal führt ein Gespräch zu... ungeahnten Konsequenzen. Ich hoffe, Sie sind sich dessen bewusst, Herr Böhm." Seine Stimme trug eine unterschwellige Drohung, und Christophs Kiefermuskeln spannten sich an.

„Ich bin mir dessen immer bewusst," erwiderte Christoph kühl und schob sich langsam zwischen Lilly und Dr. Stein, als wollte er sie schützen.

„Dann wünsche ich Ihnen einen angenehmen Abend," sagte Dr. Stein leise und warf Lilly einen letzten, unergründlichen Blick zu, bevor er sich wieder abwandte und lautlos in den Schatten verschwand.

Eine seltsame Stille legte sich über die Bibliothek, und Lilly spürte, wie das Herz in ihrer Brust hämmerte. Christoph sah ihr nach, als wollte er sicherstellen, dass sie in Sicherheit war, bevor er sich wieder zu ihr drehte.

„Dr. Stein scheint eine Menge zu wissen," murmelte sie und zwang sich zu einem Lächeln, auch wenn ihre Gedanken noch immer in Aufruhr waren.

„Das ist das Problem," sagte Christoph leise und griff sanft nach ihrer Hand. „Er weiß mehr, als jeder von uns sich vorstellen kann."

Lillys Gedanken schwirrten, doch seine Berührung, das Versprechen, das in seinem Blick lag, schien die Fragen für einen Moment zu übertönen.

Kapitel 4

Die Herbstsonne schien überraschend hell an diesem Vormittag, und die Schüler der "Ewigen Nacht" verteilten sich für den Kunstunterricht auf den Rasen und die kleinen Steinbänke im Garten. Zwischen den schattigen Bäumen und den kühlen Windböen lag eine fast friedliche Stille, die jedoch für Lilly nur eine trügerische Ruhe war. In der Luft lag eine Spannung, die sie nicht abschütteln konnte, als sie ihr Zeichenmaterial auspackte und sich in einem Halbkreis mit den anderen niederließ.

Ihre Aufgabe bestand darin, einen Partner zu finden und ihn zu porträtieren – ein "Zeichenprojekt zur Erforschung der Seele", wie die Kunstlehrerin es poetisch nannte. Lilly seufzte leise, denn kaum hatte sie ihr Skizzenbuch geöffnet, als sie spürte, dass jemand sie beobachtete. Die zarte, beinahe kalte Stimme von Victoria drang an ihr Ohr.

„Ach, Lilly," sagte Victoria mit einem honigsüßen, aber bedrohlich unterkühlten Lächeln, „es ist doch erstaunlich, wie schnell du dich anpasst. Ein kleines Mädchen mit ganz großen Ambitionen, nicht wahr?"

Lilly riss den Blick von ihrem Zeichenblock los und sah sie an, den Stift zwischen den Fingern haltend. „Ich wusste nicht, dass ich so interessant bin."

Victoria legte den Kopf leicht zur Seite und musterte Lilly von oben bis unten, ihr Lächeln wurde noch ein bisschen kühler. „Interessant...? Nein, das ist das falsche Wort. Eher... störend. Du schleichst hier durch die Gänge wie eine kleine, neugierige Katze, die keine Ahnung hat, dass sie in ein Wolfsrudel geraten ist."

„Und ich nehme an, du bist der große, gefährliche Wolf?" Lillys Tonfall war betont harmlos, doch ihre Augen blitzten. „Ich wusste nicht, dass hier so viel Wert auf... territoriale Ansprüche gelegt wird."

Victoria lachte leise, ein Laut, der alles andere als freundlich war.

„Territoriale Ansprüche?" Sie beugte sich vor und senkte die Stimme zu einem gefährlichen Flüstern. „Ich nenne es eher... den natürlichen Lauf der Dinge. Die starken und die schwachen. Und glaub mir, Lilly, hier gibt es keinen Platz für... Unwissende."

Lilly zwang sich, ruhig zu bleiben, obwohl ihr Herz in ihrer Brust wild schlug. „Vielleicht unterschätzt du mich," entgegnete sie leise, doch sicher. „Ich weiß mehr, als du denkst."

Victoria lächelte nun fast spöttisch, ein Hauch von Belustigung in ihrem Blick. „Wir werden sehen, ob du diesen Worten gerecht wirst." Sie drehte sich um und ging mit langsamen, federnden Schritten, doch nicht ohne Lilly ein letztes, abschätzendes Lächeln zuzuwerfen.

Lilly atmete tief durch, ihre Finger umklammerten den Stift fest. Warum hatte sie das Gefühl, dass Victoria mehr über sie wusste, als sie preisgeben wollte? Jede Begegnung mit ihr fühlte sich an wie ein bedrohliches Vorspiel – ein stummer Krieg, der unausweichlich war.

„Alles okay?" Sofias Stimme holte sie in die Realität zurück. Sie war still neben Lilly getreten und legte ihr eine Hand auf die Schulter. „Ich habe gesehen, wie Victoria... ich meine, wie sie dich angesehen hat."

Lilly nickte leicht und versuchte, ihre eigene Verunsicherung zu überspielen. „Sagen wir einfach, sie ist nicht meine größte Unterstützerin."

Sofia warf Victoria einen besorgten Blick hinterher und schüttelte dann langsam den Kopf. „Victoria ist nicht nur unfreundlich, Lilly. Sie ist... gefährlich. Sie wird vor nichts zurückschrecken, wenn sie dich als Bedrohung sieht. Und..." Sofia zögerte kurz, bevor sie weitersprach, „ich glaube, sie sieht dich genau so."

Lilly lächelte ein wenig schief. „Na, das klingt ja fast schmeichelhaft."

DER KUSS DER EWIGEN NACHT

„Es ist alles andere als schmeichelhaft," erwiderte Sofia ernst und hielt Lillys Blick fest. „Pass auf, Lilly. Sie wird versuchen, dich in die Enge zu treiben, und dabei macht sie keine halben Sachen."

„Glaub mir, Sofia," sagte Lilly und hob das Kinn ein wenig an, „ich bin vielleicht neu hier, aber das heißt nicht, dass ich einfach alles mit mir machen lasse."

Sofia erwiderte ihr Lächeln schwach, doch die Sorge in ihrem Blick blieb. „Ich hoffe nur, du weißt, worauf du dich einlässt. Victoria ist nicht... wie die anderen hier."

„Ich bin auch nicht wie die anderen hier," murmelte Lilly, mehr zu sich selbst als zu Sofia, und ließ ihren Blick über den Garten schweifen.

ALS DER KUNSTUNTERRICHT zu Ende ging und die Sonne langsam hinter den Wolken verschwand, fühlte Lilly das Bedürfnis, Abstand von all dem intensiven Drama zu gewinnen. Ohne genau zu wissen, wohin sie wollte, wanderte sie durch die alten Gänge und dann hinaus in den Garten. Ein kühler Wind spielte mit ihren Haaren, und der Duft von Rosen lag schwer in der Luft.

Der Rosengarten lag etwas versteckt hinter hohen Hecken und alten, bemoosten Mauern. Er wirkte so unberührt, als hätte ihn seit Jahren niemand mehr betreten. Lilly ging langsam die Pfade entlang, die von dunkelroten und tiefvioletten Blüten gesäumt waren, die im schwächer werdenden Licht wie blutige Schatten leuchteten.

Ein bisschen weiter hinten entdeckte sie eine verborgene, steinerne Bank, halb versteckt hinter einem alten Rosenbogen. Sie ließ sich darauf nieder und atmete die kühle Abendluft ein. Die Geräusche der Schule, das Gemurmel der anderen Schüler – alles schien plötzlich weit weg. Hier herrschte eine seltsame Stille, eine Ruhe, die sie gleichermaßen beruhigte und auf seltsame Weise beunruhigte.

Sie schloss die Augen und versuchte, die Gedanken an die Feindseligkeit, die sie von Victoria gespürt hatte, zu vertreiben. Doch genau in diesem Moment hörte sie Schritte. Langsam, ruhig, aber zweifellos auf sie zugehend.

Sie öffnete die Augen – und da stand Christoph.

Für einen Moment blieb er einfach nur dort stehen, seine Gestalt halb im Schatten der Rosen, sein Blick auf sie gerichtet, als hätte er sie schon die ganze Zeit beobachtet. Sein dunkles Haar fiel ihm locker in die Stirn, und in dem sanften Dämmerlicht wirkten seine Augen noch durchdringender, fast wie grüne Flammen.

„Bist du mir gefolgt?" fragte Lilly, und sie war sich nicht sicher, ob sie es als Vorwurf oder als Erleichterung meinte.

„Vielleicht," antwortete Christoph ruhig und trat näher, sein Blick wanderte kurz über die Rosen, die sich um die Bank rankten, bevor er wieder auf ihr Gesicht fiel. „Oder vielleicht war ich einfach nur am richtigen Ort."

„Am richtigen Ort zur richtigen Zeit?" Sie schnaubte leise, doch sie konnte das seltsame Prickeln, das seine Anwesenheit in ihr auslöste, nicht leugnen.

„Manchmal passiert das." Er setzte sich neben sie, und zwischen ihnen herrschte eine Stille, die gleichzeitig angenehm und voller Spannung war.

Lilly spürte, wie das Herz in ihrer Brust schneller schlug. Sie versuchte, ruhig zu bleiben, doch die Nähe zu ihm, das sanfte Flackern in seinen Augen – all das raubte ihr den Atem.

„Der Rosengarten... seltsamerweise passt er zu dir," murmelte Christoph, als würde er mit sich selbst sprechen, und sein Blick wanderte langsam über ihr Gesicht. „Voller verborgener Dornen."

„Vielleicht ist das die einzige Art, wie man hier überlebt," entgegnete Lilly, ihre Stimme leise, aber voller Entschlossenheit. „Du hast mich gewarnt, dass dieser Ort gefährlich ist – und ich merke jetzt, dass du recht hattest."

DER KUSS DER EWIGEN NACHT

Christophs Gesicht wurde ernst, und ein Hauch von Schmerz zog über seine Augen. „Es ist ein Ort voller Schatten, ja. Aber manchmal finden sich die schönsten Dinge im Verborgenen."

„Ein Kompliment?" Sie lächelte leicht, doch ihr Herzschlag war noch immer unregelmäßig. „Von dir? Ich bin beeindruckt."

Er beugte sich ein wenig vor, und in der kühlen Abendluft spürte sie seinen Atem auf ihrer Haut. „Wenn du wüsstest, wie schwer es mir fällt, das hier zu sagen..." Seine Stimme war kaum mehr als ein Flüstern, und Lillys Blick wanderte zu seinen Lippen, die so nah waren, dass sie nur einen Atemzug entfernt schienen.

Ihr Atem stockte, und alles in ihr schrie danach, ihm entgegenzukommen, die letzte Distanz zu überbrücken, die noch zwischen ihnen lag. Christophs Hand glitt langsam an ihrer Wange entlang, seine Finger streichelten sanft ihre Haut, während seine Augen sie nicht losließen.

„Christoph..." flüsterte sie, und sie wusste nicht, was sie mit diesem einen Wort alles sagte, nur dass es alles ausdrückte, was sie in diesem Moment fühlte.

Er antwortete nicht, doch seine Hand wanderte langsam in ihren Nacken, zog sie sanft näher zu sich, bis ihre Lippen einander fast berührten. In seinem Blick lag ein Feuer, das durch eine tiefe, unkontrollierbare Sehnsucht entfacht wurde, und Lilly konnte die Spannung, die zwischen ihnen brannte, förmlich spüren.

Und dann, ohne Vorwarnung, schloss sich die winzige Lücke zwischen ihnen. Seine Lippen berührten ihre in einem sanften, fast tastenden Kuss, der doch so voller Intensität war, dass sie spürte, wie eine Welle aus Hitze durch ihren Körper schoss. Sie wusste nicht, ob sie sich bewegte oder ob es seine Hand war, die sie näher zog, doch in diesem Augenblick war es egal. Nichts anderes existierte, nur dieser eine Kuss, der sie vollkommen einnahm.

Sein Atem vermischte sich mit ihrem, und sie spürte die kühle Berührung seiner Haut, die zugleich brannte wie eine Flamme. Ihre

HELENA VOGLER

Hände glitten fast unbewusst zu seinen Schultern, ihre Finger krallten sich in sein Hemd, während sie sich ihm hingab und ihre Umgebung vergaß.

Doch dann, ganz plötzlich, zog er sich zurück, seine Hand noch immer an ihrem Nacken, doch sein Blick war plötzlich voller Zerrissenheit. „Lilly... ich darf das nicht." Ihre Augen suchten die seinen, und sie spürte den Schmerz, der hinter seiner Fassade verborgen lag. „Warum nicht?" flüsterte sie, und sie spürte, dass diese Frage mehr Bedeutung hatte, als sie selbst begreifen konnte.

„Weil..." Er schluckte, und für einen kurzen Moment sah er fast verloren aus. „Weil ich dich schützen will. Vor mir selbst."

„Vielleicht brauche ich keinen Schutz." Sie hielt seinen Blick fest, ihre Stimme war entschlossen. „Vielleicht will ich... das Risiko eingehen."

Er schüttelte den Kopf, ein schwaches, trauriges Lächeln spielte um seine Lippen. „Das sagst du jetzt. Aber du kennst mich nicht... nicht wirklich."

„Dann zeig mir, wer du bist," sagte sie leise, und es war ein fast verzweifeltes Flehen. „Ich will es wissen, Christoph. Ich will dich verstehen."

Für einen kurzen Augenblick sah es aus, als würde er ihrem Flehen nachgeben, als würde er sich öffnen. Doch dann schloss er die Augen und lehnte seine Stirn gegen ihre, seine Stimme war ein flüsterndes Versprechen und eine Warnung zugleich.

„Wenn ich dir alles zeige, Lilly... dann gibt es kein Zurück mehr."

„Vielleicht will ich kein Zurück." Sie spürte, wie ihr Herz schneller schlug, und eine seltsame Freude erfüllte sie bei dem Gedanken, ihm näher zu kommen – so nahe, dass alle Geheimnisse zwischen ihnen verschwanden.

Doch Christoph zog sich zurück, sein Gesicht voller Schmerz, als würde er einen inneren Kampf austragen, der ihn zerriss. „Das kann ich dir nicht antun," sagte er schließlich, und seine Augen waren kalt, als er sie ansah. „Nicht, solange ich die Wahl habe."

Er stand auf, ließ sie zurück, und Lilly spürte, wie die Kälte des Abends sie umhüllte, als wäre sie plötzlich ganz allein in diesem verwunschenen Rosengarten.

„Christoph..." flüsterte sie, doch er ging fort, verschwand zwischen den Schatten der Rosen, und sie wusste, dass diese Begegnung nur der Anfang einer Geschichte war, die sie niemals mehr loslassen würde.

※

LILLY HATTE DAS GEFÜHL, den Weg von dem Rosengarten zurück zur Schule kaum bewusst zurückgelegt zu haben. Ihr Kopf war eine verwirrende Mischung aus Christophs intensiven Blicken, dem Kuss, der ihr immer noch wie ein Glühen auf den Lippen lag, und der Bitterkeit seines Abschieds. „Ich darf das nicht" – diese Worte brannten sich in ihre Gedanken ein und ließen sie nicht los.

Als sie die Große Halle betrat, war der Geräuschpegel fast betäubend. Schüler drängten sich an die langen Tische, und das hallende Murmeln der Gespräche füllte den Raum. Doch trotz des lebhaften Trubels schien die Atmosphäre wie elektrisch aufgeladen, als ob etwas Unheilvolles in der Luft lag.

Sofia winkte ihr von einem Tisch am Rand zu, und Lilly setzte sich zu ihr, noch immer in Gedanken verloren. „Na, du siehst ja aus, als hättest du ein Gespenst gesehen," flüsterte Sofia mit einem neugierigen Grinsen.

„Vielleicht habe ich das," murmelte Lilly, halb im Scherz, obwohl ihr Herz noch immer in einem unregelmäßigen Rhythmus schlug. Doch bevor sie weiterreden konnte, bemerkte sie, dass Victoria in ihre Richtung blickte. Victorias Gesichtsausdruck war kühl und abschätzend, wie ein Jäger, der seine Beute beobachtete. Offenbar hatte sie die „Neuigkeiten" von Christoph und Lillys Zusammentreffen im

Rosengarten bereits aufgeschnappt, und sie war ganz offensichtlich nicht erfreut darüber.

Lilly zwang sich, ihrem Blick standzuhalten und schenkte ihr ein kühles, gleichgültiges Lächeln. Victorias Augen verengten sich, und einen Moment lang fragte Lilly sich, ob die düsteren Gerüchte über Victorias Machenschaften vielleicht weniger erfunden waren, als sie anfangs gedacht hatte.

In diesem Moment öffnete sich die große Eingangstür zur Halle, und alle Gespräche verstummten, als Dr. Stein, der Schulleiter, eintrat. Seine Gestalt strahlte dieselbe düstere Erhabenheit aus wie immer – fast, als gehöre er nicht in diese Zeit, sondern wäre ein altes Relikt aus einem Zeitalter voller verborgener Riten und seltsamer Magie. Seine Augen glitten über die Menge, und Lilly spürte, wie ein Frösteln sie überkam, als sein Blick kurz an ihr hängen blieb.

„Guten Abend," begann Dr. Stein, seine tiefe Stimme hallte in der Stille nach. „Wie ihr alle wisst, ist die Schule Ewige Nacht ein Ort besonderer... Disziplin und einzigartiger Regeln. Regeln, die wir in den letzten Jahrhunderten entwickelt und perfektioniert haben, um das Gleichgewicht zu wahren."

Lilly sah sich um. Die Schüler schienen wie gebannt, jeder einzelne hing an seinen Lippen, als sei seine Stimme ein Fluch und ein Segen zugleich.

„Doch in den letzten Monaten," fuhr er fort, „haben sich gewisse... Unregelmäßigkeiten eingeschlichen." Seine Augen glitten erneut durch die Halle, und Lilly hatte das Gefühl, dass er sie förmlich durchbohrte. „Um diese Unregelmäßigkeiten zu beseitigen, werden ab sofort einige neue Regeln in Kraft treten."

Ein leises Murmeln durchzog die Reihen, und Lilly bemerkte, dass selbst die Elite-Schüler plötzlich ernst wurden. Victoria, die sich normalerweise nicht um Schulregelungen zu kümmern schien, presste die Lippen aufeinander, während Maximilian neben ihr ein wenig nervös wirkte, auch wenn er das geschickt zu verbergen versuchte.

DER KUSS DER EWIGEN NACHT

„Regel Nummer eins," verkündete Dr. Stein, und seine Stimme klang wie ein unnachgiebiges Urteil, „Die Aktivitäten außerhalb des Schulgeländes werden ab sofort strengstens überwacht. Nächtliche Spaziergänge und eigenmächtige Ausflüge sind nur noch mit Genehmigung gestattet. Diese Regel gilt für alle."

Lilly spürte, wie ein seltsames Kribbeln über ihren Rücken lief. „Nächtliche Spaziergänge" – war das vielleicht ein direkter Seitenhieb auf Christophs nächtlichen Besuch im Garten? Ein schneller Blick zu Christoph zeigte ihr jedoch nur seine kühle, regungslose Miene, die ihm wie eine Maske über das Gesicht gewachsen war.

„Und Regel Nummer zwei," fuhr Dr. Stein fort, und sein Blick war jetzt schneidend und scharf, „jegliche Kontakte zu... Außenstehenden – insbesondere zu jenen, die von unserer... besonderen Gemeinschaft nichts wissen – sind unerwünscht."

Ein tiefer Schatten legte sich über den Raum, und Lilly hatte das Gefühl, dass diese Regel auf niemand anderen abzielte als auf sie selbst. Ihr Herz raste, und sie wagte es nicht, Christoph anzusehen. Stattdessen spürte sie den stechenden Blick Victorias, der sie durchdringend und voller kalter Genugtuung musterte, als wäre sie endlich aus dem Weg geräumt.

„Was bedeutet das?" flüsterte Lilly leise zu Sofia, die sie mit besorgtem Blick ansah.

„Es bedeutet, dass sie dich nicht hier haben wollen," murmelte Sofia leise. „Sie sehen dich als Gefahr. Und sie werden alles tun, um dich fernzuhalten."

Ein schweres Gefühl breitete sich in Lillys Magen aus, doch sie hob das Kinn und versuchte, ihre Fassade zu wahren. Sie würde sich nicht einschüchtern lassen, schon gar nicht von einer geheimnisvollen Schulleitung, die mit Bedrohungen und Drohgebärden arbeitete. Doch tief in ihr nagte die Angst, dass sie den Kuss im Rosengarten vielleicht teuer bezahlen würde.

HELENA VOGLER

Dr. Stein beendete seine Ansprache mit einem kurzen Nicken, und die Gespräche brachen erneut aus, leiser und verschwörerischer als zuvor. Lilly spürte die Blicke auf sich und wusste, dass sie eine Entscheidung getroffen hatte – sie würde herausfinden, welche Geheimnisse diese Schule verbarg, und sie würde keine Drohung aufhalten.

Kapitel 5

Die ersten, zaghaften Herbstblätter wirbelten durch die kühle Luft, als Lilly nach einem langen, unruhigen Tag die kleine Nische im Innenhof betrat, die sie und Sofia in den letzten Wochen zu ihrem heimlichen Treffpunkt gemacht hatten. Irgendetwas hatte Sofia angedeutet, etwas Dringendes, was sie „unbedingt sofort" mit Lilly besprechen musste. Ein Treffen dieser Art, das versprach eigentlich nur das Beste – oder das Schlimmste.

Sofia saß bereits auf der steinernen Bank, umgeben von einem Bett aus verblassenden Blumen und raschelndem Laub. Sie hatte die Arme um sich geschlungen und blickte nachdenklich auf den Boden. Als sie Lilly kommen hörte, hob sie den Kopf und versuchte ein Lächeln, das allerdings eher nach einer gequälten Grimasse aussah.

„Du siehst aus, als ob du eine Geistergeschichte zu erzählen hättest," begann Lilly trocken, versuchte, etwas Leichtigkeit in das bedrückte Schweigen zu bringen.

Sofia schnaubte und schüttelte leicht den Kopf. „Ach, das wäre einfach. Es gibt hier so viel mehr, was... sich nicht so leicht erzählen lässt."

„Ich bin ganz Ohr," erwiderte Lilly und setzte sich neben sie. Insgeheim brannte die Neugier in ihr. Wenn jemand an der Schule Geheimnisse kannte, dann Sofia – und endlich schien sie bereit zu sein, ein paar davon zu lüften.

Sofia sah sie an, dann senkte sie den Blick und begann langsam zu sprechen. „Es gibt Dinge hier, Lilly, Dinge über die Elite-Schüler, die du verstehen solltest. Sie sind... anders. Ich kann dir nicht alles sagen –

noch nicht – aber ich..." Sie schluckte und schien für einen Moment in sich zu gehen, bevor sie fortfuhr. „Ich habe... jemanden von ihnen gern."
Lilly konnte ein Schmunzeln nicht unterdrücken. „Oh, Sofia. Dann ist ja nicht nur mein Liebesleben ein Desaster in dieser Schule."
Sofia hob die Augenbrauen und sah sie an, als hätte sie einen außergewöhnlich schlechten Witz gehört. „Nein, Lilly, das ist kein Spiel. Ich meine es ernst. Ich rede hier nicht von einem normalen Schwarm. Ich rede davon, dass diese Gefühle... alles verändern könnten."
Lilly stutzte und wurde ernster. „Okay, erzähl weiter."
Sofia atmete tief durch. „Maximilian – du kennst ihn. Er ist... er ist wie eine dieser schillernden Figuren aus einem Buch. Geheimnisvoll, charmant, aber auch kalt und unnahbar. Und obwohl ich weiß, dass er mir eigentlich nicht guttun sollte, zieht er mich einfach an. Es ist, als ob ich keine Kontrolle über meine Gefühle habe, wenn er in meiner Nähe ist."
Lilly betrachtete sie aufmerksam. „Ich verstehe das... irgendwie. Aber was ist es, das dich so verunsichert?"
Sofia blickte sie mit düsteren Augen an. „Lilly, er ist nicht einfach nur... anders. Er und die anderen – sie verbergen etwas, und es ist nichts Harmloses. Maximilian hat diese... diese Kälte, die manchmal durchbricht. Und dann gibt es noch Dinge, die ich nicht erklären kann. Er bewegt sich schneller als jeder andere, reagiert auf Dinge, bevor sie überhaupt passieren. Es ist fast übernatürlich."
„Übernatürlich?" Lilly versuchte, den Gedanken zu verdauen. Aber irgendwie ergab das durchaus Sinn – die Art und Weise, wie Christoph im Sportunterricht völlig übermenschlich gewirkt hatte, oder die Blicke, die Maximilian manchmal zu ihr herüber warf, wie ein Raubtier, das seine Beute einschätzte. Ein unangenehmes Kribbeln breitete sich in ihr aus.
„Ja, übernatürlich." Sofia seufzte, und ihre Schultern sanken nach unten. „Ich weiß, dass das verrückt klingt, aber je mehr Zeit ich mit ihm

DER KUSS DER EWIGEN NACHT

verbringe, desto mehr habe ich das Gefühl, dass er... dass er etwas ist, was ich nicht verstehen kann."

Lilly legte Sofia eine Hand auf die Schulter und versuchte, sie zu beruhigen. „Sofia, wenn er wirklich so ist... warum bleibst du dann bei ihm? Warum riskierst du das?"

Sofia hob das Kinn, und in ihren Augen blitzte ein entschlossener Ausdruck auf. „Weil es sich für mich so anfühlt, als wäre er die Antwort auf Fragen, die ich mir mein ganzes Leben lang gestellt habe. Es ist, als wäre ich auf etwas gestoßen, das... etwas Uraltes, und obwohl es mir Angst macht, zieht es mich gleichzeitig an."

Ein Schauder lief Lilly über den Rücken, und sie konnte sich des Gefühls nicht erwehren, dass Sofias Worte auch auf sie zutreffen könnten. Christoph war ebenfalls jemand, der sie unwiderstehlich anzog, trotz – oder gerade wegen – der unzähligen Geheimnisse, die er in sich trug.

„Dann sei vorsichtig," murmelte Lilly leise, und ein Hauch von Besorgnis schlich sich in ihre Stimme. „Ich verstehe dich besser, als du glaubst. Aber diese Geheimnisse, die sie haben... sie könnten gefährlich sein."

Sofia nickte, als hätte sie das bereits gewusst. „Ich weiß. Aber ich glaube, ich habe keine Wahl. Was auch immer dieses Geheimnis ist, ich werde es herausfinden."

Lilly legte den Arm um ihre Freundin und seufzte leise. Sie spürte die Schwere von Sofias Verzweiflung und zugleich den Sog, den die düsteren Geheimnisse der Elite auf sie beide ausübten.

„Dann... dann finden wir es gemeinsam heraus," sagte Lilly schließlich und konnte nicht verhindern, dass ihre Stimme einen entschlossenen Unterton bekam.

Sofia sah sie mit einer Mischung aus Erleichterung und Unbehagen an. „Lilly, ich fürchte, dass das, was wir finden könnten, nicht das ist, was wir hoffen."

HELENA VOGLER

„Vielleicht nicht," flüsterte Lilly und sah in den Nachthimmel, wo die Sterne wie ein frostiger Teppich schimmerten. „Aber manche Dinge sind es wert, entdeckt zu werden – selbst wenn sie gefährlich sind."

※

LILLYS SCHRITTE HALLTEN leise auf dem gepflasterten Weg, der zum Rosengarten führte. Die Nacht lag still über dem Gelände, und der Mond tauchte die alten, verwitterten Steinwände in silbernes Licht. Es war fast Mitternacht, und trotz des leisen, warnenden Schauders, der ihr über den Rücken lief, zog sie weiter. Der Drang, Christoph zu sehen, war zu stark – ein unsichtbarer Faden, der sie unaufhaltsam zu ihm zog.

Im Garten angekommen, blieb sie stehen und lauschte. Nur das Rascheln der Blätter war zu hören, eine Melodie, die den Herzschlag der Nacht zu tragen schien. Dann, ohne dass sie ihn gehört hätte, spürte sie plötzlich seine Anwesenheit. Christoph stand da, inmitten der Dunkelheit, das Mondlicht warf einen kühlen Schein auf sein Gesicht, und seine Augen funkelten wie smaragdgrüne Sterne.

„Du hast mich gerufen," sagte er, seine Stimme kaum mehr als ein Flüstern, und dennoch klang sie, als würde sie die ganze Nacht durchdringen.

„Vielleicht... war ich neugierig," erwiderte Lilly und hoffte, dass die Dunkelheit das leichte Zittern in ihrer Stimme verbarg. „Oder vielleicht wollte ich einfach nur... verstehen."

Christoph lächelte, ein geheimnisvolles, leicht trauriges Lächeln. „Verstehen? Manchmal sind die Antworten gefährlicher als die Fragen."

„Vielleicht will ich dieses Risiko eingehen," entgegnete sie trotzig und trat einen Schritt auf ihn zu. Ihre Augen trafen seine, und für einen Moment schien die Welt um sie herum stillzustehen, als wäre alles andere nur ein verschwommener Hintergrund, der nicht wirklich zählte.

DER KUSS DER EWIGEN NACHT

„Lilly..." Christophs Hand hob sich langsam, fast zögernd, als wollte er sicherstellen, dass sie nicht zurückweichen würde. Als seine Finger ihre Wange berührten, war seine Haut kühl, und ein Schauer lief ihr über den Rücken – ein Schauer, der mehr mit Sehnsucht als mit Kälte zu tun hatte.

„Christoph," flüsterte sie, und sie wusste selbst nicht, ob es eine Warnung, ein Flehen oder ein einfaches Verlangen war.

Er trat näher, seine Augen suchten ihre, als wollte er in ihnen lesen. „Manchmal denke ich, dass ich dich nie hätte treffen dürfen," sagte er leise, und ein Hauch von Verzweiflung lag in seiner Stimme.

Lilly sah ihn an, verwirrt und doch fasziniert. „Warum?"

„Weil du mich an einen Teil von mir erinnerst, den ich längst begraben wollte." Seine Stimme war kaum mehr als ein Hauch, und die Intensität seines Blicks raubte ihr fast den Atem.

„Vielleicht ist dieser Teil genau der, den ich... den ich in dir sehen will." Ihre Stimme war kaum hörbar, doch sie wusste, dass er sie gehört hatte.

Christoph lächelte schwach, und ohne eine weitere Warnung beugte er sich zu ihr. Seine Lippen berührten die ihren, zuerst zögerlich, dann mit einer wachsenden Dringlichkeit. Es war ein Kuss, der all die unausgesprochenen Worte und verborgenen Sehnsüchte in sich trug. Ein Kuss, der ihr alles bedeutete und zugleich das Versprechen von etwas Unerreichbarem zu sein schien.

Lilly schloss die Augen und verlor sich in ihm, in dem seltsamen, bittersüßen Moment, der sie alles um sich herum vergessen ließ. Seine Hand glitt langsam von ihrer Wange zu ihrem Nacken, zog sie näher, und sie spürte, wie ihr Puls schneller schlug, als sein Griff fester wurde. Ein Kribbeln breitete sich in ihr aus, eine Mischung aus Aufregung und unkontrollierbarem Verlangen.

Doch dann, ganz plötzlich, spürte sie, wie sich etwas veränderte. Christophs Körper versteifte sich, seine Hand zitterte leicht, und sie öffnete die Augen, um ihn anzusehen. Seine Augen waren dunkel, fast unheimlich, und eine unerklärliche Spannung lag in seinem Blick.

„Christoph... was ist los?" flüsterte sie und konnte das leichte Zittern in ihrer Stimme nicht verbergen.

Er atmete schwer, seine Finger zitterten noch immer an ihrem Nacken, und sein Blick war jetzt unruhig und voller innerem Kampf. „Ich... ich muss gehen."

„Gehen?" Lilly war wie betäubt, spürte noch seine Berührung und wollte ihn nicht loslassen. „Christoph, bitte, sag mir, was los ist."

Doch Christophs Gesicht verzog sich vor Schmerz, und er trat zurück, als würde er gegen einen unsichtbaren Drang ankämpfen. „Es ist... zu gefährlich. Du hast keine Ahnung, Lilly. Ich... ich verliere die Kontrolle."

Sie konnte es kaum fassen, doch seine Worte brachten in ihr eine dunkle Vorahnung zum Klingen. „Was meinst du mit Kontrolle?"

„Ich kann es nicht erklären," flüsterte er und klang plötzlich müde, als würde ihn das, was er zurückhielt, all seine Kraft kosten. „Es reicht, dass du weißt, dass ich mich fernhalten muss. Dir zuliebe."

„Das hast du schon einmal gesagt," entgegnete sie leise, doch diesmal war ihre Stimme voller Entschlossenheit. „Aber ich lasse dich nicht einfach so gehen."

Christoph sah sie an, sein Blick war voller Bedauern und Verlangen zugleich. „Lilly, bitte. Ich will nicht derjenige sein, der dir weh tut."

„Vielleicht ist es zu spät dafür," flüsterte sie und griff nach seiner Hand, die immer noch zitterte. „Vielleicht ist es schon zu spät für uns beide."

Er atmete tief durch und schloss die Augen, als müsse er sich selbst daran hindern, einen weiteren Schritt auf sie zuzugehen. Doch dann – ein seltsames Geräusch drang an ihre Ohren, ein Knistern in den Büschen, das die Stille der Nacht zerriss.

Christophs Kopf ruckte herum, und seine Augen verengten sich, während er in die Dunkelheit starrte. „Jemand ist hier."

DER KUSS DER EWIGEN NACHT

Ein leises Knacken folgte, gefolgt von einem Rascheln, das sich näherte. Lilly spürte, wie Christophs Hand sie fest umklammerte, und sie hielt den Atem an, als die Spannung in der Luft spürbar zunahm.

„Bleib hier," flüsterte er, seine Stimme scharf und ernst, und ließ ihre Hand los. Doch noch bevor sie antworten konnte, war er bereits in den Schatten verschwunden, lautlos und so schnell, dass es wirkte, als hätte er sich in Luft aufgelöst.

Lilly blieb allein zurück, ihr Herz raste, und sie versuchte, in der Dunkelheit etwas zu erkennen. Die Stille war beängstigend, und sie wusste nicht, ob sie auf Christoph warten oder lieber zurück ins Schulgebäude rennen sollte.

Doch plötzlich tauchte er wieder vor ihr auf, sein Gesicht war angespannt und seine Augen blitzten. „Wir müssen gehen. Jetzt."

„Was... was hast du gesehen?" Sie hielt ihn an der Schulter fest, spürte die Härte und Anspannung seiner Muskeln.

„Es ist nicht sicher," murmelte er und zog sie in die Richtung, aus der sie gekommen war. Doch Lilly konnte das leise Zittern in seiner Stimme spüren, das mehr aussagte, als seine Worte es jemals könnten.

Und als sie durch die düsteren Gänge zurück zum Schlafsaal eilten, fühlte Lilly, dass dieses Treffen im Rosengarten nur eine Vorahnung war. Eine Vorahnung auf etwas, das sie beide vielleicht nie wieder kontrollieren würden.

※

AM NÄCHSTEN TAG SCHLICH ein düsteres Gefühl durch die alte Schule, das fast greifbar in der kühlen Morgenluft lag. Lilly fühlte sich, als würde ein schwerer Schleier über ihr hängen. Christoph hatte sie letzte Nacht wortlos in die Schlafsäle zurückgebracht, und seine letzte, ernste Warnung hallte noch immer in ihrem Kopf: „Halte dich von mir fern, solange du noch kannst."

Doch statt ihr Zeit zum Nachdenken zu geben, schlug das Schicksal zu – in Form von Victoria. Als Lilly nach dem Unterricht die

HELENA VOGLER

langen, finsteren Flure entlangging, bemerkte sie die schmale Gestalt ihrer „Lieblingsperson", die mit einem kalten, amüsierten Blick auf sie wartete, halb im Schatten verborgen, als gehöre sie nicht ganz zu dieser Welt.

„Oh, Lilly." Victorias Stimme tropfte wie Honig, doch das war ein Honig, der bitter schmeckte. „Was für ein... aufregendes Leben du dir hier aufgebaut hast."

Lilly hob das Kinn, um ihre Unsicherheit zu überspielen. „Victoria, wenn du mir was sagen willst, dann lass das Theater. Ich habe besseres zu tun, als mir deine kleine Show anzusehen."

Victoria lächelte nur, und es war ein Lächeln, das eher einem Raubtier als einem Menschen glich. „Ach, so sicher? Du weißt wohl wirklich nicht, in welches Spiel du dich verwickelt hast."

„Vielleicht nicht, aber ich habe das Gefühl, dass du es mir sowieso gleich erklären wirst." Lilly verschränkte die Arme und warf ihr einen herausfordernden Blick zu, auch wenn sie innerlich auf der Hut war.

Victoria trat einen Schritt näher und musterte sie mit einem seltsamen Funkeln in den Augen. „Ich verstehe, dass Christoph... ein gewisses Interesse an dir hat. Aber was du nicht verstehst, Lilly, ist, dass Menschen wie du und... Wesen wie er nicht zusammenpassen."

Lillys Herz klopfte, doch sie ließ sich nichts anmerken. „Ich verstehe mehr, als du denkst. Und nur weil du denkst, dass du irgendetwas zwischen uns zerstören kannst, heißt das nicht, dass du recht hast."

Victoria lachte leise, und es klang so, als würde sie ein schmutziges Geheimnis mit sich herumtragen. „Ach, Lilly, du denkst, ich will Christoph nur... für mich? Nein, das hier ist viel größer als ein einfacher Wettstreit."

Lilly spürte ein seltsames Frösteln. „Wovon sprichst du?"

Victoria lehnte sich an die kalte Wand und schaute Lilly an, als ob sie eine besonders naive Schülerin vor sich hätte. „Christophs Vergangenheit... sie ist finsterer, als du dir vorstellen kannst. Er trägt etwas in sich, das selbst er nicht kontrollieren kann. Weißt du, dass er... früher ein anderes Leben geführt hat? Ein Leben, das ihn zu dem gemacht hat, was er heute ist?"

Lilly spürte, wie sich ein seltsames, kaltes Gefühl in ihrem Magen ausbreitete, doch sie versuchte, ruhig zu bleiben. „Was meinst du?"

Victoria neigte den Kopf, und ihre Augen funkelten schadenfroh. „Er war einmal der Erbe einer Macht, die so alt ist, dass selbst ich sie kaum begreifen kann. Etwas Dunkles, das ihm alles nehmen kann, was ihm wichtig ist. Und wenn du glaubst, dass du sicher bist... dann täuschst du dich gewaltig."

Ein dunkler Verdacht stieg in Lilly auf, doch bevor sie die Worte formulieren konnte, hörte sie Schritte hinter sich. Maximilian kam mit einer unheimlichen Ruhe den Flur entlang, doch seine Augen waren hart und finster, als er Victoria ansah.

„Ich denke, das reicht, Victoria," sagte er leise, doch in seiner Stimme lag eine kalte Schärfe, die keine Widerrede zuließ.

Victoria hob die Augenbrauen und schenkte ihm ein amüsiertes Lächeln. „Oh, Maximilian, bist du jetzt Lillys Ritter in glänzender Rüstung? Wie... reizend."

„Das ist keine Warnung, sondern ein Befehl," sagte Maximilian mit einer Festigkeit, die Lilly überraschte. „Lass sie in Ruhe."

Victoria funkelte ihn an, doch schließlich wich sie mit einem abschätzigen Blick zurück. „Fein, wie du meinst. Aber... vergiss nicht, Maximilian," fügte sie leise hinzu, ihr Lächeln jetzt eher ein bedrohliches Flüstern, „manchmal sind die Geheimnisse, die wir verbergen, gefährlicher für die, die wir lieben, als die Wahrheit."

Mit diesen Worten verschwand sie in den Schatten, ihre Silhouette wirkte wie die eines Geistes, der in der Dunkelheit verschwand. Lilly blieb regungslos stehen, die Worte, die Victoria gesprochen hatte, hallten in ihrem Kopf nach.

Maximilian wandte sich zu ihr und sah sie ernst an. „Lass dich nicht von ihr beeinflussen. Sie... spielt Spiele, in denen es nur um Kontrolle geht."

„Aber... ist es wahr, was sie sagt?" fragte Lilly leise und sah ihm direkt in die Augen. „Über Christoph und seine Vergangenheit?"

Maximilian schwieg einen Moment, seine Augen ruhten auf ihr, und ein Hauch von Bedauern lag in seinem Blick. „Manchmal ist die Vergangenheit nur ein Schatten, Lilly. Aber Schatten können... gefährlich sein, wenn man zu nah an sie herantritt."

„Maximilian, warum helfen du und Christoph mir überhaupt?" Sie wusste, dass sie mehr fragte, als sie vielleicht bereit war zu erfahren, doch der Drang, die Wahrheit zu verstehen, war stärker als ihre Furcht.

Maximilian senkte den Blick, und seine Stimme war leise, fast ein Flüstern. „Vielleicht liegt es daran, dass manche von uns noch wissen, wie es ist, ein Herz zu haben. Auch wenn es für uns gefährlicher ist, als wir je zugeben würden."

Ein Zittern lief ihr über den Rücken, doch sie ließ seinen Blick nicht los. „Ich will die Wahrheit, Maximilian. Egal wie gefährlich sie ist."

Er betrachtete sie mit einem Ausdruck, der sowohl Bewunderung als auch Warnung enthielt. „Manchmal ist die Wahrheit schlimmer, als du dir vorstellen kannst. Aber wenn du darauf bestehst... vielleicht wirst du sie bald erfahren."

Mit diesen Worten wandte er sich ab, und Lilly sah ihm nach, wie er den Flur hinunterging, sein Schatten zog sich lang über den Boden und verschwand in der Dunkelheit.

Kapitel 6

Die alte Bibliothek der „Ewigen Nacht" war ein Raum voller Geheimnisse, verstaubter Bücher und düsterer Geschichten, die nur darauf warteten, entdeckt zu werden. Lilly saß in einem abgelegenen Winkel zwischen den Regalen, den Geruch von altem Papier in der Nase und eine Lampe, deren schwaches Licht die Dunkelheit um sie herum gerade so durchbrach. In ihren Händen hielt sie ein uraltes Buch, das eine Sammlung von Geschichten und Legenden zu sein schien – doch sie spürte instinktiv, dass mehr dahintersteckte.

Sie hatte die letzten Nächte damit verbracht, die Worte zu entziffern, die in kunstvoller Handschrift und alter Sprache geschrieben waren. Das Wort „Vampir" war bereits mehrmals gefallen – und jedes Mal, wenn sie es las, schien ihr Herz ein wenig schneller zu schlagen. Es war verrückt, klar, aber etwas in ihr wusste, dass diese alten Geschichten hier an der „Ewigen Nacht" mehr als nur Mythos sein könnten.

Während sie über eine Seite mit einer detaillierten Zeichnung blutroter Augen strich, spürte sie plötzlich ein leichtes Prickeln auf der Haut. Sie sah sich um und konnte im Dunkel der Bibliothek eine Bewegung ausmachen. Dort, im Schatten eines Regals, schimmerte ein Paar hellgrüner Augen.

Maximilian.

Er stand da, wie aus dem Nichts aufgetaucht, seine Augen folgten jeder ihrer Bewegungen, und auf seinen Lippen lag ein Lächeln, das sie nicht deuten konnte – irgendwo zwischen Belustigung und Herausforderung.

„Nachforschungen in der Dunkelheit? Interessant, Lilly. Weiß Christoph, dass du so fleißig bist?" Seine Stimme klang leise, doch in dem stillen Raum hallte sie wie ein fernes Echo nach.

Lilly hob nur die Augenbrauen und sah ihn herausfordernd an. „Gehört die Bibliothek euch etwa? Vielleicht suche ich nur... etwas zum Zeitvertreib."

„Zum Zeitvertreib?" Maximilian trat langsam näher, sein Blick wanderte über das Buch in ihren Händen und blieb an den düsteren Illustrationen hängen. „Sieht eher aus, als würdest du nach einer ganz bestimmten Geschichte suchen."

„Und wenn dem so wäre?" entgegnete Lilly kühl, auch wenn sie sich selbst über die Unruhe wunderte, die seine Anwesenheit in ihr auslöste. „Ich habe das Gefühl, dass es hier einige Dinge gibt, die die Schüler nicht erfahren sollen."

Maximilian schnaubte leise, sein Blick wurde ernst. „Vielleicht gibt es einen Grund dafür, dass diese Dinge verborgen bleiben. Manchmal ist es besser, das Mysterium nicht zu lüften."

Lilly ließ sich nicht beirren und klappte das Buch vor ihm auf, zeigte auf eine Seite, auf der ein Vampir in altertümlicher Kleidung abgebildet war, die Augen leuchtend und die Fangzähne leicht zu erkennen. „Maximilian, warum sieht das aus wie Christoph?"

Er warf einen Blick auf die Seite und verzog kurz die Lippen zu einem wissenden Lächeln. „Geschichten neigen dazu, lebendig zu werden, wenn man zu viel Zeit mit ihnen verbringt."

Lillys Augen verengten sich. „Also lebst du auch in diesen Geschichten, Maximilian? Weil du bist in der Schule genauso... seltsam wie er."

Maximilian legte den Kopf schief und schien sie einen Moment lang zu mustern, als beurteilte er, wie viel er ihr verraten wollte. „Manche von uns sind dazu verdammt, mehr zu wissen, als sie sollten.

DER KUSS DER EWIGEN NACHT

Und manche... sind dazu verdammt, neugierige Mädchen daran zu hindern, ihre Nasen in gefährliche Geschichten zu stecken."

Lilly schloss das Buch und stand auf, ließ ihren Blick fest auf ihn gerichtet. „Und was genau ist so gefährlich an diesen Geschichten, Maximilian? Sind sie wahr?"

Er trat zurück und sah sie an, sein Blick war schwer und dunkel. „Vielleicht ist das eine Frage, die du Christoph selbst stellen solltest. Aber ich warne dich, Lilly – manchmal führt die Wahrheit direkt in die Dunkelheit."

Lilly wollte noch etwas erwidern, doch im nächsten Moment drehte sich Maximilian um und verschwand so lautlos wie ein Schatten zwischen den Regalen. Sie blieb zurück, das Buch immer noch in der Hand, und wusste, dass sie nun die letzte Entscheidung treffen musste.

Am nächsten Tag würde sie Christoph konfrontieren – und diesmal würde sie sich mit keiner halben Antwort abspeisen lassen.

LILLY SPÜRTE, WIE SICH ihre Entschlossenheit in ihrer Brust sammelte, während sie den kühlen Flur entlanglief und dabei leise Schritte machte. Christoph würde ihr keine Ausflüchte mehr bieten können – nicht nach all den Geheimnissen, die in der Luft hingen wie ein unsichtbarer Schleier. Sie fand ihn schließlich am Ende eines Korridors, halb versteckt in einem Lichtschacht, der ihm ein geradezu übernatürliches Aussehen verlieh. Seine Silhouette war ruhig und aufrecht, doch irgendetwas an seiner Haltung verriet ihr, dass er wusste, warum sie hier war.

Er drehte sich zu ihr um, und seine Augen – ein lebendiges Grün, das im sanften Halbdunkel funkelte – fingen ihren Blick ein. „Lilly," sagte er leise, und in seiner Stimme lag ein Hauch von Erschöpfung. „Was führt dich hierher... so spät?"

„Ich denke, das weißt du längst," entgegnete Lilly und trat mit einer kühlen Gelassenheit auf ihn zu, die ihr selbst überraschend vorkam. „Es gibt Dinge, die du mir verschweigst, Christoph. Dinge, die nicht nur harmlose Geheimnisse sind."

Er sah sie an, seine Lippen zu einem schmalen Lächeln verzogen. „Ah. Ich verstehe. Du hast dich in den Geschichten der Bibliothek verloren. Alte Geschichten... die die Neugierigen in die Dunkelheit führen."

„Vielleicht," erwiderte sie und hob das Kinn leicht an. „Aber irgendetwas sagt mir, dass diese Geschichten mehr als nur Legenden sind. Sie sind... wahr, oder? Du und die anderen – ihr seid anders."

Christoph atmete tief durch und wandte den Blick ab, als würde er etwas in der Dunkelheit suchen, das nur er sehen konnte. „Manchmal ist es gefährlich, die Wahrheit zu suchen, Lilly. Die Wahrheit kann... dich in ihren Bann ziehen."

„Vielleicht will ich das." Sie trat noch einen Schritt auf ihn zu, bis nur noch ein Hauch von Raum zwischen ihnen lag. „Vielleicht will ich wissen, wer du wirklich bist."

Sein Blick wurde härter, und für einen Moment schien in seinen Augen etwas Unheimliches aufzublitzen – etwas, das sie sowohl faszinierte als auch erschreckte. „Du weißt nicht, worum du bittest."

„Doch, Christoph," flüsterte sie, und ihre Stimme war entschlossen. „Ich will es wissen. All das."

Er schloss kurz die Augen, als kämpfe er mit sich selbst, bevor er sie wieder ansah. „Dann hast du es so gewollt." Seine Stimme war jetzt ernst, sein Gesicht von einer düsteren Entschlossenheit gezeichnet. „Ich bin nicht... so wie du. Ich bin nicht einmal wirklich lebendig, nicht auf die Weise, die du verstehst."

„Nicht lebendig?" Ein Schauer lief Lilly über den Rücken, doch sie blieb ruhig. „Heißt das... du bist..."

„Ein Vampir," beendete er ihren Satz und sprach das Wort mit einer kalten Präzision aus, die ihr die Luft nahm. „Ja, Lilly. Das ist, was ich bin."

DER KUSS DER EWIGEN NACHT

Lilly starrte ihn an, die Welt schien plötzlich stillzustehen, während sie seine Worte verarbeitete. Ein Vampir. Es war, als hätte sich ein längst vergangener Albtraum in ihre Realität eingeschlichen – ein Geheimnis, das im Nebel der Legenden verborgen gewesen war, und jetzt stand es vor ihr, in Gestalt eines Jungen, der ihr Herz schneller schlagen ließ.

„Und du... du trinkst Blut?" Ihre Stimme klang atemlos, als ob sie die Frage nicht wirklich zu stellen wagte.

Er sah sie lange an, dann nickte er langsam. „Ja, aber ich... kämpfe dagegen an. Jeden Tag." Er wandte den Blick ab, und sie konnte die Scham in seinem Gesicht lesen, eine Scham, die ihm das Leben schwer machte, seit er sich erinnern konnte. „Deshalb wollte ich dich auf Abstand halten. Weil ich nie... sicher sein kann."

Lillys Herz schlug wild, doch eine unerwartete Entschlossenheit stieg in ihr auf. „Also ist das der Grund für all die Warnungen und Geheimnisse? Weil du... Angst hast, mir wehzutun?"

„Ich habe mehr als nur Angst, Lilly," flüsterte er und sah sie mit einem Blick an, der tiefer ging, als sie erwartet hatte. „Ich würde alles tun, um dich zu schützen. Selbst wenn das heißt, dass ich..." Er hielt inne und biss die Zähne zusammen, als würde es ihn zerreißen. „...dich niemals bei mir haben kann."

Lillys Hand hob sich fast von selbst und legte sich sanft auf seine Wange. „Vielleicht will ich das Risiko eingehen," sagte sie leise, und sie spürte, wie ihre eigene Stimme bebte.

„Lilly," flüsterte Christoph, und seine Hand umschloss ihre, sein Blick war von einer tiefen Verzweiflung durchzogen. „Wenn du wüsstest, was ich wirklich bin... was ich dir antun könnte... du würdest laufen."

Doch Lilly rührte sich nicht, ihr Blick war fest und voller Entschlossenheit. „Ich laufe nicht weg, Christoph. Nicht vor dir."

Er sah sie an, seine Augen schimmerten im schwachen Licht, und für einen kurzen Moment schien sein kühles, zurückhaltendes Wesen zu bröckeln. Seine Hand glitt an ihrem Nacken entlang und zog sie näher. Seine Lippen waren nur noch einen Hauch von ihren entfernt, und sie konnte den kühlen, süßlichen Duft seiner Haut riechen.

Und dann, ohne ein weiteres Wort, ließ er sich fallen und küsste sie. Seine Lippen waren kühl, doch der Kuss brannte wie eine Flamme, die sie durchströmte und sie alles um sich herum vergessen ließ. Seine Hände glitten an ihren Rücken und drückten sie sanft, aber fest an sich, als könnte er sie mit bloßer Berührung festhalten und beschützen.

Lilly fühlte sich, als würde die Welt um sie herum verschwimmen, als gäbe es nur noch ihn und diesen Augenblick. Die Intensität des Kusses ließ ihren Atem stocken, und sie spürte, wie ihr Herz schneller schlug, ein fieberhaftes Kribbeln breitete sich in ihrem ganzen Körper aus.

Doch dann, ganz plötzlich, löste Christoph sich von ihr und trat einen Schritt zurück, seine Augen waren dunkel und funkelten fast bedrohlich. Mit einem leisen, fast schmerzerfüllten Laut öffnete er den Mund, und Lilly sah, wie seine Eckzähne scharf und lang zum Vorschein kamen, wie winzige Dolche, die im Licht blitzten.

Ein kalter Schauer lief ihr über den Rücken, doch gleichzeitig war sie von einer unbeschreiblichen Faszination ergriffen. Die Erkenntnis, dass er tatsächlich ein Wesen war, das sie kaum verstehen konnte, ließ eine wilde, unkontrollierbare Anziehung in ihr aufkeimen.

„Hast du jetzt... Angst?" fragte Christoph, seine Stimme war heiser und voller innerem Kampf.

Lilly schüttelte leicht den Kopf, ihr Blick fest auf ihn gerichtet. „Vielleicht ein bisschen. Aber das heißt nicht, dass ich gehen will."

Er schloss kurz die Augen, und als er sie wieder öffnete, waren seine Fangzähne wieder verschwunden, seine Augen waren voller Zärtlichkeit und Schmerz. „Du solltest Angst haben, Lilly. Ich will nicht derjenige sein, der dir Schaden zufügt."

„Dann tu es nicht," flüsterte sie und trat wieder näher an ihn heran, ihre Hand glitt über seine Brust, spürte den festen Herzschlag, der darunter pulsierte. „Vielleicht ist es schon zu spät für mich, Christoph. Und vielleicht ist das... genau das, was ich will."

Christoph schloss die Augen und ließ sich einen Moment lang in ihrer Nähe fallen, ließ die Verbindung zwischen ihnen für einen Herzschlag zu. Doch dann trat er einen Schritt zurück, sein Gesicht war voller innerem Schmerz. „Das hier, Lilly... ist ein Spiel mit dem Feuer. Und irgendwann werden wir beide daran verbrennen."

Lilly sah ihn an, ihr Herz klopfte wild, doch sie spürte, dass dieser Moment mehr war als eine bloße Warnung. „Dann lass uns wenigstens gemeinsam brennen."

***

DIE NACHT LAG STILL und schwer über der Schule „Ewige Nacht", und Lilly wusste, dass sie längst hätte schlafen sollen. Doch Christophs Worte hallten wie ein Echo in ihrem Kopf wider, und ihre Gedanken ließen sie einfach nicht los. Der Kuss, das Geständnis, das Funkeln seiner Fangzähne – es war alles so surreal, so furchteinflößend und gleichzeitig... aufregend.

Ein sanftes Klopfen an ihrer Tür riss sie aus den Gedanken. Sie wusste instinktiv, wer es war, und ohne einen Moment zu zögern, öffnete sie. Dort stand Christoph, seine Augen waren dunkel und voller eines Verlangens, das sie so noch nie gesehen hatte. Er sagte nichts, aber die Art, wie er sie ansah, raubte ihr den Atem.

„Ich sollte nicht hier sein," murmelte er und trat einen winzigen Schritt näher, als wollte er seine eigenen Worte ins Gegenteil verkehren. „Du weißt, dass das ein Fehler ist."

„Vielleicht," flüsterte Lilly und spürte, wie ihre Hand unwillkürlich seine berührte. „Aber ich glaube, wir haben beide schon viel größere Fehler gemacht."

Ein kurzes, beinahe ungläubiges Lächeln huschte über seine Lippen, dann hob er ihre Hand an seine Wange und ließ sie spüren, wie kühl seine Haut war. Ein Schauer lief ihr über den Rücken, doch sie konnte nicht anders, als sich ihm erneut hinzugeben. Christoph zog sie in sein Zimmer, schloss die Tür hinter ihnen, und für einen Moment standen sie sich nur schweigend gegenüber, die Spannung zwischen ihnen war greifbar, beinahe elektrisierend.

Langsam senkte er seinen Kopf, und Lilly schloss die Augen, spürte, wie seine Lippen ihre berührten. Diesmal war der Kuss nicht nur zärtlich – er war intensiv, beinahe verzweifelt. Seine Hände glitten an ihren Rücken, drückten sie fester an sich, als könne er sie in seinem Griff beschützen und zugleich in die Dunkelheit reißen. Lilly verlor sich in dem Moment, die Zeit schien keine Bedeutung zu haben. Sie spürte sein Herz unter ihren Fingerspitzen und spürte auch, dass es schneller schlug, als wäre auch er von diesem Moment überwältigt.

Christoph löste sich kurz und sah ihr in die Augen, seine Hand strich sanft ihre Wange entlang. „Lilly, du weißt nicht, wie sehr ich mir wünsche, dass das hier nicht... ein Albtraum wird."

„Vielleicht will ich keinen Traum," flüsterte sie, und die Ehrlichkeit in ihrer Stimme überraschte sie selbst. „Vielleicht ist das hier das Einzige, was sich wirklich echt anfühlt."

Seine Augen schimmerten voller Zerrissenheit, doch dann beugte er sich erneut zu ihr, seine Hände hielten sie fest, seine Lippen glitten von ihren Mundwinkeln zu ihrem Hals, und Lilly spürte, wie ihr Herz beinahe aus der Brust springen wollte. In diesem Moment war sie vollkommen in seiner Nähe verloren, spürte die Kälte seiner Haut und das seltsame Kribbeln, das von seiner Berührung ausging.

Er hielt kurz inne, als würde er einen inneren Kampf mit sich selbst führen. Doch dann senkte er den Kopf, und Lilly fühlte, wie sich seine Lippen sanft an ihrem Hals niederließen, gerade dort, wo sie seinen Atem an ihrer Haut spürte. Die Ahnung, dass seine Fangzähne so nah waren, hätte sie erschrecken müssen, doch in ihr wuchs nur das Verlangen, ihm ganz nah zu sein, egal welche Gefahr in dieser Nähe lag.

„Christoph..." Ihre Stimme war kaum mehr als ein Flüstern, doch es schien ihn endgültig zu überwältigen.

DER KUSS DER EWIGEN NACHT

„Du bist... so mutig oder so verrückt, Lilly," murmelte er und sah sie mit einem Blick an, in dem sich Bewunderung und Verzweiflung mischten. „Du hast keine Ahnung, wie nah ich daran bin, die Kontrolle zu verlieren."

„Dann verliere sie," flüsterte sie und schloss die Augen, spürte, wie ihr Herz vor Aufregung raste.

Für einen Moment hielt er inne, und Lilly spürte, wie seine Finger sanft über ihren Nacken glitten. Doch dann, in einer Bewegung, die so schnell war, dass sie kaum wahrnahm, was geschah, senkte er die Lippen wieder zu ihrem Hals. Die scharfen Spitzen seiner Zähne berührten ihre Haut, und ein heißes Kribbeln durchströmte ihren Körper, eine seltsame Mischung aus Angst und Verlangen, die sie in ihren Bann zog.

Doch Christoph zog sich abrupt zurück, seine Augen waren dunkel und voller Schmerz. „Ich kann das nicht, Lilly. Ich kann dich nicht in diese Dunkelheit ziehen."

Lilly sah ihn an, und das Verlangen, das in ihr brannte, übertraf jede Angst, die sie vielleicht empfinden sollte. „Aber vielleicht ist das genau der Weg, den ich gehen will. Mit dir."

Er sah sie an, sein Blick war von Verzweiflung und gleichzeitig von einem stummen Versprechen durchzogen. „Dann sei vorsichtig, Lilly. Denn ich bin nicht das, was du dir vorstellst. Und das hier... könnte alles für uns beide verändern."

Ihre Finger strichen sanft über seine Wange, und sie zog ihn näher, bis ihre Lippen erneut aufeinandertrafen, in einem Kuss, der alles unausgesprochene Verlangen enthielt. In diesem Moment war sie bereit, alles zu riskieren – denn in Christophs Armen fühlte sie sich lebendig wie niemals zuvor.

Kapitel 7

Als der Morgen in die kalte, stille Dunkelheit von „Ewige Nacht" brach, lag Lilly wach in ihrem Bett und starrte auf die Decke, als könnte sie dort Antworten finden. Die Nacht – Christophs Nähe, seine Berührungen, das prickelnde Risiko – es schien alles wie ein Traum, ein unglaublich lebendiger und verbotener Traum. Sie wusste, dass sie etwas Unwiderrufliches erlebt hatte. Aber mit dieser Gewissheit kam auch eine seltsame Unruhe.

War das wirklich eine gute Idee gewesen? Die Frage schlich sich immer wieder in ihre Gedanken, während sie versuchte, die Gefühle zu ordnen, die wie ein Orkan in ihrem Inneren tobten. Da war Christoph, mit seiner intensiven Anziehung, die zugleich faszinierend und beängstigend war, und das Wissen, dass sie sich in eine verbotene Welt begeben hatte – eine Welt, aus der es vielleicht kein Zurück mehr gab.

„Lilly!" Die Stimme ihrer Mitbewohnerin Sofia riss sie aus den Gedanken. Mit einer Mischung aus Besorgnis und Neugier hockte sie am Bettrand und betrachtete Lilly mit einem Grinsen, das andeutete, dass sie mindestens die Hälfte der letzten Nacht mitbekommen hatte.

„Du siehst aus, als wärst du die ganze Nacht von Geistern verfolgt worden," begann Sofia mit einem schelmischen Lächeln und beugte sich näher zu ihr. „Oder von... anderen Dingen?"

Lilly schnaubte und setzte sich auf, versuchte jedoch, die Verlegenheit abzuschütteln, die unwillkürlich aufstieg. „Ich habe nur... nicht gut geschlafen. Viel nachgedacht, das ist alles."

„Nicht gut geschlafen? Ah ja, das erklärt das Glitzern in deinen Augen," entgegnete Sofia trocken und legte die Arme vor der Brust zusammen. „Hör mal, ich bin nicht blind, Lilly. Du schwebst halb über den Boden und hast dieses seltsame Lächeln – irgendetwas ist anders. Und, ich will die ganze Geschichte hören. Sofort."

Lilly spürte, wie ihr Herz schneller schlug. Sie wusste, dass Sofia ihre beste Freundin war und dass sie ihr vieles anvertrauen konnte, aber Christophs Geheimnis war eine Bürde, die sie nicht leichtfertig teilen konnte. „Sagen wir einfach, dass ich... jemanden getroffen habe. Und dass es... kompliziert ist."

„Kompliziert?" Sofia rollte mit den Augen. „Lilly, das ist die Schule der Ewigen Nacht. Hier gibt es nur kompliziert. Ist es etwa... Christoph?" Sie sprach den Namen mit einem misstrauischen Ausdruck aus, als würde sie an einem Geheimnis kratzen, das sie nur zur Hälfte verstanden hatte.

Lilly wich ihrem Blick aus, doch das leise Zucken ihrer Mundwinkel gab sie preis.

„Oh, mein Gott!" Sofia starrte sie mit einer Mischung aus Belustigung und Entsetzen an. „Du und Christoph? Weißt du, worauf du dich da einlässt? Er ist nicht..." Sie hielt inne und schüttelte den Kopf. „Nichts hier ist, was es zu sein scheint, Lilly. Du weißt das, oder?"

Lilly senkte den Blick und sprach leise. „Ja. Aber das Risiko ist... es ist das Einzige, was sich gerade wirklich anfühlt."

Sofia seufzte, und in ihrem Blick lag eine unausgesprochene Sorge, doch sie nickte schließlich. „Du bist wirklich wahnsinnig, Lilly Kästner. Aber ich habe dich auch noch nie so glücklich gesehen." Sie hielt inne, als wollte sie noch etwas hinzufügen, doch in diesem Moment fiel ihr Blick auf die andere Seite des Raumes.

Im Schatten des Flurs stand Victoria, ihre Augen funkelten kühl und durchdringend, und ihr Gesicht war wie ein perfektes, unlesbares Porzellanbild. Lilly spürte sofort das Frostige, das in der Luft lag, als Victoria sie musterte, als wollte sie jedes kleine Geheimnis in ihr erkennen und es dann gegen sie verwenden.

DER KUSS DER EWIGEN NACHT

„Ach, wie entzückend," sagte Victoria mit einem kalten Lächeln. „Ich sehe, dass hier schon Gerüchte die Runde machen. Liebesgeschichten... wie romantisch. Aber ich frage mich... wie lang diese Märchen halten werden."

Sofia funkelte Victoria an, doch Lilly zwang sich, ruhig zu bleiben. „Keine Sorge, Victoria. Meine Märchen interessieren dich doch sicher nicht."

„Oh, Lilly." Victorias Lächeln vertiefte sich zu einer fast gefährlich wirkenden Amüsement. „Du hast keine Ahnung, wie sehr ich an... gewissen Geschichten interessiert bin. Vor allem, wenn sie auf ein so düsteres Ende hinauslaufen."

Sofia kniff die Augen zusammen und trat einen Schritt vor. „Vielleicht solltest du dir deine Drohungen für jemand anderen aufsparen, Victoria."

Victoria hob die Hände und verzog die Lippen zu einem Lächeln, das die Schärfe eines Dolches hatte. „Das war keine Drohung, Sofia. Nur eine... Vorwarnung. Manche Geheimnisse können tödlich sein." Mit diesen Worten drehte sie sich um und verschwand so lautlos, wie sie gekommen war, doch Lilly spürte den kalten Schauer, den ihre Worte hinterlassen hatten.

„Diese Frau ist die Verkörperung eines Fluchs," murmelte Sofia und schüttelte den Kopf. „Lilly, versprich mir, dass du vorsichtig bist. Victoria beobachtet dich – sie wird nicht aufgeben."

Lilly nickte langsam, das Gefühl von Unsicherheit breitete sich in ihr aus, doch sie wusste, dass der Weg, den sie eingeschlagen hatte, unumkehrbar war.

DER DUFT VON ERDE UND Blumen erfüllte das alte Gewächshaus, das ein wenig abseits vom Hauptgebäude der Schule lag. Es war ein versteckter Ort, halb vergessen und überzogen mit einem dünnen Schleier aus Staub und Efeu. Lilly trat vorsichtig ein, den

HELENA VOGLER

Herzschlag in den Ohren, denn sie wusste, dass Christoph irgendwo hier auf sie wartete.

Das warme Licht der Laternen, die Christoph aufgestellt hatte, warf lange Schatten zwischen die Pflanzen. Schließlich sah sie ihn: Seine Gestalt zeichnete sich am anderen Ende des Gewächshauses ab, halb versteckt hinter einer großen Palme und einer Reihe von Topfpflanzen, die in der Dunkelheit fast wie lebendige Wesen wirkten. Er sah auf, als sie näherkam, und in seinen Augen schimmerte ein Licht, das ihr den Atem raubte.

„Du bist hier," sagte er leise, und in seiner Stimme lag eine seltsame Mischung aus Erleichterung und Anspannung.

„Natürlich bin ich hier," erwiderte Lilly und trat näher, ihr Herz schlug wie wild. „Nach allem, was letzte Nacht passiert ist..."

Er nickte langsam und ließ seinen Blick nicht von ihr ab. „Ich habe dir etwas zu erklären, Lilly. Bevor das hier noch weitergeht... du musst verstehen, was es bedeutet, Teil meiner Welt zu sein."

„Deiner Welt?" Sie hob skeptisch eine Augenbraue und versuchte, die Leichtigkeit in ihrer Stimme zu bewahren, obwohl sie spürte, dass er etwas Ernstes anzusprechen versuchte.

„Ja, meiner Welt," antwortete er, und ein Hauch von Bitterkeit lag in seinem Lächeln. „Die Welt der Vampire ist nicht nur ein düsteres Märchen. Es gibt Regeln, die älter sind als die Menschen, und eine Disziplin, die härter ist als jede, die du je kennengelernt hast."

Lilly schluckte. „Dann erklär's mir. Was sind das für Regeln?"

Christoph ließ sich auf eine niedrige Steinbank sinken und klopfte neben sich. „Setz dich. Das wird etwas dauern."

Lilly folgte seiner Einladung und setzte sich neben ihn, ihre Hand lag nur wenige Zentimeter von seiner entfernt, und sie spürte die kühle Ausstrahlung seiner Haut.

„Als Vampir zu leben bedeutet, sich seiner Natur zu unterwerfen und gleichzeitig jeden Tag gegen sie anzukämpfen," begann er. Seine Stimme war ruhig, doch in seinen Augen lag ein schwelender Schmerz.

DER KUSS DER EWIGEN NACHT

„Es gibt Regeln, die uns beschützen sollen – Regeln, die verhindern, dass wir zur Bedrohung werden."

„Und was passiert, wenn jemand diese Regeln bricht?" flüsterte Lilly.

Ein dunkler Schatten legte sich über Christophs Gesicht. „Dann verliert er alles, was ihm jemals etwas bedeutet hat."

Für einen Moment schwiegen sie beide, das Gewicht seiner Worte lag schwer in der Luft. Lilly spürte, wie tief Christoph mit diesen Regeln verbunden war, wie sie ihn quälten und zugleich schützten.

„Und was ist, wenn jemand diese Regeln für dich brechen würde?" Sie sprach es kaum aus, doch sie wusste, dass ihre Frage ihn traf.

Christoph sah sie lange an, und in seinen Augen war eine Glut, die sie beinahe verbrennen konnte. „Das wäre ein Risiko, das ich niemals von dir verlangen könnte, Lilly."

„Vielleicht will ich dieses Risiko eingehen," sagte sie, ohne zu zögern. Ihr Blick war fest, und ihre Hand glitt vorsichtig näher an seine heran, bis sie ihn schließlich berührte.

Christoph starrte auf ihre Finger, die sanft über seine Hand strichen. „Du hast keine Ahnung, was das für mich bedeutet. Dein Blut..." Er hielt inne, sein Blick wanderte von ihrer Hand zu ihrem Gesicht, und eine düstere Sehnsucht trat in seine Augen. „Es ist wie ein Feuer, das mich anzieht und zugleich verbrennt."

Lillys Herz klopfte schneller, und eine dunkle, fast verführerische Neugier packte sie. „Was würde passieren, wenn du... wenn du dich nicht zurückhalten würdest?"

Seine Augen wurden noch dunkler, und er beugte sich langsam zu ihr, sein Gesicht war nur Zentimeter von ihrem entfernt. „Das willst du nicht herausfinden," flüsterte er, doch seine Stimme war heiser, und sie spürte die innere Spannung, die in ihm tobte.

„Vielleicht will ich genau das," erwiderte sie leise und spürte, wie ihr Atem flach wurde, als seine Lippen ihre beinahe berührten.

Dann, fast wie ein Reflex, hob er die Hand und legte sie zitternd an ihre Wange. „Lilly, du spielst mit etwas, das gefährlicher ist, als du dir vorstellen kannst."

„Zeig es mir," flüsterte sie, ihre Stimme war kaum mehr als ein Hauch, und ihre Augen trafen seine.

Er stieß einen leisen Laut aus, fast wie ein Knurren, und dann gab er endlich nach. Seine Lippen trafen ihre, und es war, als ob ein Stromschlag durch sie hindurchging. Der Kuss war intensiv, leidenschaftlich und rau. Christophs Hände glitten über ihre Schultern, zogen sie näher, und sie fühlte die Kälte seiner Berührung und das prickelnde Verlangen, das wie eine Flamme in ihr aufflammte.

Doch dann, inmitten ihrer Leidenschaft, spürte Lilly plötzlich etwas anderes – eine seltsame Anspannung in seinem Griff, eine fast schmerzhafte Zurückhaltung. Sie öffnete die Augen, und für einen Moment sah sie die Veränderung in seinem Gesicht: seine Augen waren dunkel, seine Lippen leicht geöffnet, und sie konnte die blassen Spitzen seiner Fangzähne sehen, die fast bedrohlich blitzten.

Christoph zog sich abrupt zurück und stand auf, als hätte er die Beherrschung verloren. „Ich kann das nicht, Lilly," sagte er heiser und atmete schwer, seine Augen glühten vor Verlangen und Qual zugleich. „Du verstehst nicht, wie nah ich daran bin, die Kontrolle zu verlieren."

„Christoph..." Sie stand ebenfalls auf und ging einen Schritt auf ihn zu. „Ich habe keine Angst vor dir."

Er sah sie an, seine Augen waren erfüllt von einer Dunkelheit, die sie zugleich erschreckte und faszinierte. „Aber das solltest du. Du hast keine Ahnung, wie stark der Durst ist. Nur ein Moment der Schwäche... und ich könnte dir etwas antun, das ich mir nie verzeihen würde."

Doch bevor er noch weiter reden konnte, hörten sie beide ein Geräusch von der Tür des Gewächshauses her. Schritte. Sie erstarrten, die Spannung in der Luft war plötzlich elektrisierend, doch diesmal aus einem völlig anderen Grund.

DER KUSS DER EWIGEN NACHT

„Jemand ist hier," flüsterte Lilly, ihre Stimme war kaum mehr als ein Atemzug.

Christoph nickte, und sie sah, wie seine ganze Haltung sich veränderte – er wurde starr und konzentriert, seine Sinne schienen angespannt wie bei einem Raubtier, das Gefahr witterte.

Sie versteckten sich hinter einer großen Gruppe von Farnen und hielten den Atem an. Die Tür öffnete sich knarrend, und im schwachen Licht der Laternen trat eine Gestalt ein – Dr. Stein. Sein Blick wanderte prüfend durch das Gewächshaus, und Lilly spürte, wie sich Christophs Körper anspannte, als Dr. Stein langsamen Schrittes näher kam.

„Ich weiß, dass hier jemand ist," sagte der Schulleiter mit einer Stimme, die klang, als hätte sie mehr Jahrhunderte als Jahre erlebt. „Manche Geheimnisse mögen verborgen sein, aber ich sehe mehr, als ihr glaubt."

Lilly hielt den Atem an und spürte Christophs Hand an ihrer Schulter, die sie sanft, aber entschieden zurückhielt. Sie beide verharrten reglos im Schatten, während Dr. Stein noch einen Moment in der Nähe verweilte, bevor er sich umdrehte und das Gewächshaus verließ.

Als die Tür wieder ins Schloss fiel, atmeten sie gleichzeitig auf. Lilly spürte, wie ihr Herz immer noch raste, und Christoph sah sie an, ein Hauch von Erleichterung in seinen Augen.

„Das war knapp," flüsterte er und zog sie noch einmal in eine Umarmung, doch diesmal spürte sie seine Zurückhaltung deutlich. „Aber das hier, Lilly... vielleicht ist es zu gefährlich für uns beide."

Sie schüttelte den Kopf und drückte ihn fester an sich. „Vielleicht ist das das Einzige, das sich lebendig anfühlt."

Er lächelte schwach, seine Hand glitt über ihren Rücken, doch die Ungewissheit, die wie ein Schatten zwischen ihnen lag, blieb bestehen.

HELENA VOGLER

DER TAG WAR VON EINER drückenden Stille erfüllt, und Lilly spürte noch immer das prickelnde Echo der letzten Nacht in ihrem Kopf. Dr. Steins beinahe-Entdeckung im Gewächshaus, Christophs unkontrollierbares Verlangen und die bedrohliche, doch verlockende Anziehungskraft seiner Welt – es war alles zu einem verwirrenden Knoten in ihren Gedanken geworden. Aber sie wusste, dass sie hier niemandem davon erzählen konnte... fast niemandem.

In einer Pause fand Sofia Lilly schließlich am Rand des Schulhofs, wo sie gedankenverloren in die Ferne starrte. Sofia setzte sich neben sie, und für einen Moment schwiegen beide, als wüssten sie, dass Worte eine Grenze überschreiten würden, die schwer zu überschreiten war.

„Du siehst aus, als hättest du die letzte Nacht mit einem Schatten verbracht," sagte Sofia schließlich, und ein schwaches Lächeln spielte auf ihren Lippen.

Lilly warf ihr einen flüchtigen Blick zu und zuckte die Schultern. „Vielleicht. Aber Schatten scheinen hier wohl das geringste Problem zu sein."

Sofia schnaubte leise. „Wenn du wüsstest, Lilly. Ich dachte auch einmal, dass ich hier einfach ein wenig Abenteuer finde... bis ich ihn traf."

Lilly hob neugierig die Augenbrauen. „Du meinst Henrik?"

Sofia starrte in die Ferne, ihre Augen wurden weich und schimmerten, als würde sie eine Erinnerung heraufbeschwören, die gleichermaßen schön wie gefährlich war. „Ja, Henrik. Er ist nicht wie die anderen. In ihm liegt etwas... Uraltes, eine Art dunkler Magie. Er hat eine Anziehungskraft, der ich nicht widerstehen kann, auch wenn ich weiß, dass ich das besser sollte."

„Das klingt..." Lilly suchte nach dem passenden Wort und entschied sich für das, was ihr am wenigsten geeignet erschien: „...kompliziert."

Sofia schmunzelte und schüttelte den Kopf. „Kompliziert ist eine Untertreibung. Henrik und ich... wir treffen uns heimlich. Abends, wenn alles still ist. Es ist, als würde ich in eine andere Welt eintauchen, eine Welt, die nur wir beide teilen. Doch..." Sie hielt inne und schien einen inneren Konflikt zu durchleben.

Lilly legte ihre Hand auf Sofias Arm und sah sie ernst an. „Doch was?"

Sofia schloss kurz die Augen, dann sah sie Lilly fest an. „Lilly, Henrik ist wie Christoph. Er ist ein Vampir. Diese Schule, sie ist nicht nur für Menschen. Sie ist ein Zufluchtsort für die Ewigen, die in unserer Welt leben, und... für diejenigen, die bereit sind, das Risiko einzugehen, mit ihnen zu leben."

Lillys Herz setzte für einen Moment aus, und sie spürte, wie die Puzzleteile in ihrem Kopf zu einem unheimlichen Bild zusammenfielen. „Das heißt... du weißt, was sie sind? Seit wann?"

„Schon seit einiger Zeit," flüsterte Sofia, und ein Anflug von Bitterkeit lag in ihrer Stimme. „Henrik hat es mir erzählt, weil er wollte, dass ich die Wahrheit kenne, bevor ich mich entscheide, ihm nahe zu sein. Und jetzt frage ich dich, Lilly: Weißt du, worauf du dich mit Christoph einlässt? Weißt du, was es bedeutet, Teil ihrer Welt zu sein?"

Lilly wich Sofias durchdringendem Blick nicht aus. „Ja. Ich weiß, was er ist, und... trotzdem will ich ihn. Ich kann es nicht erklären, aber diese Anziehungskraft, die Geheimnisse, das Verbotene – es ist, als wäre es das Einzige, was mich wirklich lebendig fühlen lässt."

Sofia sah sie lange an, und schließlich legte sie ihre Hand auf Lillys. „Dann weißt du auch, dass es ein gefährliches Spiel ist. Die Vampire... ihre Natur ist nicht einfach zu kontrollieren. Sie leben von etwas, das uns Menschen zur Gefahr werden könnte. Henrik sagt mir immer, dass er niemals die Kontrolle über sich verlieren würde, aber ich sehe die Kämpfe in seinen Augen. Die Dunkelheit in ihm... sie ist real."

Lilly nickte langsam. „Das weiß ich auch. Christoph kämpft ständig gegen diesen Drang an. Ich... habe ihn gesehen, als er fast die Kontrolle verlor." Ein Schauer lief ihr über den Rücken bei der Erinnerung, doch zugleich spürte sie eine seltsame, düstere Faszination.

„Du spielst mit dem Feuer, Lilly," murmelte Sofia leise. „Und ich auch. Doch es ist mehr als das – die Ewigen haben Regeln, Gesetze, und ihre Welt ist gefährlich für Menschen wie uns. Wenn jemand herausfindet, dass wir ihnen zu nahe kommen..." Ihre Stimme brach ab, und sie sah Lilly voller Ernst an. „Dann könnte das für uns beide böse enden."

Lilly starrte in die Ferne, während sie über Sofias Worte nachdachte. Eine geheime Gesellschaft, die von Gesetzen zusammengehalten wurde, die älter waren als die Welt, die sie kannte. Sie hatte davon gelesen, in den alten Büchern der Bibliothek, doch es jetzt von Sofia zu hören, machte alles nur noch realer – und umso bedrohlicher.

„Und wenn wir diese Gefahr in Kauf nehmen?" fragte Lilly schließlich. „Was dann?"

Sofia lachte leise, aber ohne Freude. „Dann müssen wir lernen, in den Schatten zu leben, Lilly. Und darauf vorbereitet sein, jederzeit loszulassen. Denn für sie sind wir..." Sie hielt inne und schüttelte den Kopf. „Für sie sind wir vergänglich. Ein Flackern im Leben der Ewigen. Und doch..." Sie sah Lilly mit einem Hauch von Hoffnung an. „Manchmal lohnt es sich, selbst das Feuer zu sein, das sie verbrennen könnte."

Lilly verstand. Sie fühlte dieselbe Sehnsucht, dasselbe Verlangen, Teil von etwas zu sein, das größer und tiefer ging als alles, was sie kannte. Sie sah Sofia an, und die beiden Freundinnen saßen für einen Moment in Stille, vereint im Wissen, dass sie bereit waren, den Preis zu zahlen – selbst wenn der Preis ihr eigenes Herz war.

Kapitel 8

Die Nacht hatte sich wie ein samtiger Schleier über die Schule „Ewige Nacht" gelegt, und die Dunkelheit schien nur von dem fahlen Mondlicht durchbrochen, das den Garten in eine gespenstische, aber faszinierende Szenerie verwandelte. Christoph hatte Lilly nach Einbruch der Dunkelheit abgeholt, und jetzt wanderten sie gemeinsam durch die verlassene Landschaft, die so ruhig und unberührt wirkte, als wäre sie ein Geheimnis, das nur sie beide kannten.

Lilly konnte ihre Faszination kaum verbergen – jeder Schritt neben ihm fühlte sich an wie eine Reise in eine verbotene Welt, die nur für sie zugänglich war. Christophs Stille, seine ruhige, fast animalische Präsenz neben ihr, verstärkte das Gefühl noch. Sie war in seinen Bann gezogen, wie von einer unsichtbaren Macht, die sie nicht verstand und dennoch nicht loslassen konnte.

„Warum hast du mich hierher gebracht?" flüsterte Lilly schließlich, als sie zwischen den hohen Bäumen standen und nur das leise Rascheln der Blätter in der Nacht zu hören war.

Christophs Mundwinkel zuckten leicht. „Vielleicht wollte ich dir zeigen, was ich wirklich bin."

„Das weiß ich doch schon," entgegnete sie, aber in ihrer Stimme lag ein Anflug von Unsicherheit, denn die Tiefe dessen, was er wirklich war, konnte sie nicht vollständig begreifen.

„Du weißt einen Bruchteil," erwiderte er leise und sah sie mit einem durchdringenden Blick an, der sie bis ins Mark traf. „Aber du hast noch nicht alles gesehen."

Noch bevor sie antworten konnte, verschwand er blitzschnell aus ihrem Sichtfeld, als hätte sich die Dunkelheit selbst seiner bemächtigt. Lillys Herz setzte einen Schlag aus, und sie drehte sich hektisch um – doch Christoph war nirgends zu sehen.

„Christoph?" Ihre Stimme klang plötzlich klein und unsicher in der Weite der Nacht.

„Hier," sagte er sanft, und als sie sich erneut umdrehte, stand er direkt hinter ihr, ein Lächeln auf den Lippen. „Beeindruckt?"

Lilly hob eine Augenbraue und zwang sich zu einem spielerischen Lächeln. „Ich wusste nicht, dass du so gut im Verstecken spielen bist."

Er trat einen Schritt näher, und sie spürte die Kühle seiner Haut, die beinahe die Hitze ihrer aufgeregten Haut zu durchdringen schien. „Es ist nicht das einzige, was ich kann." Seine Stimme war kaum mehr als ein Flüstern, und doch lag eine spürbare Spannung darin.

„Zeig mir mehr," flüsterte Lilly, und sie konnte das Prickeln in ihrem eigenen Atem hören.

Christoph schloss die Augen und konzentrierte sich kurz, bevor er ihre Hand nahm. „Dann komm mit," murmelte er, und gemeinsam schritten sie weiter, tiefer in den Wald hinein, bis sie eine kleine Lichtung erreichten, wo der Mond so hell schien, dass der ganze Platz wie von einem silbrigen Licht durchflutet war.

Er hielt inne, drehte sich zu ihr um, und Lilly spürte, wie ihre Hand in seiner verharrte. „Hier ist niemand außer uns beiden," sagte er, und seine Worte klangen wie ein Versprechen. „In diesem Moment gehören wir nur der Nacht."

Bevor sie antworten konnte, trat er näher und legte seine Hände sanft an ihre Wangen. Seine Berührung war so kühl, dass sie spürte, wie sich ein Schauer über ihre Haut legte, doch in diesem Moment wollte sie nichts anderes als die Intensität, die in seinem Blick lag.

„Lilly," murmelte er und zog sie näher, bis ihre Lippen sich berührten. Der Kuss war sanft und zugleich voller unbändiger Leidenschaft – ein Kuss, der wie das erste Aufeinandertreffen zweier

DER KUSS DER EWIGEN NACHT

Welten war. Sie spürte seine Hände, die sie festhielten, und ihr Herz raste, als sein Griff fester wurde, fast so, als würde er sie nie wieder loslassen wollen.

Der Kuss wurde intensiver, und ihre Hände glitten über seinen Rücken, während sie die Kraft und die Zurückhaltung spürte, die in seinem Körper schwelten. Doch dann, inmitten dieser fiebrigen Nähe, spürte sie, wie sein Griff sich verhärtete und seine Atmung schwerer wurde.

Er zog sich einen Moment zurück, und Lilly sah die Veränderung in seinem Blick – eine Mischung aus Verlangen und... Dunkelheit. Seine Augen wirkten dunkler, fast schwarz, und sie erkannte die blassen Spitzen seiner Fangzähne, die im Mondlicht blitzten.

„Ich muss vorsichtig sein," murmelte er mit einer Stimme, die fast vor Zerrissenheit bebte. „Wenn ich die Kontrolle verliere..."

„Ich habe keine Angst, Christoph," flüsterte sie und spürte, wie ihre Stimme vor Entschlossenheit bebte.

„Vielleicht solltest du das haben," erwiderte er und nahm ihre Hand, zog sie vorsichtig näher, bis ihre Hälse beinahe aneinander lehnten, und sie seinen Atem an ihrer Haut spürte. „Wenn ich dich jetzt..."

Ein leises Rascheln in den Büschen ließ sie beide plötzlich erstarren. Christophs Gesichtsausdruck wechselte von Sehnsucht zu Anspannung, und Lilly spürte, wie sein Körper sich augenblicklich versteifte.

„Da ist jemand," flüsterte er, sein Blick wanderte zu den Bäumen, und sie spürte, wie seine ganze Präsenz sich veränderte – aus dem sanften, fast schwärmerischen Christoph wurde ein wachsamer, fast gefährlicher Beschützer.

„Vielleicht nur ein Tier?" Sie versuchte, die Angst in ihrer Stimme zu verbergen, doch sie spürte die unheimliche Kälte der Nacht plötzlich wie einen Schatten über sich hängen.

„Vielleicht." Doch in seinem Blick lag etwas, das sagte, dass er das nicht glaubte.

Plötzlich verstummte das Geräusch, und die Stille legte sich über den Wald. Christoph löste sich von ihr, seine Augen durchbohrten die Dunkelheit, und für einen Moment war er wieder der geheimnisvolle Vampir, den sie so wenig verstand.

Nach einer Weile trat er langsam zu ihr zurück, seine Haltung entspannte sich etwas, doch in seinen Augen lag immer noch ein warnender Glanz. „Wir sollten zurück zur Schule," sagte er leise, doch er nahm ihre Hand und hielt sie fest, als wolle er sie vor etwas schützen, das sie nicht sehen konnte.

„Was ist, Christoph?" flüsterte sie und spürte, wie die Spannung in ihm fast greifbar war.

„Es gibt Dinge, die uns in dieser Welt nachstellen könnten," antwortete er und sah sie lange an, seine Stimme war jetzt nur noch ein Hauch. „Und ich werde alles tun, um dich zu beschützen, Lilly."

Sie sah ihm in die Augen und wusste, dass sie diesem Versprechen mehr vertraute als allem anderen. Gemeinsam machten sie sich auf den Weg zurück, doch der Schatten dieser Nacht blieb wie ein unausgesprochenes Geheimnis über ihnen hängen.

DIE NACHT WAR INZWISCHEN kühler geworden, und als Lilly und Christoph das Schulgebäude erreichten, spürte Lilly immer noch das unheimliche Kribbeln im Nacken, das die geheimnisvolle Begegnung im Wald hinterlassen hatte. Sie wollte Christoph gerade eine Frage stellen, doch eine scharfe Stimme unterbrach die Stille.

„Na, wie romantisch. Ein Mitternachtsspaziergang unter dem Sternenhimmel." Victorias Stimme tropfte vor Sarkasmus und hallte leise im verlassenen Flur wider, als sie aus dem Schatten trat.

DER KUSS DER EWIGEN NACHT

Christophs Gesicht verhärtete sich augenblicklich, und Lilly konnte die Spannung in seinem Körper spüren, als er sich schützend vor sie stellte.

„Victoria," sagte er kühl, seine Stimme wie ein scharfes Messer, das jeden Anflug von Freundlichkeit vermissen ließ. „Was machst du hier?"

Victoria schürzte die Lippen und musterte Lilly mit einem Blick, der wie ein kalter Regen über sie hinwegfegte. „Ich dachte, ich würde mal nachsehen, ob du dich inzwischen gänzlich dem... menschlichen Vergnügen hingegeben hast. Offenbar war meine Sorge nicht unbegründet."

Lilly schnaubte leise und verschränkte die Arme vor der Brust. „Wenn du hier bist, um uns zu sagen, dass du eifersüchtig bist, hättest du dir die Mühe sparen können, Victoria."

Victorias Augen verengten sich, und für einen kurzen Moment schien ihr kühles, perfektes Gesicht in düstere Schatten getaucht. „Eifersucht?" Sie lachte kurz, doch das Lachen klang schneidend und ohne Freude. „Lilly, du hast keine Ahnung, worauf du dich eingelassen hast. Eine Beziehung zwischen Mensch und Vampir endet niemals glücklich – das ist ein Märchen, das man dir vielleicht erzählt hat, um dir die Wahrheit zu ersparen."

Christoph trat näher zu Victoria, seine Augen funkelten im schwachen Licht, und Lilly konnte die Spannung spüren, die zwischen ihnen hing wie ein unsichtbares Band, das jeden Moment reißen konnte. „Das ist nicht deine Angelegenheit, Victoria," sagte er mit einer Härte, die ihn fast unnahbar wirken ließ.

„Oh, aber das ist es. Christoph, erinnerst du dich überhaupt an... uns?" Victorias Stimme war nun leiser, ein Hauch von Bitterkeit schwang darin mit, und Lilly erkannte den Schmerz, der in ihren Augen aufflammte.

„Zwischen uns war nie das, was du denkst," erwiderte Christoph, doch seine Stimme verlor für einen Moment an Schärfe, als er Victorias verletzten Blick begegnete.

„Vielleicht nicht für dich." Victoria schüttelte langsam den Kopf, und in ihren Augen lag ein unergründlicher Ausdruck, der wie das Echo längst vergangener Erinnerungen wirkte. Sie wandte sich an Lilly, ihre Augen glühten im Halbdunkel. „Weißt du, was geschieht, wenn ein Vampir einen Menschen liebt? Nein, natürlich nicht – niemand würde dir das erzählen. Es ist ein Fluch, der die Menschenwelt durch Jahrhunderte vernarbt hat. Und du glaubst wirklich, Christoph würde dich davor schützen können?"

Lillys Atem stockte für einen Moment, doch sie hielt Victorias Blick stand. „Wenn es ein Risiko gibt, dann werde ich es tragen."

Victoria musterte sie für einen langen Moment und schien jeden Hauch von Naivität in ihrem Gesicht zu suchen, als könnte sie damit die Schwächen finden, die Lilly zu verbergen versuchte. „Du verstehst nicht, was auf dem Spiel steht," sagte Victoria leise und wandte sich dann an Christoph. „Du wirst sie zerstören, Christoph. So wie du... uns zerstört hast."

„Das reicht," murmelte eine Stimme, die aus dem Dunkel hinter Victoria auftauchte. Maximilian trat vor und stellte sich neben Christoph, seine Haltung entspannt, doch die Entschlossenheit in seinem Blick sprach Bände. „Victoria, du hast mehr als genug gesagt."

Victoria warf ihm einen eisigen Blick zu und schürzte die Lippen. „Maximilian, ich verstehe, dass du Christophs kleiner, treuer Hund bist, aber vielleicht solltest du dich in diesem Fall raushalten."

„Vielleicht," entgegnete Maximilian trocken und verschränkte die Arme vor der Brust, „aber mir scheint, dass du deine Rolle als allwissende, dramatische Ex mehr als überstrapazierst."

Lilly konnte sich ein Lächeln nicht verkneifen, und Christoph schien eine Spur Erleichterung zu verspüren, während Victoria Maximilian mit einem tödlichen Blick bedachte.

„Ich habe nur versucht, ihr die Wahrheit zu sagen," zischte Victoria, ihre Stimme jetzt von einem Hauch echter Verzweiflung durchzogen. „Sie hat ein Recht darauf zu wissen, worauf sie sich einlässt."

DER KUSS DER EWIGEN NACHT

„Oder du willst einfach nur sicherstellen, dass niemand anderes hat, was du verloren hast," erwiderte Maximilian und trat einen Schritt auf sie zu, seine Augen glühten bedrohlich. „Deine Warnungen sind nichts weiter als Maskerade, Victoria. Niemand wird deinen Ratschlag brauchen."

Victoria zog sich zurück, doch bevor sie ging, warf sie Lilly noch einen Blick zu, der wie ein unheilvolles Versprechen war. „Sei dir nur sicher, dass du für diesen Preis bereit bist. Denn ich werde nicht diejenige sein, die das Chaos danach aufräumt."

Mit diesen Worten drehte sie sich um und verschwand in den Schatten des Flurs, ihre Silhouette löste sich beinahe auf wie ein Rauch im Dunkel.

Lilly ließ den Atem, den sie unbewusst angehalten hatte, langsam entweichen und blickte zu Christoph, der sichtlich angespannt war. „Was wollte sie damit sagen?"

Maximilian schnaubte und sah Christoph an, bevor er zu Lilly sprach. „Nichts, worüber du dir den Kopf zerbrechen solltest. Victoria liebt es, Dramen zu schüren und Furcht zu verbreiten. Das ist ihr Spiel – und es wäre besser, wenn du nicht darauf eingehst."

Christoph nickte leicht und drückte Lillys Hand. „Sie hat nur versucht, Zweifel zu säen, Lilly. Nichts davon ist real."

Doch Lilly spürte, dass mehr zwischen ihnen lag als nur alte Eifersucht. Victorias Worte hallten in ihrem Kopf nach, wie ein finsteres Versprechen aus einer längst vergangenen Zeit, das sie vielleicht nicht so leicht abschütteln konnte.

※

IN DIESER NACHT FAND Lilly sich vor Christophs Zimmer wieder, die Hand schon zögernd an der Tür, während ihr Herz schneller schlug, als es sollte. Seine Worte, die Berührungen, das unausgesprochene Verlangen – alles hallte noch in ihr nach. Mit einem leisen Seufzen strich sie über die alte Holzoberfläche der Tür, und dann klopfte sie leicht an.

Keine Antwort. Gerade als sie sich umdrehen wollte, öffnete sich die Tür lautlos, und Christoph stand dort, sein Gesicht im sanften Licht des Zimmers halb im Schatten. Ohne ein Wort trat er zurück und ließ sie herein.

Der Raum war wie in warmes Dämmerlicht getaucht, und die Stille war nur von seinem Atem durchbrochen. Lilly spürte die nervöse Energie in der Luft, als Christoph sie mit einem intensiven Blick ansah.

„Du solltest nicht hier sein," sagte er leise, doch die leichte Bitterkeit in seiner Stimme verriet, dass er das vielleicht weniger meinte, als er sagen wollte.

„Ich weiß," entgegnete sie und trat näher, bis nur noch ein Hauch von Raum zwischen ihnen blieb. „Aber wenn ich auf alles hören würde, was ich nicht tun sollte, wäre mein Leben vermutlich sehr langweilig."

Ein schwaches Lächeln zuckte an seinen Lippen, und für einen Moment blitzte in seinen Augen etwas auf, das fast wie Belustigung wirkte. „Du bist gefährlich, weißt du das? Du bringst Menschen dazu, Regeln zu brechen."

„Nur, wenn sie die falschen Regeln sind," sagte sie und hob das Kinn leicht an, um ihm direkt in die Augen zu sehen.

Christoph schloss kurz die Augen und atmete tief durch. „Du hast keine Ahnung, wie oft ich mir eingeredet habe, dass ich das hier nicht zulassen darf," flüsterte er. „Aber jetzt..."

Noch bevor er den Satz beenden konnte, hatte Lilly ihn geküsst. Es war ein Kuss, der all das in sich trug, was sie ihm in Worten nicht sagen konnte – das Verlangen, das Risiko, das Bedürfnis, einfach in diesem Moment verloren zu sein. Seine Hände glitten an ihre Wangen, zogen sie noch näher, und sie spürte, wie ihr Herz schneller schlug, während seine Berührung ein Feuer in ihr entfachte, das sie beide zu verbrennen drohte.

DER KUSS DER EWIGEN NACHT

Christoph zog sie langsam weiter ins Zimmer, ihre Hände in seinen, als könnten sie sich damit gegenseitig vor dem Abgrund bewahren, der unter ihnen zu gähnen schien. Sein Griff wurde fester, seine Küsse intensiver, und Lilly spürte, wie die Welt um sie herum zu verschwimmen begann.

Doch dann hielt er plötzlich inne, seine Stirn lehnte an ihrer, während er schwer atmete. „Lilly," flüsterte er, seine Stimme war rau und zerrissen. „Ich weiß nicht, ob ich das hier... ob ich mich zurückhalten kann."

Lilly sah in seine Augen, die im Halbdunkel des Zimmers glühten, fast wie ein Raubtier, das seine Beute fixierte. „Vielleicht will ich gar nicht, dass du dich zurückhältst," flüsterte sie leise und strich über seine Wange, spürte die kühle Härte seiner Haut.

Ein Schatten huschte über sein Gesicht, und sie sah den inneren Kampf in seinen Augen – zwischen dem, was er fühlte, und dem, was er zu sein versuchte. Seine Lippen berührten erneut ihren Hals, und für einen Moment spürte sie die feine Spitze seiner Fangzähne an ihrer Haut. Ein Schauer lief ihr über den Rücken, doch es war kein Schauer der Furcht. Es war vielmehr das berauschende Gefühl, zu wissen, dass sie sich in etwas Verbotenes und zugleich Faszinierendes stürzte.

„Lilly," murmelte er erneut, als würde er versuchen, sie und sich selbst zurückzuhalten, „du spielst mit etwas, das mehr ist als nur ein Spiel. Ich habe mich jahrelang davor bewahrt, jemandem wie dir nahe zu kommen."

„Und jetzt?" Ihre Stimme war ein kaum hörbares Flüstern, doch die Nähe zu ihm ließ sie die Vibration in seiner Brust spüren.

Er schloss die Augen und seufzte schwer. „Jetzt bin ich verloren. Wegen dir."

Bevor sie antworten konnte, zog er sie dichter an sich, und sie spürte die ganze Kraft und Zärtlichkeit seiner Berührung, die ihre Gedanken in einen Strudel zog, aus dem sie nicht entkommen wollte. Ihre Hände glitten über seinen Rücken, fühlten die Muskeln unter dem

Stoff seines Hemdes, und sein Griff um ihre Taille wurde fester, fast verzweifelt.

Die Leidenschaft zwischen ihnen war greifbar, wie eine unsichtbare Macht, die sie beide an sich band. Christophs Hände zitterten leicht, und seine Atmung wurde schneller, während sie sich immer wieder küssten, als könnte jeder Kuss das letzte Mal sein.

Doch inmitten ihrer Zweisamkeit hörten sie plötzlich ein leises Geräusch aus dem Flur. Christophs Blick schärfte sich augenblicklich, und er hob den Kopf, als wäre er ein Jäger, der eine potenzielle Gefahr witterte.

„Bleib hier," flüsterte er, seine Stimme war kaum mehr als ein Befehl, und er ging zur Tür, wobei er jeden seiner Schritte genau abwägte.

Lilly hielt den Atem an und spürte, wie sich die Atmosphäre im Zimmer plötzlich veränderte. Sie sah ihm nach, ihr Herz klopfte noch immer wild, doch diesmal aus einer Mischung von Aufregung und Furcht.

Christoph öffnete die Tür einen Spalt und spähte in den Flur, bevor er sie leise wieder schloss. Als er sich zu ihr umdrehte, lag in seinen Augen ein Ausdruck, den sie kaum deuten konnte – eine Mischung aus Verzweiflung, Sorge und... Sehnsucht.

„Es wird Zeit, dass du gehst, Lilly," sagte er leise und ließ sich vorsichtig zurück in die Dunkelheit des Zimmers sinken.

„Warum?" fragte sie, die Aufregung und das Verlangen waren noch immer in ihrem Gesicht zu sehen, doch auch die leise Enttäuschung, dass dieser Moment, so kostbar er auch war, vielleicht enden musste.

Christoph trat auf sie zu und strich ihr sanft über das Haar. „Weil jeder Augenblick, den wir zusammen verbringen, die Gefahr nur größer macht. Und doch kann ich dich nicht loslassen." Seine Stimme war heiser, und die Zerrissenheit in seinen Augen traf sie bis ins Innerste.

DER KUSS DER EWIGEN NACHT

Lilly legte eine Hand auf seine Wange und sah ihm fest in die Augen. „Vielleicht ist die Gefahr es wert, Christoph. Vielleicht gibt es Dinge, die stärker sind als jede Angst."

Er lächelte schwach, ein trauriges, sehnsüchtiges Lächeln, und zog sie ein letztes Mal in eine Umarmung. „Vielleicht. Aber sei vorsichtig, Lilly. Manchmal sind es genau diese Dinge, die uns am Ende zerstören."

Er küsste sie sanft auf die Stirn, und Lilly spürte, wie eine letzte Träne über ihre Wange rollte, doch sie ließ ihn los und trat zurück, ein bittersüßes Lächeln auf den Lippen. Dann, ohne ein weiteres Wort, verließ sie sein Zimmer und verschwand in der Dunkelheit des Flurs.

Der Geschmack dieses Moments würde ihr noch lange auf der Zunge bleiben – ein bittersüßes Versprechen, das vielleicht niemals eingelöst werden konnte.

Kapitel 9

Der erste Morgen nach dieser verbotenen Nacht war seltsam. Als Lilly den Unterricht betrat, fühlte sie sich, als würde sie etwas Unaussprechliches verbergen, und gleichzeitig konnte sie das Lächeln kaum verbergen, das immer wieder in ihre Mundwinkel kroch. Ihre Gedanken waren noch immer bei Christoph – seinem Lächeln, seinen Berührungen und den flüchtigen Versprechen, die unausgesprochen in der Dunkelheit gehangen hatten.

Natürlich war Christoph bereits da. Er saß an seinem Platz, das Gesicht wie immer von dieser unnahbaren Ruhe erfüllt, doch seine Augen blieben an ihr haften, und Lilly spürte die Hitze seines Blickes wie ein heimliches Feuer. Kurz trafen sich ihre Blicke, und ein leises Kribbeln lief über ihren Rücken. Es war, als würden sie durch ein unsichtbares Band verbunden sein, das nur sie beide wahrnahmen.

Doch offenbar war nicht nur Christophs und Lillys Anziehungskraft in der Luft zu spüren. Kaum hatte sie sich gesetzt, als sie Victorias stechenden Blick bemerkte. Sie saß ein paar Reihen hinter ihnen, und ihre Augen funkelten mit einem Ausdruck, der gleichzeitig Misstrauen und eisige Kälte in sich trug. Victoria musterte Lilly wie eine Raubkatze, die ihre Beute im Auge behielt – jede Bewegung, jeder winzige Ausdruck in Lillys Gesicht wurde von ihr analysiert, als wolle sie ein tief verborgenes Geheimnis aufdecken.

Sofia, die neben Lilly saß, schien ihre Nervosität zu spüren und beugte sich zu ihr herüber. „Okay, irgendwas ist los," flüsterte sie und sah Lilly mit einem aufmerksamen Blick an. „Du lächelst, als hättest du den geheimen Liebestrank in dieser Schule entdeckt."

Lilly errötete leicht, versuchte aber, das Thema abzuwenden. „Ich... habe nur gute Laune, mehr nicht." Sie spürte, wie ihr Herz ein wenig schneller schlug, als sie Christoph einen flüchtigen Blick zuwarf. Die Erinnerung an seine Hände, die sie in der Dunkelheit gehalten hatten, war noch frisch und fühlte sich wie ein verbotener Schatz an.

„Mhm," Sofia zog ihre Augenbrauen hoch und warf ihr einen zweifelnden Blick zu. „Wenn ich raten müsste, würde ich sagen, dein Lächeln hat vielleicht etwas mit einem gewissen Vampir zu tun, der zufällig auch hier ist und dir gerade Blicke zuwirft, die ich definitiv nicht als 'freundschaftlich' bezeichnen würde."

Lilly schüttelte den Kopf, doch ein kleines Lächeln huschte über ihre Lippen, bevor sie sich wieder auf ihr Schulbuch konzentrierte. Sie spürte Victorias durchdringenden Blick im Nacken und versuchte, ihn zu ignorieren, aber ein unbehagliches Gefühl breitete sich in ihr aus. Victoria schien etwas zu ahnen – oder schlimmer noch, zu wissen.

Dr. Stein, der den Unterricht gerade begonnen hatte, ließ seine ruhigen, kühlen Augen über die Klasse schweifen, und Lilly spürte, wie seine Blicke sich auf ihr und Christophs Plätzen für einen Augenblick mehr als nötig aufhielten. Als würde er das unsichtbare Band zwischen ihnen durchschauen können.

„Miss Kästner," sagte Dr. Stein schließlich, seine Stimme war ruhig und undurchsichtig, wie das tiefe Wasser eines Sees. „Könnten Sie mir vielleicht erläutern, was die erste Regel der Geometrie ist?"

Lilly, überrascht, starrte ihn einen Moment an. „Äh... die Geometrie lehrt uns... dass die kürzeste Verbindung zwischen zwei Punkten eine Gerade ist?"

Ein kaum merkliches Lächeln spielte um Dr. Steins Lippen. „Richtig, Miss Kästner. Eine direkte Linie – etwas, das in diesen Hallen gelegentlich eine Seltenheit ist."

Seine Worte hingen wie eine versteckte Warnung in der Luft, und Lilly konnte spüren, dass jeder Blick auf sie gerichtet war – besonders Victorias.

DER KUSS DER EWIGEN NACHT

Der Rest der Stunde verging in einer Mischung aus nervöser Vorfreude und Anspannung. Immer wieder suchten sich Lillys und Christophs Blicke, und jedes Mal schien das Kribbeln zwischen ihnen stärker zu werden. Es war, als ob die Erinnerung an ihre letzte Begegnung eine geheime Sprache geschaffen hätte, die nur sie beide verstanden.

Doch als die Glocke das Ende der Stunde verkündete, und die Schüler begannen, ihre Bücher zusammenzupacken, stand Victoria plötzlich auf und näherte sich mit einem kühlen, selbstsicheren Lächeln ihrem Tisch.

„Also, Lilly," sagte Victoria mit einem aufgesetzten, fast bemitleidenden Lächeln, während sie sich über Lilly beugte. „Ist dir schon klar, dass gewisse... Verbindungen hier nicht nur gefährlich, sondern geradezu tödlich sein können?"

Lilly schnaubte und versuchte, sich nicht verunsichern zu lassen. „Ich weiß nicht, worüber du sprichst, Victoria."

„Natürlich nicht," erwiderte Victoria mit einem Lächeln, das sie aussehen ließ wie eine Königin, die über ein schachbrettartiges Spielfeld herrschte. „Aber du wirst es bald verstehen, glaub mir. Diese... Spielchen, die du treibst, haben oft ein Ende, das nicht besonders schön ist."

„Vielleicht solltest du dir deine Sorgen für jemanden aufheben, der sie braucht," sagte Lilly ruhig und hielt dem Blick der anderen stand.

„Vielleicht," erwiderte Victoria, und ihre Augen blitzten gefährlich auf. „Aber manche Dinge enden eben nie gut, egal wie sehr man es versucht."

Noch bevor Lilly antworten konnte, drehte sich Victoria mit einem eleganten Schwung um und ließ sie mit einem seltsamen Gefühl der Bedrohung zurück, das sie nicht abschütteln konnte.

HELENA VOGLER

DER NÄCHSTE TAG BEGANN mit einem seltsamen Gefühl der Beklommenheit, das Lilly nicht abschütteln konnte. Als sie den Flur entlangging, erwartete sie eigentlich, Sofia irgendwo im Stimmengewirr zu sehen, doch ihre Freundin blieb den ganzen Morgen über verschwunden. Zuerst dachte Lilly, Sofia sei einfach zu spät – das kam schließlich oft genug vor –, doch als die erste Unterrichtsstunde begann und der Platz neben ihr leer blieb, breitete sich in ihrem Bauch ein seltsames Unbehagen aus.

„Hast du Sofia gesehen?" fragte sie Christoph in der Pause, während sie sich heimlich in eine kleine Ecke der Bibliothek zurückzogen. Christoph schüttelte den Kopf, und in seinen grünen Augen lag eine leichte Sorge.

„Vielleicht ist sie einfach nur krank," schlug er vor und lehnte sich an das Bücherregal, die Arme verschränkt. „Oder sie hat sich entschieden, den Tag schwänzend im Bett zu verbringen."

„Das wäre nicht sie," entgegnete Lilly und spürte, wie sich das Unbehagen in ihrer Magengegend verstärkte. „Ich habe so ein seltsames Gefühl, Christoph. Es ist, als ob... als ob etwas passiert ist."

Er musterte sie mit einer Ernsthaftigkeit, die ihr versicherte, dass er sie ernst nahm. „Lilly, ich kenne dieses Gefühl. Manchmal kann es tatsächlich etwas bedeuten. Aber wir sollten uns nicht in Panik hineinsteigern – zumindest nicht, bevor wir ein paar Antworten gefunden haben."

„Vielleicht hat Victoria etwas damit zu tun," murmelte Lilly leise, und ein Funke von Zorn flackerte in ihr auf. „Sie hat mir gestern diese absurde Warnung gegeben. Und sie hat sich in letzter Zeit seltsam verhalten... fast schon bedrohlich."

Christoph nickte langsam, und in seinem Blick lag ein Hauch von Besorgnis. „Es wäre ihr zuzutrauen. Victoria hat ihre eigene Vorstellung von Loyalität und noch mehr von Eifersucht."

DER KUSS DER EWIGEN NACHT

Ein seltsames Prickeln breitete sich in Lillys Nacken aus, und sie konnte nicht anders, als den Gedanken zu verdrängen, dass Victorias Drohung tatsächlich mehr als nur Worte gewesen sein könnte.

Als der Unterricht endete und Sofia noch immer nicht aufgetaucht war, beschloss Lilly, ihre Suche auszuweiten. Sie durchstreifte die Gänge, klopfte an Sofias Zimmertür, die verschlossen und still blieb, und fragte sogar ein paar Mitschüler, doch niemand hatte Sofia gesehen oder wusste, wo sie sein könnte.

In einem letzten Versuch wandte sie sich an Maximilian, den sie in einem der kühlen Flure traf. Er hob fragend eine Augenbraue, als er sie so angespannt auf sich zukommen sah.

„Ich muss dich etwas fragen, Max," begann sie, ohne Umschweife. „Weißt du, wo Sofia ist? Ich habe sie den ganzen Tag nicht gesehen."

Maximilian runzelte die Stirn, und ein Ausdruck von Sorge huschte über sein Gesicht. „Das ist ungewöhnlich," murmelte er. „Sofia ist sonst immer pünktlich da – oder zumindest da, wo sie sein möchte. Vielleicht gibt es einen Grund, dass sie sich versteckt."

„Meinst du... sie hat sich freiwillig zurückgezogen?" fragte Lilly und spürte, wie ihr Herzschlag sich beschleunigte.

„Vielleicht." Maximilian zuckte mit den Schultern, doch Lilly konnte sehen, dass er diese Möglichkeit nicht wirklich glaubte. „Oder vielleicht... gibt es jemanden, der sie zum Rückzug gezwungen hat."

„Du denkst also auch, dass es mit Victoria zu tun hat?" Ihre Stimme klang aufgeregt, und Maximilian schüttelte langsam den Kopf, sein Gesicht verfinsterte sich.

„Ich will Victoria nicht verteidigen, aber sie... könnte das nicht allein getan haben." Er sah Lilly lange an und sprach dann in einem ernsten Ton weiter. „Falls Sofia tatsächlich verschwunden ist, könnte das bedeuten, dass sie etwas entdeckt hat, das sie hätte versteckt halten sollen."

„Und was könnte das sein?" flüsterte Lilly und spürte, wie eine seltsame Kälte sie durchfuhr.

HELENA VOGLER

„Das weiß ich nicht genau," antwortete Maximilian und verschränkte die Arme, seine Augen waren schmal zusammengekniffen, als würde er in tiefen Überlegungen versinken. „Aber die Dinge hier sind komplizierter, als sie scheinen. Und wenn Sofia an das falsche Geheimnis geraten ist, könnte das der Grund für ihr Verschwinden sein."

Die Worte hingen schwer in der Luft, und Lilly spürte, wie ihre Gedanken immer weiter in dunkle Theorien abdrifteten. Was, wenn Sofia wirklich auf etwas gestoßen war, das sie nicht hätte sehen sollen? Und wenn ja – was bedeutete das für sie selbst?

※

DIE UNTERIRDISCHEN Katakomben der „Ewigen Nacht" waren wie ein Labyrinth, das in völlige Dunkelheit gehüllt war, abgesehen von den vereinzelten Fackeln, die ein schummriges Licht an die kalten Steinwände warfen. Lilly fühlte, wie sich ihr Herzschlag beschleunigte, während sie sich tiefer in das unterirdische Gewölbe wagte – allein die Tatsache, dass sie an diesem Ort war, ließ ihr Blut schneller fließen. Sie wusste, dass Christoph sie hier erwartete.

Ein leises Geräusch ließ sie aufhorchen. Sie drehte sich um und spähte in die Schatten. „Christoph? Bist du das?" Ihre Stimme hallte leise zwischen den Wänden wider.

Aus dem Halbdunkel trat er hervor, und das schwache Licht legte sich wie ein sanfter Schein über sein Gesicht, das im Schattenspiel des Raumes noch unheimlicher wirkte. Sein Blick war wie immer ruhig und durchdringend, doch ein vertrautes, leidenschaftliches Funkeln lag darin, als er ihr entgegenkam.

„Du hast es also doch gewagt, mir zu folgen," murmelte er mit einem leichten, amüsierten Lächeln. „Dabei dachte ich, nach all den... Warnungen wärst du vernünftiger."

Lilly hob die Augenbrauen und schnaubte leise. „Vernunft ist völlig überbewertet. Zumindest für heute Nacht."

DER KUSS DER EWIGEN NACHT

Er trat näher und griff sanft nach ihrer Hand, zog sie an sich. Ihre Hände fanden von selbst seinen Rücken, und ihre Finger glitten über den festen Stoff seines Hemdes, während sie spürte, wie sein Herz unter ihrer Berührung ruhiger, aber intensiver schlug.

„Du machst es mir nicht leicht," flüsterte Christoph leise, sein Gesicht nur Zentimeter von ihrem entfernt. „Du bist wie ein Feuer, Lilly, und ich habe ständig das Gefühl, dass ich mich daran verbrennen werde."

„Vielleicht ist das genau das, was ich will," antwortete sie, und sie spürte, wie ihre eigene Stimme bebte, von dem Verlangen und der Sehnsucht, die seit dieser Nacht in ihrem Herzen schwelten.

Christoph ließ ein leises Knurren hören, und in seinem Blick lag etwas Dunkles, Gefährliches, das sie jedoch nur noch tiefer in seine Nähe zog. „Ich habe dir bereits gesagt, dass diese... Verbindung uns beide zerstören könnte. Und trotzdem..." Seine Stimme klang nun rau, seine Finger glitten sanft über ihre Wange, während er sie ansah, als wäre sie das Einzige, das in seiner Welt noch zählte.

„Trotzdem was?" flüsterte Lilly, ihr Atem traf seine Lippen, und sie konnte die Hitze zwischen ihnen fast greifbar spüren.

„Trotzdem kann ich dich nicht loslassen." Mit diesen Worten schloss er die Augen und zog sie in einen Kuss, der alles andere um sie herum verblassen ließ. Ihre Lippen trafen auf seine, und es war, als wäre die Welt unter ihnen zerbrochen und hätte nur diesen einen Moment hinterlassen. Seine Hände glitten über ihren Rücken, drückten sie an sich, und Lilly spürte, wie ein Feuer durch ihre Adern lief.

Inmitten dieser Intimität und Leidenschaft bemerkte sie plötzlich, dass Christoph sich zurückzog, seine Augen halb geschlossen, und etwas in seinem Blick flackerte. „Du solltest dich von mir fernhalten," murmelte er leise, aber seine Finger strichen sanft über ihren Hals, und Lilly spürte die leichte Spannung in seinem Griff.

„Vielleicht will ich das nicht," sagte sie trotzig und lehnte ihren Kopf zurück, sodass seine Lippen an ihrem Hals verweilten.

Christophs Atmung beschleunigte sich, und sie sah, wie seine Fangzähne im schwachen Licht blitzten. „Du weißt nicht, wie nah ich bin, meine Kontrolle zu verlieren," flüsterte er, seine Stimme war rau, und sie spürte das Prickeln, das durch seinen Atem auf ihrer Haut entstand.

Lilly legte ihre Hand auf seine Wange, und ihre Augen trafen sich. „Dann verliere sie, Christoph."

Noch bevor er antworten konnte, beugte er sich erneut zu ihr, ihre Lippen fanden einander in einem Kuss, der intensiver und hungriger war als alles, was sie zuvor erlebt hatte. Sie spürte die Kälte seiner Haut und zugleich das brennende Verlangen, das von ihm ausging, als würden sie beide in einem Feuer stehen, das sie miteinander verband und zugleich voneinander zu trennen drohte.

Doch inmitten ihrer Umarmung bemerkte Lilly etwas Seltsames – ein leises Knistern, fast wie das Rascheln von Papier. Sie löste sich kurz von ihm und sah, dass sie neben einem Stapel alter, staubiger Schriftrollen standen, die auf einem alten Steinsockel lagen.

„Was ist das?" fragte sie und sah neugierig auf die alten Papiere, ihre Finger wanderten vorsichtig über die vergilbten Seiten.

Christoph trat neben sie und beugte sich über die Schriftrollen, seine Augen verengten sich. „Das... sind die alten Gesetze der Vampire," sagte er, und seine Stimme klang schwer und geheimnisvoll. „Manche von diesen Schriften erzählen von alten Regeln und Strafen, die längst vergessen sind – und vielleicht besser so."

Lillys Finger strichen über die alte, geschwungene Schrift, und sie spürte, wie ihr ein Schauder über den Rücken lief. „Was steht da drin?"

Christoph seufzte, sein Blick wanderte von der Schriftrolle zu ihr, und für einen Moment war in seinen Augen ein Ausdruck von Schmerz und Verbitterung zu sehen. „Diese Schriften enthalten die ältesten Regeln unserer Welt, Lilly. Regeln, die uns und die Menschheit voneinander fernhalten sollen. Sie sind geschrieben in Zeiten, in denen

DER KUSS DER EWIGEN NACHT

jede Verbindung zwischen Mensch und Vampir…" Er hielt inne, als wollte er das Ende des Satzes nicht aussprechen.

„Was? Was passiert, wenn eine Verbindung… wie unsere entdeckt wird?" flüsterte sie, ihre Hand legte sich sanft auf seine, und sie sah ihn mit einer Mischung aus Angst und Entschlossenheit an.

Christophs Blick war dunkel und voller Schmerz. „Dann wird es eine Jagd geben, Lilly. Und die, die die Regeln brechen, werden… zur Rechenschaft gezogen."

Lilly schauderte bei seinen Worten, doch sie hielt seinem Blick stand. „Dann werde ich kämpfen," flüsterte sie. „Für uns."

Er legte seine Stirn an ihre, und für einen Moment waren sie nur zwei Seelen, die sich inmitten einer verbotenen Welt gefunden hatten. Doch die Schatten, die über ihnen schwebten, erinnerten sie daran, dass sie bald eine Entscheidung treffen mussten – eine Entscheidung, die ihr beider Schicksal für immer verändern würde.

Kapitel 10

Die Dämmerung hatte sich gerade über die alten Mauern der „Ewigen Nacht" gelegt, und ein schwerer, fast greifbarer Nebel kroch über die düsteren Flure. Lilly hatte Maximilian gebeten, sich mit ihr zu treffen, nachdem sie das Flüstern über eine uralte Prophezeiung aufgeschnappt hatte. Sie war unruhig, hatte das Gefühl, dass dieser eine Moment alle ihre Fragen beantworten – oder alles noch komplizierter machen würde.

Maximilian wartete in einer abgelegenen Nische der Bibliothek, umgeben von düsteren, verstaubten Regalen und vergilbten Manuskripten. Seine Augen funkelten geheimnisvoll, als sie sich ihm näherte.

„Also," begann Lilly ohne Umschweife, „gibt es eine Prophezeiung, die von einer Verbindung zwischen einem Menschen und einem Vampir handelt. Willst du mir das erklären?"

Maximilian schnaubte leise und warf ihr einen prüfenden Blick zu. „Wirklich, Lilly? Kaum hat man dich eingeweiht, und schon stößt du an die gefährlichsten Grenzen? Ich muss sagen, du bist entweder sehr mutig oder sehr leichtsinnig."

„Vielleicht beides," entgegnete sie trocken und verschränkte die Arme vor der Brust. „Also, wirst du mir endlich sagen, worum es hier geht?"

Er zögerte einen Moment, als ob er sich überlegen würde, wie viel er wirklich preisgeben sollte, doch schließlich gab er nach. „Es gibt tatsächlich eine Prophezeiung," begann er leise. „Eine uralte Schrift, die besagt, dass es eine besondere Verbindung geben kann – eine, die stärker ist als das Blut, das uns trennt. Es heißt, dass die Verbindung zwischen Mensch und Vampir... die Macht besitzt, beide Welten zu verändern."

Lilly hielt den Atem an. „Zu verändern? Was heißt das?"

„Die Prophezeiung ist vage," murmelte Maximilian, sein Blick glitt über die Regale, als könnte er die uralten Worte aus dem Staub selbst lesen. „Aber sie spricht von einem Band, das das Potenzial hat, die verkrusteten Regeln unserer Welt zu brechen. Ein Band, das... denjenigen, die es eingehen, unglaubliche Stärke verleiht – aber auch eine Gefahr birgt, die alles, was wir kennen, vernichten könnte."

„Und Christoph und ich..." Sie hielt inne, die Worte schienen sich fast zu weigern, ihre Lippen zu verlassen. „...wir könnten dieses Band sein?"

Maximilian nickte langsam. „Es wäre durchaus möglich. Die Frage ist nur, ob ihr euch dessen bewusst seid, was auf dem Spiel steht."

„Ich weiß, was auf dem Spiel steht," sagte Lilly leise und sah Maximilian fest an. „Und das ist mir egal."

Maximilian lächelte ein wenig ironisch und schüttelte den Kopf. „Natürlich nicht. Du lieferst dich bereitwillig einer uralten Prophezeiung aus, ohne auch nur zu blinzeln. Glaubst du wirklich, dass das so einfach ist?"

„Ich weiß nur," sagte sie, und ihre Stimme zitterte vor Entschlossenheit, „dass ich Christoph liebe. Und dass ich alles dafür tun würde, um bei ihm zu sein."

Ein seltsames Funkeln trat in Maximilians Augen. „Du bist mutig, Lilly. Aber sei dir dessen bewusst, dass du damit ein Spiel beginnst, dessen Ausgang ungewiss ist. Dr. Stein ist bereits... interessiert."

Lillys Herz schlug schneller, als sie Dr. Steins Namen hörte. „Dr. Stein? Was hat er damit zu tun?"

Maximilian seufzte und rieb sich nachdenklich die Schläfen. „Dr. Stein ist nicht nur der Direktor. Er ist ein Hüter unserer Geheimnisse, und sein Wissen über die alten Gesetze und Prophezeiungen geht tiefer, als du ahnen kannst. Wenn er wirklich von eurer... Verbindung weiß, könnte das bedeuten, dass er euch für eine größere Rolle bestimmt hat."

„Eine größere Rolle?" Sie runzelte die Stirn und spürte, wie sich die Schatten der Prophezeiung über sie legten. „Was für eine Rolle?"

„Das ist eine Frage, die du ihm selbst stellen müsstest," erwiderte Maximilian mit einem dunklen Lächeln. „Aber sei gewarnt – Dr. Stein hat seine eigenen Pläne. Und du und Christoph seid vielleicht nur Spielfiguren in einem Spiel, das älter ist, als wir es uns vorstellen können."

Lilly schloss für einen Moment die Augen, als sie versuchte, all das zu verarbeiten. Sie hatte sich in eine Welt begeben, die voller Geheimnisse, alter Versprechen und verborgener Mächte war. Doch sie wusste, dass sie an Christophs Seite stehen würde – egal, wie groß die Gefahr war.

„Danke, Max," sagte sie schließlich und legte ihm eine Hand auf die Schulter. „Ich weiß, dass du mir nur helfen willst."

Maximilian erwiderte ihren Blick und lächelte schwach. „Pass auf dich auf, Lilly. Manche Geheimnisse haben eine zu hohe Anziehungskraft. Und diese Prophezeiung könnte das Schicksal von euch beiden auf eine Weise verändern, die nicht so romantisch ist, wie du es dir vielleicht ausmalst."

Mit diesen Worten verschwand Maximilian im Schatten der Bibliothek, und Lilly blieb allein zurück, die Last der Prophezeiung schien auf ihren Schultern zu ruhen.

⁂

DAS OBSERVATORIUM DER „Ewigen Nacht" lag am höchsten Punkt des alten Schulgebäudes. Von hier aus konnte man den Himmel in seiner ganzen unberührten Schönheit sehen, und es war Lillys und Christophs geheimer Zufluchtsort geworden – ein Platz fernab der dunklen Flure, in denen ihnen jede Bewegung beobachtet und jede

Entscheidung in Frage gestellt wurde. Heute Abend war das Licht des Vollmondes so hell, dass der Raum von einem silbrigen Schimmer durchzogen war, der beinahe magisch wirkte.

Lilly stand am Fenster, blickte in die Dunkelheit und wartete. Der Gedanke an die Prophezeiung schwirrte wie ein ständiger Schatten in ihrem Kopf, ein Flüstern, das sie nicht ignorieren konnte. Sie hatte Maximilians Worte noch im Ohr – seine Warnung vor den ungewissen Konsequenzen und Dr. Steins seltsames Interesse an ihrer Beziehung zu Christoph.

Da hörte sie hinter sich leise Schritte. Christoph trat aus der Dunkelheit des Raumes hervor, seine Augen leuchteten im schwachen Mondlicht, und sein Ausdruck war ernst, fast besorgt.

„Du hast wirklich keine Angst, dich hier zu treffen, oder?" fragte er leise, und ein Anflug von Bewunderung und Besorgnis lag in seiner Stimme.

„Nicht vor dir," sagte sie und lächelte schwach, aber das Zittern in ihrer Stimme verriet, dass die Prophezeiung mehr in ihr ausgelöst hatte, als sie zugeben wollte.

Christoph trat näher und legte seine Hände sanft auf ihre Schultern. „Lilly, ich habe gehört, dass Maximilian mit dir gesprochen hat. Und ich weiß, was er dir gesagt hat."

„Dann weißt du auch, dass ich die Wahrheit kenne," erwiderte sie, und sie drehte sich zu ihm um, sah ihm fest in die Augen. „Christoph, wenn das alles wahr ist – wenn es eine Prophezeiung gibt, die uns beide... verbindet – dann ist das etwas, das ich nicht ignorieren kann."

Sein Blick wurde noch ernster, und er zog sie sanft näher. „Ich will dich schützen, Lilly. Ich will nicht, dass diese Prophezeiung unser Leben bestimmt. Wir sind mehr als nur... Figuren in einem Spiel."

„Aber was, wenn dieses Band, das wir haben, stärker ist als alles andere?" Sie suchte in seinem Blick nach einer Antwort, die sie beruhigen könnte, doch seine Augen waren dunkel und voller

DER KUSS DER EWIGEN NACHT

Zerrissenheit. „Christoph, was wäre, wenn wir zusammen eine Chance hätten, all das zu verändern?"

Er schwieg einen Moment, dann legte er eine Hand an ihre Wange und strich ihr sanft über die Haut. „Wenn es das ist, was du willst, werde ich an deiner Seite stehen. Aber wir gehen ein Risiko ein, Lilly – ein Risiko, das größer ist, als du dir vorstellen kannst."

„Ich weiß," flüsterte sie und lehnte sich in seine Berührung. „Aber ich will nichts anderes, als bei dir zu sein."

Ihre Worte schienen ihn zu überwältigen, und er zog sie näher, bis ihre Lippen sich in einem Kuss trafen, der all die Zerrissenheit und das Verlangen in sich trug, die sie beide empfanden. Der Kuss war sanft, dann leidenschaftlicher, und schließlich fühlte Lilly, wie ihr Herz schneller schlug, während seine Hände über ihren Rücken glitten, sie enger an sich zogen, als könnte er sie damit vor der Welt beschützen.

In der Stille des Observatoriums, unter dem sternenklaren Himmel, schien alles andere bedeutungslos. Lilly spürte nur seine Nähe, seine Finger, die über ihre Haut glitten, und die Wärme, die in ihrem Inneren aufstieg. Christophs Berührungen waren sowohl zärtlich als auch voller Besitzanspruch, als ob er sich an ihr festhielt, weil er wusste, dass dieser Moment alles war, was sie hatten.

Doch plötzlich spürte Lilly ein seltsames Prickeln im Nacken, als ob sie beobachtet würde. Sie zog sich leicht zurück und sah sich um, doch im Halbdunkel des Raumes war nichts zu erkennen.

„Was ist los?" Christophs Stimme war leise, aber er hatte die Veränderung in ihrem Verhalten bemerkt.

„Ich... hatte das Gefühl, dass jemand da ist." Sie versuchte, den Gedanken zu ignorieren, aber die Unruhe ließ sich nicht so einfach abschütteln.

Christophs Blick wurde wachsamer, und er sah sich ebenfalls im Raum um. „Vielleicht solltest du vorsichtig sein. Hier gibt es mehr als nur körperliche Schatten, Lilly."

"Wie meinst du das?" Ihre Stimme klang angespannt, und sie konnte spüren, wie eine unsichtbare Gefahr die Luft zwischen ihnen verdichtete.

Er schwieg einen Moment und senkte den Blick. "Ich denke, Victoria könnte uns beobachtet haben. Sie hat ein... Talent dafür, zur rechten Zeit am falschen Ort zu sein."

Der Gedanke ließ Lilly frösteln, doch sie ließ sich nicht beirren. Sie schob den Gedanken an Victoria beiseite, legte die Hände auf Christophs Wangen und zwang ihn, ihr in die Augen zu sehen. "Dann soll sie uns doch beobachten," sagte sie leise, aber ihre Stimme trug eine Entschlossenheit, die alles andere überstrahlte. "Ich lasse mir das hier nicht nehmen."

Christoph schloss die Augen, legte seine Stirn an ihre und seufzte tief. "Dann werde ich dich schützen, Lilly. So lange ich kann."

Ihre Lippen trafen sich erneut, und diesmal war der Kuss noch intensiver, fast verzweifelt, als ob beide wussten, dass die Zeit gegen sie arbeitete. Lilly spürte die Wärme seiner Berührungen, die Kühle seiner Haut und die Leidenschaft, die in seinem Blick glühte, als er sie enger an sich zog.

Und doch blieb da die Ahnung, dass in den Schatten des Observatoriums Augen lauerten – Augen, die jede ihrer Bewegungen verfolgten und jede Schwäche zu erkennen versuchten.

DER NÄCHSTE TAG WAR von einer beklemmenden Unruhe geprägt. Lilly hatte die ganze Nacht kaum geschlafen, ihre Gedanken kreisten unaufhörlich um die Prophezeiung und die düstere Möglichkeit, dass Victoria sie tatsächlich im Observatorium beobachtet haben könnte. Während sie auf dem Schulhof stand und in die Ferne blickte, riss eine Bewegung am Rand ihres Blickfeldes sie aus ihren Gedanken.

Es war Sofia.

DER KUSS DER EWIGEN NACHT

Lillys Herz machte einen Satz, als sie sah, wie ihre Freundin unsicher und sichtlich erschöpft den Flur entlang taumelte, als hätte sie sich Tage durch ein Labyrinth aus Schatten geschlagen. Lilly sprintete sofort auf sie zu und rief ihren Namen, doch Sofia schien erst zu zögern, als ob sie einen Moment nicht sicher wäre, ob Lilly real oder nur eine Einbildung war.

„Sofia!" Lillys Stimme klang fast verzweifelt, und als sie endlich vor ihrer Freundin stand, griff sie vorsichtig nach Sofias Armen und musterte sie. „Gott, Sofia! Was ist passiert? Wo warst du?"

Sofia hob ihren Blick, und Lilly konnte die Angst und Verwirrung in ihren Augen sehen. „Lilly... ich... ich weiß es nicht genau. Es ist alles... verschwommen."

„Verschwommen? Was meinst du damit?" Lillys Stimme bebte, doch sie versuchte, ruhig zu bleiben.

Sofia schloss die Augen und rang sichtbar nach Worten. „Ich erinnere mich nur daran, dass ich auf dem Weg zum Gewächshaus war, und dann... dann war ich plötzlich in einem Raum, den ich nicht kannte. Alles war dunkel und kalt. Ich... ich dachte, ich würde da niemals wieder rauskommen."

Lilly fühlte, wie ihr ein kalter Schauer über den Rücken lief. „Wer hat das getan? Weißt du, wer dich dort festgehalten hat?"

Sofias Augen weiteten sich, und ein Hauch von Panik schimmerte in ihrem Blick. „Ich bin mir nicht sicher, aber ich... habe Victorias Stimme gehört. Sie sprach mit jemandem, jemandem, der... der nicht menschlich klang." Ihre Stimme brach, und sie umklammerte Lillys Arm, als wäre er der einzige Anker, der sie noch in dieser Realität hielt.

„Victoria," flüsterte Lilly und ballte die Hände zu Fäusten. Ein Wellen der Wut durchströmte sie, doch sie hielt sich zurück und zwang sich zur Ruhe. „Warum würde sie so etwas tun? Was hätte sie davon?"

„Ich weiß es nicht," erwiderte Sofia mit zitternder Stimme. „Aber... sie hat über dich gesprochen, Lilly. Sie sprach von einer Warnung, die du nicht beachtet hast. Es klang... als hätte sie etwas gegen dich in der Hand."

Lillys Gedanken wirbelten. Die Drohungen, die sie erhalten hatte, die ständige Anwesenheit Victorias – alles schien ein Netz zu formen, das sich nun langsam um sie legte. Doch Sofias letzte Worte ließen sie erstarren.

„Und dann war da noch Henrik."

Lillys Augen weiteten sich, und ein ungutes Gefühl breitete sich in ihrem Bauch aus. „Henrik? Was hat er damit zu tun?"

Sofia zögerte und schien einen Moment lang gegen ihre eigenen Gedanken zu kämpfen, als ob sie selbst nicht glauben konnte, was sie sagen wollte. „Ich glaube... Henrik ist nicht der, für den wir ihn halten. Es ist, als würde er Victorias Befehle befolgen, als ob er... unter ihrem Einfluss stehen würde."

„Das ist absurd!" Lilly schüttelte ungläubig den Kopf. „Henrik würde dir niemals so etwas antun. Er ist... er ist in dich verliebt, Sofia. Er würde dich niemals verraten."

Sofia zuckte mit den Schultern, als könne sie ihre eigenen Zweifel nicht mehr ignorieren. „Vielleicht. Oder vielleicht ist das alles nur ein Teil von Victorias Plan. Ich habe Henrik nicht so gesehen wie sonst. Er wirkte... distanziert, fast gefühllos. Als hätte Victoria ihn... verändert."

Lilly fühlte, wie ihr Herz schwer wurde. War Henrik wirklich in diese Intrigen verwickelt? Konnte Victoria so viel Kontrolle über ihn haben? Oder lag das an der dunklen Macht, die in dieser Schule wucherte?

„Sofia, hör mir zu," sagte Lilly fest und legte ihre Hände auf die Schultern ihrer Freundin, versuchte, sie zu beruhigen. „Wir werden das herausfinden. Und ich verspreche dir, wir werden Victoria aufhalten. Sie hat keine Macht über uns, das kann ich dir versprechen."

Sofias Augen flackerten, und ein schwaches, unsicheres Lächeln erschien auf ihren Lippen. „Danke, Lilly. Ich wusste, dass ich auf dich zählen kann."

DER KUSS DER EWIGEN NACHT

Lilly lächelte zurück, doch innerlich schwor sie sich, dass dies erst der Anfang ihres Kampfes gegen die dunklen Geheimnisse und Intrigen war, die in den Schatten der Schule „Ewige Nacht" lauerten.

Kapitel 11

Das Schloss war in eine Atmosphäre getaucht, die kaum fassbar, aber in jeder Ecke spürbar war. Überall sah man Vampire, die sich in dunklen, feinen Gewändern bewegten, Schüler und Lehrer gleichermaßen – jeder bereitete sich auf das große Ereignis vor: das Blutmondfest. Das Fest, das nur alle paar Jahrzehnte gefeiert wurde und eine Gelegenheit für die Vampirgesellschaft war, uralte Traditionen zu ehren. Für Menschen wie Lilly? Eine Einladung zur Unruhe und Verwirrung.

„Es ist das bedeutendste Fest unserer Art," hatte Christoph leise geflüstert, als er ihr in der Pause eine kleine, handgeschriebene Einladung zugesteckt hatte. Der Ausdruck in seinen Augen war gemischt – ein Hauch von Stolz, aber auch ein düsteres Flackern, als ob er sich selbst nicht sicher war, ob er sie wirklich in diese dunkle, verbotene Welt einführen wollte.

„Und wieso sollte ich dort sein?" fragte Lilly sarkastisch und versuchte, die innere Unruhe zu verbergen, die sein Blick in ihr ausgelöst hatte. „Ich bezweifle, dass ein Haufen jahrhundertealter Vampire es schätzen wird, ein menschliches Mädchen bei ihren traditionellen Riten dabeizuhaben."

Christophs Mundwinkel zuckte, als ob er den Gedanken unterhaltsam fände. „Vielleicht nicht. Aber ich will dich bei mir haben. Und..." Er senkte die Stimme, sodass nur sie ihn hören konnte. „Du solltest wissen, was in meiner Welt wirklich passiert. Das hier könnte eine einzige Chance sein."

Lillys Herz hämmerte, und ihr Geist war ein Chaos aus widersprüchlichen Gedanken. Diese Einladung war mehr als nur eine romantische Geste; sie war eine Herausforderung – und ein Risiko. Sie hatte sich bereits in den tiefsten Schatten dieser Schule verirrt, aber das Blutmondfest versprach etwas noch Gefährlicheres.

Während Lillys Gedanken wirbelten, bemerkte sie, dass überall flüsternde Gespräche zwischen den Vampiren stattfanden. Ihre Blicke waren wie Messer, die abwägten, prüften und die Spannung in der Luft fast greifbar machten.

„Du hast die Blutmond-Einladung bekommen?" flüsterte Sofia, die plötzlich an ihrer Seite auftauchte und sie mit großen, besorgten Augen anstarrte. „Lilly, weißt du überhaupt, worauf du dich da einlässt?"

„Ich habe so eine Ahnung," antwortete Lilly halb ironisch, aber in ihrer Stimme lag mehr Unsicherheit, als sie zugeben wollte.

Sofia runzelte die Stirn. „Die Blutmondnacht ist ein uralter Vampirbrauch. Es gibt... Rituale. Dinge, die wir vielleicht lieber nicht sehen sollten."

„Also ein Treffen voller Vampire, die ihre gefährlichsten Geheimnisse zelebrieren?" Lilly versuchte, ihre Stimme leicht klingen zu lassen, doch das Prickeln der Angst war kaum zu überhören.

„Genau," sagte Sofia und senkte die Stimme zu einem fast unhörbaren Flüstern. „Und du weißt, dass Victoria und ihre Anhänger in letzter Zeit auffallend viel über diese alten Bräuche sprechen. Sie sehen in dieser Nacht mehr als nur ein Fest."

„Victoria sieht in jeder Gelegenheit eine Chance zur Manipulation," erwiderte Lilly trocken. Doch das Gefühl, dass Victoria ein düsteres Interesse an dieser Nacht hegte, war nun wie ein Schatten in ihrem Geist.

Plötzlich bemerkte Lilly, dass auch Dr. Stein in der Nähe stand, seine Augen waren wie immer ruhig und unergründlich, doch ein Funke lag in seinem Blick, der nicht ganz neutral schien. Er beobachtete die Vorbereitungen mit einem unauffälligen, aber

DER KUSS DER EWIGEN NACHT

intensiven Interesse, das Lillys Alarmglocken läuten ließ. Was war seine Rolle in dieser Nacht? Und warum schien selbst er mehr über das Fest zu wissen, als er preisgab?

Christoph trat erneut zu ihr und streifte unauffällig mit seinen Fingern über ihre Hand, ein kaum spürbares Zeichen, das ihr Mut zusprechen sollte – und vielleicht auch eine stille Warnung. „Bereit für den Blutmond?" fragte er leise, sein Blick ruhte fest auf ihr, als wollte er in ihre Gedanken sehen.

Lilly atmete tief durch, ihre Entschlossenheit wuchs, trotz des leisen, gefährlichen Flackerns, das sie in Christophs Augen sah. „Mehr bereit werde ich wohl nicht sein."

Doch als sie in die großen, goldenen Hallen des Schlosses blickte, wo die festlichen Vorbereitungen immer mehr Gestalt annahmen und die unheilvollen Geheimnisse dieser Nacht bereits in jeder Ecke schwelten, wusste sie tief im Inneren, dass die bevorstehende Nacht alles verändern könnte – und dass nichts und niemand sie auf das vorbereiten konnte, was auf sie wartete.

※

DIE GROSSE HALLE WAR in ein gespenstisches Licht getaucht, das von den flackernden Kerzen und tiefroten Vorhängen kam, die die Wände bedeckten. In der Mitte der Halle stand ein großer, schwarzer Tisch, der mit silbernen Pokalen, vergoldeten Schalen und weinrotem Samt gedeckt war. Lilly stand in einer Ecke und beobachtete die Gäste, die sich in eleganter Dunkelheit kleideten und sich wie eine Schar Raubvögel durch die Menge bewegten – geschmeidig, aber mit unbestreitbarer Gefahr in jedem ihrer Schritte.

Ihre Anwesenheit erregte Aufsehen. Die wenigen Vampire, die sie erkannten, sahen sie an, als wäre sie eine exotische Absonderlichkeit inmitten eines uralten Rituals. Doch ihr war das egal. Sie suchte nur einen einzigen Blick: Christophs.

HELENA VOGLER

Und da war er, am Ende des Saals, seine Augen auf sie gerichtet, mit einer Intensität, die selbst die düsterste Dunkelheit des Saals durchdringen konnte. Er trug ein dunkelblaues Hemd, das seine grünen Augen noch mehr hervorhob und ihn noch geheimnisvoller wirken ließ. Ein leises Lächeln spielte auf seinen Lippen, als er sich ihr näherte und ihr eine Hand entgegenstreckte.

„Bereit für den Tanz?" fragte er, und sein Tonfall war sanft und verführerisch.

Lilly lächelte zurück, obwohl ihr Herz wild schlug. „Bereit wie nie."

Er zog sie sanft auf die Tanzfläche, und die Welt um sie herum verschwand, während die Musik einsetzte. Sie konnte nur ihn sehen, seine festen Arme, die sie sicher hielten, und seine Finger, die ihre Hand umschlossen, als wäre sie sein wertvollster Schatz. Die Musik war langsam und schwer, und Lilly ließ sich von Christophs Bewegungen leiten, während sie sich im Takt der Melodie bewegten. Es war, als ob jeder Schritt, den sie zusammen machten, sie tiefer in eine Welt zog, die voller Geheimnisse und Verlockungen war.

„Das hier... ist nicht einfach nur ein Tanz, Lilly," flüsterte Christoph, seine Stimme ein raues Versprechen in ihrem Ohr. „Es ist eine Einladung in unsere Welt."

„Also sollte ich wohl dankbar sein, dass du mich so vorsichtig einführst," erwiderte sie leise, und ein spöttisches Funkeln trat in ihre Augen.

„Witzig, wie du das sagst," murmelte Christoph, sein Blick glühte im schummrigen Licht. „Doch ich weiß, dass du genau verstehst, worauf du dich eingelassen hast."

Doch noch bevor sie ihm antworten konnte, erschien aus den Schatten eine Gestalt, die ihre perfekte Harmonie mit einem einzigen spöttischen Lächeln unterbrach. Victoria. Sie trat näher, und ihr Blick war eine Mischung aus kalter Arroganz und unverhohlener Missgunst.

„Ach, wie romantisch," bemerkte Victoria mit einem Lächeln, das alles andere als freundlich war. „Eine Menschin und ein Vampir, die

DER KUSS DER EWIGEN NACHT

ihre Liebe unter dem Blutmond feiern. Die Legenden werden es kaum glauben."

Lilly schnaubte, ihre Augen blitzten. „Victoria, ich wusste nicht, dass du dir so viele Gedanken über mein Liebesleben machst. Das ist irgendwie... schmeichelhaft."

Christophs Griff an Lillys Taille wurde fester, und er warf Victoria einen frostigen Blick zu. „Lass es, Victoria. Dies ist weder der Ort noch der Moment für deine Spielchen."

Victoria lächelte, doch ihre Augen funkelten kalt. „Oh, Christoph, du solltest wissen, dass ich es niemals versäumen würde, einen Moment zu genießen, in dem du und deine... 'Freundin' euch in ein Netz verfangen, das ihr nicht entkommen könnt." Sie beugte sich näher zu ihm, und ihre Stimme war kaum mehr als ein Flüstern. „Die Traditionen unserer Welt sind nicht dafür gemacht, von Menschenhand berührt zu werden."

Noch bevor Lilly eine Erwiderung finden konnte, trat Maximilian plötzlich aus der Menge und stellte sich zwischen sie und Victoria, sein Gesicht eine Maske aus unerschütterlicher Entschlossenheit. „Victoria, vielleicht solltest du dir eine andere Beschäftigung suchen. Ich bin sicher, die alten Vampirlegenden werden es überleben, wenn du ihnen einen Abend lang nicht deine ganze Aufmerksamkeit schenkst."

Victoria warf ihm einen kühlen Blick zu. „Ach, Maximilian, wie... ritterlich. Verteidigst du jetzt also Christophs... unpassende Romanzen?"

„Nenn es, wie du willst," erwiderte Maximilian trocken, und seine Augen blieben fest auf Victoria gerichtet. „Aber es gibt Regeln, und die besagen, dass heute Abend Frieden herrschen sollte."

Victoria hob nur leicht eine Augenbraue, ihre Lippen formten ein gefährliches Lächeln. „Natürlich. Frieden." Sie drehte sich mit einem letzten, verächtlichen Blick zu Lilly um und verschwand lautlos in der Menge.

HELENA VOGLER

Lilly atmete tief durch, und Christophs Hand auf ihrem Rücken brachte sie zurück in die Realität. „Ich hoffe, du hast dich von Victorias kleinen Auftritten nicht aus der Ruhe bringen lassen."

„Nicht mehr, als sie es beabsichtigt hatte," antwortete sie, und ein schwaches Lächeln trat in ihre Züge. „Aber was war das für eine Warnung? Ist das Fest tatsächlich so... gefährlich?"

Maximilian, der noch immer in ihrer Nähe stand, warf Christoph einen Blick zu, bevor er sich an Lilly wandte. „Es gibt hier Traditionen, Lilly, die älter sind als jeder Vampir in diesem Raum. Und nicht alle dieser Traditionen sind harmlos – manche von ihnen verlangen ein Opfer."

„Ein Opfer?" Lillys Augen weiteten sich. „Was soll das heißen?"

Christoph und Maximilian tauschten einen Blick, und in diesem Moment wusste Lilly, dass sie in dieser Nacht am Rande eines Abgrunds stand, den sie noch nicht wirklich begriff.

„Das ist etwas, das du bald selbst erfahren wirst," sagte Christoph leise und führte sie weiter auf die Tanzfläche. „Doch ich verspreche dir, ich werde dich schützen. Egal, was passiert."

Ihre Blicke trafen sich, und in Christophs Augen lag eine Entschlossenheit, die ihr gleichzeitig Trost und eine leise Warnung bot. Der Tanz setzte sich fort, das Fest schien sie wieder in seinen Sog zu ziehen, doch Lilly konnte die wachsende Bedrohung nicht ignorieren, die sich über ihnen zusammenzog – eine Bedrohung, die wie ein unausgesprochenes Versprechen auf sie wartete, verborgen in den dunklen Traditionen des Blutmondes.

※

DIE UHR SCHLUG MITTERNACHT, und der große Saal war in ein gedämpftes, unheimliches Schweigen gehüllt. Nur der silbrige Schein des Vollmonds, der durch die hohen Fenster fiel, erhellte die Gesichter der versammelten Vampire. Die Luft schien vor Erwartung

DER KUSS DER EWIGEN NACHT

zu knistern, und Lilly konnte spüren, wie sich eine nervöse Spannung über die Menge legte.

Christoph hatte ihr gesagt, dass sie diesen Teil des Festes besser meiden sollte, doch wie immer ließ ihre Neugier das nicht zu. Während die Gäste langsam zu einem abgelegenen Eingang geführt wurden, schlich Lilly vorsichtig in den Schatten, folgte ihnen auf leisen Sohlen und hielt sich an den kühlen Steinwänden, als sie in einen langen, unterirdischen Gang hinabstiegen. Das Flackern der Fackeln an den Wänden verlieh dem Weg ein gespenstisches Licht, und die hallenden Schritte der Vampire ließen die Atmosphäre noch düsterer wirken.

Bald erreichte Lilly eine große Höhle tief unter dem Schloss. In der Mitte des Raumes stand ein Steinaltar, und ringsum waren antike Symbole in den Boden geritzt – Symbole, die aussahen, als könnten sie uralte Kräfte beschwören. Lillys Herzschlag beschleunigte sich. Die Legenden, die sie gelesen hatte, sprachen von Ritualen, die älter waren als die Menschheit selbst, von Versprechungen zwischen Vampiren und einer dunklen Macht. Und jetzt war sie hier, Zeugin eines Geheimnisses, das sie nicht verstehen konnte.

Victoria stand an der Spitze der Versammlung, ihr Gesicht im Halbschatten, doch ihre Augen funkelten mit einem düsteren Eifer, der Lilly frösteln ließ. Sie sprach leise, mit einer Stimme, die schneidend und dennoch verführerisch war, und jeder Vampir lauschte mit einer Intensität, die einer Beschwörung gleichkam.

„Heute Nacht, unter dem Blutmond," begann Victoria, und ihre Worte hallten von den Wänden wider, „ehren wir unsere uralten Bräuche, unsere Bindung zur Dunkelheit und das Band, das uns an das Unsterbliche fesselt."

Lilly hielt den Atem an, als sie sich tiefer in den Schatten drückte. Ihr Herz pochte heftig, und ihre Augen suchten Christoph in der Menge, doch er schien nirgends zu sehen zu sein.

„Und in dieser Nacht," fuhr Victoria fort, ihre Stimme wurde tiefer, geheimnisvoller, „werden die, die es wagen, die Bräuche zu brechen, die Strafe der alten Mächte spüren. Denn nichts ist so stark wie die Verbundenheit, die aus Blut und Ewigkeit besteht."

Lilly zuckte zusammen, als sie Victorias letzte Worte hörte. Eine Warnung, die wie ein eiskalter Griff um ihr Herz lag. Sie wusste, dass die Worte gegen sie und Christoph gerichtet waren – und dass Victoria sich insgeheim wünschte, dass sie diese Verbindung niemals eingegangen wäre.

Plötzlich spürte sie eine Hand auf ihrem Arm, und sie wirbelte erschrocken herum. Christoph stand da, seine Augen ernst und durchdringend, seine Finger hielten sie fest. „Ich habe dir doch gesagt, du sollst wegbleiben, Lilly," flüsterte er, seine Stimme war voller Sorge und Zorn.

„Ich konnte nicht einfach wegbleiben," erwiderte sie trotzig und funkelte ihn an. „Christoph, was auch immer hier passiert – ich will wissen, was du verbergen musst."

Christoph schloss die Augen, und ein schwerer Atemzug entwich ihm. „Manche Dinge sollten verborgen bleiben, Lilly," sagte er leise, aber seine Hand löste sich nicht von ihrem Arm. Stattdessen zog er sie näher und flüsterte: „Doch wenn du hier bist, dann werde ich dich beschützen. Egal, was es kostet."

In diesem Moment bemerkte Lilly, dass die Versammlung plötzlich verstummt war. Sie spürte, wie sich alle Blicke in ihre Richtung wandten. Victoria stand vorn am Altar und starrte sie beide an, ihre Augen glühten vor Triumph und Bosheit.

„Ah, der verliebte Held," sagte Victoria mit einem bitteren Lächeln, das jedes Gefühl von Wärme auslöschte. „Glaubst du wirklich, dass du sie vor allem schützen kannst, Christoph? Weißt du nicht, dass die Dunkelheit diejenigen bestraft, die ihre Natur verraten?"

Christophs Blick blieb ruhig, doch seine Stimme war wie Eis. „Was auch immer du geplant hast, Victoria – ich lasse dich nicht an sie heran."

DER KUSS DER EWIGEN NACHT

Ein leises Lachen entkam Victorias Lippen, und die Versammlung der Vampire rückte näher. Die Spannung in der Luft war beinahe greifbar, und Lilly spürte, wie Christophs Hand an ihrem Arm fester wurde. Es war, als würde er sie mit seiner Berührung schützen wollen, sie vor den Schatten abschirmen, die sich um sie zusammenzogen.

Doch Victoria trat einen Schritt näher, ihre Augen waren voller düsterem Triumph. „Weißt du, Christoph," begann sie langsam, „das Blut, das uns ausmacht, vergisst nichts. Und deine Verbindung zu ihr? Sie ist eine Beleidigung für unsere Existenz."

Lilly wollte etwas erwidern, doch Christophs Blick brachte sie zum Schweigen. Er trat einen Schritt nach vorn, stellte sich schützend vor sie und hielt Victorias Blick mit einer Intensität, die selbst die kältesten Herzen zum Zögern gebracht hätte.

„Victoria, du wirst heute nichts gewinnen," sagte er leise, aber sein Ton ließ keinen Zweifel daran, dass er es ernst meinte. „Diese Nacht gehört uns."

Victoria sah ihn lange an, und in ihren Augen lag ein glühender Hass, der alles Menschliche aus ihrem Gesicht verbannte. „Vielleicht für heute," flüsterte sie und drehte sich um, ihr Mantel raschelte leise, während sie in die Schatten verschwand.

Die Versammlung begann sich aufzulösen, und Lilly wusste, dass sie und Christoph nur einen schmalen, gefährlichen Sieg errungen hatten. Doch in diesem Moment, als sie in Christophs Arme fiel und seine Hände sanft über ihren Rücken glitten, war sie sich sicher, dass nichts und niemand sie auseinanderreißen konnte – nicht einmal die uralten Mächte, die in der Dunkelheit lauerten.

Kapitel 12

Am Morgen nach dem Blutmondfest lag eine düstere Atmosphäre über der „Ewigen Nacht". Die Flure der Schule waren erfüllt von einem unheimlichen Gemurmel – Gerüchte und Halbwahrheiten, die in der Dunkelheit des Morgens Gestalt annahmen. Lilly spürte die Blicke ihrer Mitschüler auf sich, während sie zur ersten Stunde eilte. Es war, als hätte jeder eine Vermutung, eine Frage, oder – am schlimmsten – ein heimliches Wissen über die Ereignisse der letzten Nacht.

Sofia holte sie kurz vor dem Klassenzimmer ein, ihre Augen waren weit aufgerissen, und sie zog Lilly energisch zur Seite. „Lilly, die halbe Schule spricht über dich und Christoph," flüsterte sie hektisch, ihre Stimme zitterte leicht. „Sie sagen, dass... dass ihr gegen alle Regeln verstoßen habt und dass..."

„Dass was?" Lillys Stimme war schärfer, als sie es beabsichtigt hatte, und in ihrem Inneren braute sich eine Mischung aus Wut und Nervosität zusammen.

Sofia zögerte, bevor sie fortfuhr. „Dass Victoria dich in eine Falle gelockt hat. Sie behauptet, du seist in ihre Welt eingebrochen, als ob du keine Ahnung hättest, was das für Folgen haben könnte."

Lilly rollte mit den Augen und seufzte leise. „Natürlich. Victoria, die arme, unschuldige Beschützerin der Vampirregeln." Ein bitteres Lächeln huschte über ihre Lippen. „War ja klar, dass sie das inszeniert."

„Aber Lilly," Sofia klang nun noch besorgter, „die Gerüchte werden ernster. Einige sagen, dass Dr. Stein jetzt auch über dich und Christoph spricht. Er soll eine Entscheidung über eure... Beziehung treffen wollen."

Lilly hielt den Atem an. Sie wusste, dass ihre Beziehung zu Christoph eine Grenze überschritt, die in der Vampirwelt gefährlich war. Doch dass Dr. Stein nun involviert war, ließ eine düstere Vorahnung in ihr aufsteigen.

Gerade in diesem Moment kam Christoph den Flur entlang, und Lilly konnte die Spannung in seinem Blick sehen, die Art, wie seine Augen prüfend über die Menge glitten. Er trat zu ihnen und warf Sofia einen kurzen, abwesenden Blick zu, bevor er sich Lilly zuwandte.

„Können wir reden?" fragte er, seine Stimme leise, aber drängend. Lilly nickte stumm, und sie zogen sich in eine abgelegene Ecke zurück, wo die Blicke der anderen sie nicht erreichten.

„Ich nehme an, du hast auch schon die Gerüchte gehört?" fragte Lilly und versuchte, ihre Stimme ruhig klingen zu lassen, während sie Christoph ansah.

„Das ist nichts Neues für Victoria," erwiderte Christoph, und seine Lippen verzogen sich zu einem bitteren Lächeln. „Sie liebt es, Chaos zu säen, wo sie kann. Und du warst letzte Nacht der perfekte Vorwand für sie."

„Aber Dr. Stein ist jetzt auch interessiert," flüsterte Lilly und spürte, wie ihr Herzschlag sich beschleunigte. „Christoph, was sollen wir tun, wenn er uns verbieten will, zusammen zu sein?"

Er sah sie lange an, seine Augen waren voller unausgesprochener Sorgen, und schließlich legte er sanft eine Hand auf ihre Wange. „Ich werde das nicht zulassen, Lilly. Ganz gleich, was sie gegen uns einwenden. Ich habe nicht all die Jahre überlebt, um meine Freiheit und... dich jetzt aufzugeben."

Die Wärme seiner Worte erfüllte Lillys Brust, und sie konnte die Entschlossenheit in seinen Augen sehen. Doch ihre Zweisamkeit wurde plötzlich von einem vertrauten, bedrohlichen Flüstern unterbrochen.

„Wie rührend." Victorias Stimme schnitt durch die Luft wie eine Klinge, und Lilly drehte sich um, um ihr ins Gesicht zu sehen. Victoria stand einige Schritte entfernt, ein kaltes Lächeln auf den Lippen und ihre Augen voll giftiger Genugtuung.

„Hast du wirklich geglaubt, dass du hier mit einem Vampir zusammen sein kannst, ohne die Konsequenzen zu tragen?" fragte sie und hob eine Augenbraue. „Das Blutmondfest war nur der Anfang, Lilly. Und ich werde dafür sorgen, dass du lernst, wo dein Platz ist."

Lilly funkelte sie an, ihre Fäuste geballt. „Und was genau willst du tun, Victoria? Mir wieder eine Falle stellen? Oder meinst du, dein kleines Theaterstück letzte Nacht hätte mich eingeschüchtert?"

Victoria lächelte kalt, ihre Augen funkelten vor Verachtung. „Das ist keine Drohung, Lilly. Es ist eine Tatsache. Du hast in eine Welt eingegriffen, die du nicht verstehst. Aber keine Sorge – du wirst bald erfahren, wie ernst es uns mit unseren Regeln ist."

Christoph trat einen Schritt vor, seine Schultern strafften sich, und seine Stimme klang dunkel und bedrohlich. „Victoria, wenn du denkst, dass du uns auseinanderbringen kannst, dann hast du dich geirrt. Ich habe schon vieles überlebt – und ich werde dich nicht gewähren lassen."

Victoria schnaubte und ließ ihren Blick zwischen den beiden hin und her gleiten. „Ach, Christoph. Man sollte meinen, du wüsstest es besser." Sie lächelte ein letztes Mal und verschwand dann mit einem schwungvollen Schritt in der Menge, ihre Haltung von einem unübersehbaren Triumphgefühl durchzogen.

Lilly spürte, wie Christophs Hand fester wurde, und sie sah ihn an, eine Mischung aus Sorge und Entschlossenheit in ihren Augen. „Was jetzt?" fragte sie leise.

„Wir müssen vorsichtig sein," antwortete er und legte einen Arm um ihre Schultern, seine Stimme fest und schützend. „Aber du bist nicht allein. Ich bin bei dir."

Doch in ihrem Inneren wusste Lilly, dass diese Drohung der Anfang eines Konflikts war, der sie und Christoph auf eine harte Probe stellen würde.

HELENA VOGLER

DER TAG WAR WIE EIN langer, zäher Schatten, der über Lillys Schultern hing. Die Drohungen von Victoria, die wachsende Spannung in der Schule, Dr. Steins prüfende Blicke – alles fühlte sich an, als stünde ein unausweichlicher Sturm bevor. Doch jetzt, endlich in Christophs Zimmer, fühlte sie eine gewisse Ruhe. Hier, hinter verschlossenen Türen, schien die Welt draußen zu verstummen.

Christoph wartete bereits, sein Gesicht halb im Schatten, und als er die Tür hinter ihr schloss, wirkte er wie jemand, der den Kampf gegen seine eigenen Dämonen kaum unter Kontrolle halten konnte. Der Raum war still, aber die Luft zwischen ihnen knisterte vor unausgesprochenen Worten und tiefem Verlangen.

Lilly zögerte kurz, doch dann trat sie näher, ihre Augen trafen die seinen, und für einen Moment vergaß sie alles – die Gerüchte, die Drohungen, das Fest. Sie waren einfach nur Lilly und Christoph, zwei Herzen, die sich gegen alle Hindernisse durchgesetzt hatten.

„Ich hatte genug von diesem Tag," murmelte Lilly und ließ sich in seine Arme sinken, als ob dort der sicherste Ort der Welt wäre.

„Das geht mir genauso," erwiderte Christoph, seine Stimme war rau und leise. Er hob ihr Kinn an und sah ihr tief in die Augen, ein leises Lächeln auf seinen Lippen, das sie sofort vergessen ließ, dass draußen eine Welt voller Bedrohungen auf sie wartete.

Seine Hände glitten sanft über ihren Rücken, und sie spürte, wie ihre eigene Atmung schneller wurde. Der Abstand zwischen ihnen verringerte sich, und seine Lippen trafen die ihren in einem Kuss, der zugleich sanft und voller Leidenschaft war, als wäre jede Berührung eine Erinnerung daran, dass sie füreinander bestimmt waren, egal was die Welt sagen mochte.

Christophs Griff an ihren Schultern wurde fester, und er zog sie enger an sich, sodass sie die Kälte seiner Haut spüren konnte. Sie legte ihre Hände an seine Wangen, und seine Augen waren dunkel und voller Verlangen. Er schien gegen etwas anzukämpfen, etwas, das sich in den Tiefen seiner grünen Augen verbarg.

DER KUSS DER EWIGEN NACHT

„Lilly..." flüsterte er und schloss kurz die Augen, als müsse er sich selbst daran hindern, die Kontrolle zu verlieren. „Du weißt, dass ich dir niemals wehtun würde. Aber manchmal – manchmal ist es, als würde alles in mir nach dir rufen, und es fällt mir schwer, das zu zügeln."

Sie schüttelte den Kopf und strich mit den Fingern über seine Wangen. „Ich vertraue dir, Christoph. Mehr als allem anderen in dieser Welt."

Ihre Worte schienen seine letzten Zweifel hinwegzufegen, und ihre Lippen fanden einander wieder, diesmal noch intensiver, noch dringlicher. Die Welt um sie herum verblasste, und es gab nur noch sie beide – die Verbindung, die sie festhielt, die Kraft, die sie schützte. Seine Hände glitten über ihren Rücken, und ihre Finger gruben sich in seinen Nacken, als wollten sie ihn nie wieder loslassen.

Doch gerade als sie sich vollständig in diesem Moment verloren hatten, klopfte es abrupt und laut an der Tür. Der Klang war wie ein kalter Schock, der durch den Raum hallte und sie beide auseinanderzucken ließ. Christophs Blick verhärtete sich augenblicklich, und er ließ Lilly sanft los, während sein Gesicht wieder die kontrollierte Maske annahm, die sie von ihm kannte.

„Wer... könnte das sein?" flüsterte Lilly, ihr Herz schlug immer noch schnell, doch jetzt vor Unruhe.

Christoph schüttelte nur den Kopf und ging zur Tür, seine Haltung angespannt, und als er die Tür einen Spalt öffnete, konnte Lilly die Besorgnis in seinem Gesicht erkennen. Ein Bote stand draußen, sein Gesicht von einem dichten Mantel verdeckt. Er überreichte Christoph ein kleines, schwarzes Buch, und Christophs Augen weiteten sich, als er es entgegennahm.

„Was ist das?" fragte Lilly und trat näher, ihre Neugier wuchs mit jeder Sekunde.

Christoph warf dem Boten einen letzten, prüfenden Blick zu und schloss dann die Tür, bevor er sich langsam zu Lilly umdrehte. In seinen

HELENA VOGLER

Händen hielt er ein altes Tagebuch, dessen Lederumschlag abgenutzt und von der Zeit gezeichnet war.

„Das hier," sagte er leise, als ob er selbst kaum glauben konnte, was er in Händen hielt, „ist das Tagebuch meines Vaters."

„Deines Vaters?" fragte Lilly und sah das Buch an, als könnte es jeden Moment explodieren.

Christoph nickte langsam und ließ den Blick über das alte Leder gleiten, als sei es ein Geisterartefakt aus einem längst vergessenen Leben. „Ja. Mein Vater verschwand, als ich noch jung war, und ich habe immer nur Fragmente über ihn gehört. Dass er Geheimnisse hatte, Dinge, die niemand wissen durfte... aber nie hätte ich gedacht, dass ich eines Tages sein Tagebuch in Händen halten würde."

„Weißt du, was darin steht?" flüsterte Lilly und spürte eine seltsame Spannung, die wie eine unsichtbare Macht von dem Buch ausging.

Christoph schüttelte den Kopf und öffnete vorsichtig die erste Seite. Die vergilbten Seiten knisterten leise, und Lilly konnte sehen, wie seine Augen über die Worte flogen, als würde er in eine Welt eintauchen, die für ihn selbst ein Rätsel war.

Plötzlich hielt er inne, seine Augen weiteten sich, und sein Gesicht nahm einen Ausdruck an, den Lilly noch nie bei ihm gesehen hatte – eine Mischung aus Erstaunen und Unbehagen.

„Was ist?" fragte sie und griff sanft nach seinem Arm, um ihn zurück in die Gegenwart zu holen.

Christoph blinzelte und schüttelte langsam den Kopf, als würde er versuchen, einen klaren Gedanken zu fassen. „Es gibt Hinweise darauf, dass mein Vater... sich mit Dingen beschäftigt hat, die nicht nur das Vampirische betreffen. Es ist, als hätte er nach etwas gesucht – etwas, das mit Prophezeiungen und der Verbindung zwischen Mensch und Vampir zu tun hat."

Lilly hielt den Atem an. „Also könnte das hier Antworten geben? Auf das, was zwischen uns ist?"

DER KUSS DER EWIGEN NACHT

„Vielleicht," murmelte er und sah sie ernst an. „Aber was auch immer es ist, Lilly, ich weiß nicht, ob wir bereit sind, die Wahrheit herauszufinden."

Doch in ihrem Inneren wusste Lilly, dass sie diese Geheimnisse entdecken musste – nicht nur wegen Christoph und ihrem Band, sondern weil sie ahnte, dass in diesen dunklen Seiten Antworten verborgen lagen, die ihr Schicksal bestimmen würden.

LILLY UND CHRISTOPH hatten sich noch nicht ganz von der Entdeckung des geheimnisvollen Tagebuchs erholt, als ein hektisches Klopfen an Christophs Tür beide abrupt aus ihren Gedanken riss. Die Spannung, die sich im Raum aufgebaut hatte, war wie eine dünne Glaswand, die nun unter dem Druck der Realität zerbrach. Lilly und Christoph tauschten einen Blick, voller stummer Fragen und unausgesprochener Warnungen.

Christoph öffnete vorsichtig die Tür, und Sofia stürzte herein, ihre Augen weit aufgerissen und von Panik erfüllt. Ihr Haar war zerzaust, und ihre Bewegungen wirkten fahrig, als wäre sie vor etwas geflohen, das sie nicht einmal in Worte fassen konnte.

„Sofia?" Lilly trat ihr einen Schritt entgegen, die Stimme besorgt. „Was ist passiert?"

Sofia schaute von Lilly zu Christoph und dann wieder zurück, ihre Augen suchten nach den richtigen Worten, doch es war offensichtlich, dass sie kaum wusste, wo sie anfangen sollte. Schließlich holte sie tief Luft und sprach in abgehacktem Flüstern, als ob sie fürchtete, die Wände könnten mithören.

„Es ist Henrik," stieß sie hervor, und ihre Stimme klang wie ein leises Heulen im Wind. „Ich... ich habe herausgefunden, dass er... dass er für Victoria arbeitet."

Lillys Augen weiteten sich, und für einen Moment war sie sprachlos. „Was meinst du damit? Henrik? Dein Henrik?"

Sofia nickte hektisch, und ein Hauch von Verzweiflung lag in ihrem Blick. „Ja, mein Henrik. Der, von dem ich dachte, dass er... dass er mich liebt. Aber es war alles eine Lüge, Lilly. Er ist... er hat mich nur benutzt, um an Informationen über dich und Christoph zu kommen."

Christophs Gesicht verhärtete sich, und er trat einen Schritt näher, seine Stimme ruhig, aber voller Kontrolle. „Was genau hat Henrik dir gesagt, Sofia?"

„Er hat zugegeben, dass Victoria ihn geschickt hat, um... um herauszufinden, wie weit eure Verbindung wirklich geht," stammelte Sofia. „Er behauptete, dass er nur herausfinden sollte, ob Lilly wirklich eine Bedrohung für Victorias Pläne ist."

Lilly fühlte, wie Wut und Enttäuschung in ihr hochstiegen. Henrik war Sofias Vertrauter, derjenige, den sie am meisten liebte – und dennoch hatte er sie auf die schrecklichste Weise verraten. Sie ballte die Fäuste und versuchte, die Flut von Emotionen in ihrem Inneren zu bändigen.

„Also war ich nur eine Schachfigur für Victoria," murmelte sie leise, und ein bitteres Lächeln verzog ihre Lippen. „Natürlich. Victoria kann ja nichts dem Zufall überlassen."

Christoph legte beruhigend eine Hand auf Lillys Schulter, doch auch er konnte die aufkeimende Wut in seinen Augen nicht verbergen. „Das ist typisch für sie. Victoria liebt es, Menschen zu manipulieren und zu benutzen. Ich hätte es wissen müssen."

„Und Henrik?" fragte Sofia mit zitternder Stimme. „Was mache ich jetzt mit ihm? Ich dachte... ich dachte, er wäre anders, aber alles war eine Lüge."

Lilly trat zu ihrer Freundin und legte sanft einen Arm um sie. „Sofia, du konntest das nicht wissen. Henrik hat dich ausgenutzt, aber das sagt mehr über ihn und Victoria aus als über dich."

Sofia schüttelte den Kopf und starrte auf den Boden, ihre Hände zitterten. „Aber ich habe ihm vertraut, Lilly. Er hat mir das Gefühl

DER KUSS DER EWIGEN NACHT

gegeben, dass ich ihm wichtig bin. Und jetzt... jetzt weiß ich nicht einmal, ob das echt war."

In diesem Moment öffnete sich die Tür ein weiteres Mal, und Maximilian trat ein, seine Augen funkelten kalt, und seine gesamte Haltung strahlte eine gefährliche Entschlossenheit aus.

„Na, das wird ja immer besser," murmelte er sarkastisch, seine Augen ruhten auf Sofia. „Also, Henrik hat sich endlich geoutet. Ich kann nicht sagen, dass ich überrascht bin."

„Maximilian," sagte Lilly vorsichtig, „was weißt du über Henrik?"

Maximilian zuckte mit den Schultern, und ein ironisches Lächeln spielte um seine Lippen. „Mehr, als er wohl jemals dachte. Henrik ist der Typ, der das Spiel für Victoria spielt, solange es zu seinen Gunsten verläuft. Ein Opportunist durch und durch. Er hat keine Loyalität – nur zu sich selbst."

Sofia sank auf einen Stuhl und hielt den Kopf in den Händen. „Und das habe ich nie gesehen? Wie blind kann man sein..."

Maximilian trat zu ihr und legte eine Hand auf ihre Schulter, seine Miene für einen Moment ernst und mitfühlend. „Sofia, solche Leute wissen genau, wie sie andere täuschen. Du kannst dir keine Vorwürfe machen. Henrik hat seine Rolle meisterhaft gespielt, und Victoria hat ihn geschickt eingesetzt."

Christoph nickte, seine Stirn in Falten gelegt. „Victoria hat immer mehrere Pläne gleichzeitig im Spiel. Aber jetzt wissen wir, dass Henrik in diese Intrigen verstrickt ist. Das gibt uns einen Vorteil."

Sofia sah auf, und ein Funke von Entschlossenheit trat in ihre Augen. „Ich lasse mir das nicht gefallen. Sie sollen denken, dass ich immer noch nichts ahne. Wenn Henrik mich für eine dumme Spielfigur hält, kann ich genauso gut sein Spiel weiterspielen... bis wir einen Weg finden, Victoria aufzuhalten."

Ein kleines, stolzes Lächeln trat auf Lillys Gesicht. „Jetzt spricht die Sofia, die ich kenne."

Maximilian hob anerkennend eine Augenbraue. „Nicht schlecht. Ein wenig täuschen, ein wenig spionieren – vielleicht kannst du Henrik in seiner eigenen Falle fangen."

Lilly fühlte eine seltsame Mischung aus Zorn und Hoffnung in ihrer Brust. Victoria hatte sie alle manipuliert, doch jetzt, mit diesem Wissen, hatten sie eine Chance, die Kontrolle zurückzugewinnen. Sie wandte sich an Christoph, und in seinen Augen sah sie die gleiche Entschlossenheit.

„Das hier ist noch nicht vorbei," flüsterte sie, und ein entschlossener Ausdruck legte sich auf ihr Gesicht. „Victoria wollte uns auseinanderreißen – stattdessen hat sie uns nur noch stärker gemacht."

Christoph zog sie sanft an sich und legte seine Stirn an ihre, seine Augen waren voller Zärtlichkeit und Stolz. „Wir werden es ihr zeigen, Lilly. Zusammen sind wir stärker, als sie es je verstehen wird."

Kapitel 13

Der Nebel, der den Gang umhüllte, schien schwerer als gewöhnlich, fast so, als wäre er ein lebendiges Wesen, das sie beobachtete und ihre Schritte mit einer eisigen, unsichtbaren Hand verlangsamte. Christoph und Lilly bewegten sich stumm durch die alten Flure, bis sie schließlich vor der massiven Holztür standen, hinter der Dr. Stein wartete. Ein unheimliches Gefühl breitete sich in Lilly aus – als wäre dies mehr als nur eine einfache Unterredung.

Dr. Stein saß wie gewohnt hinter seinem schweren Schreibtisch, seine Finger ineinander verschränkt und sein Gesicht von einem Schatten halb verdeckt. Die kalten Augen musterten sie scharf, doch sein Ausdruck war undurchdringlich.

„Herr Böhm, Miss Kästner," begann er langsam und ließ sich Zeit, jede Silbe mit einem leichten, bedrohlichen Unterton zu betonen. „Ich habe erfahren, dass die... Aktivitäten des letzten Abends nicht unbemerkt geblieben sind. Der Schulrat ist aufmerksam geworden. Und das ist keine Kleinigkeit."

Lilly sah, wie Christophs Kiefer sich anspannte. „Warum erzählen Sie uns das, Dr. Stein?" fragte er ruhig, aber seine Stimme trug eine schneidende Härte, die unmissverständlich klar machte, dass er keine weiteren Drohungen duldete.

Dr. Stein lehnte sich zurück, seine Augen fixierten sie durchdringend. „Weil der Rat keine Barmherzigkeit kennt. Es gab... Fälle, in denen Beziehungen zwischen Mensch und Vampir... unangenehme Folgen hatten."

HELENA VOGLER

„Unangenehm?" wiederholte Lilly sarkastisch und verschränkte die Arme. „Das klingt nach einem netten Euphemismus. Soll das eine Warnung sein, Dr. Stein?"

Ein flüchtiges, beinahe bewunderndes Lächeln blitzte auf seinen Lippen auf. „Miss Kästner, ich schätze Ihre Direktheit, auch wenn ich nicht sicher bin, ob sie Ihnen noch lange nützen wird." Er ließ eine kurze Pause, die schwer in der Luft hing. „Die Schule hat in der Vergangenheit ähnlichen Fällen zugesehen... aber niemals ohne Konsequenzen. Sie glauben, dass Ihre Verbindung zu Herrn Böhm einzigartig ist? Sie ist es nicht. Nur endet sie selten in etwas anderem als Zerstörung."

Christoph trat einen Schritt vor und hielt Dr. Steins Blick stand. „Warum erzählen Sie uns das? Was wollen Sie wirklich, Dr. Stein?"

Dr. Stein schloss die Augen für einen Moment, als ob er sich sammelte, dann öffnete er sie wieder und seine Stimme nahm einen dunkleren, ernsteren Ton an. „Der Rat hat beschlossen, dass es... Auflagen geben soll. Wenn ihr Band, wie Sie es nennen, bestehen soll, dann nur unter ihrer Beobachtung und... strengen Regeln."

Lilly biss sich auf die Lippe, ihre Fäuste ballten sich. „Auflagen? Wie genau stellen Sie sich das vor? Werden wir bewacht? Auf Schritt und Tritt verfolgt?"

„Ich würde es eher... ‚wohlwollende Beobachtung' nennen," erwiderte Dr. Stein und lehnte sich zurück. „Der Rat glaubt, dass Sie möglicherweise gefährlicher sind, als Sie selbst ahnen. Ihr Band könnte die Stabilität gefährden, die über Jahrhunderte aufgebaut wurde. Menschen und Vampire – das ist keine Verbindung, die unsere Welt einfach so zulässt."

Christophs Blick verfinsterte sich. „Dann machen Sie dem Rat klar, dass wir nicht bereit sind, nach ihren Regeln zu spielen. Wir werden unseren Weg gehen, ob er ihnen gefällt oder nicht."

Dr. Stein legte die Finger aneinander und musterte sie beide aufmerksam. „Sie sind entschlossen, Herr Böhm. Das sehe ich. Doch

DER KUSS DER EWIGEN NACHT

bedenken Sie: Der Rat hat Möglichkeiten, die weit über Ihre Vorstellungskraft hinausgehen."

In diesem Moment öffnete sich die Tür, und Maximilian trat leise ein, sein Gesicht war ernst, und seine Augen blitzten entschlossen. „Dann gibt es einen Punkt, an dem ich nicht schweigen kann."

Dr. Stein hob überrascht eine Augenbraue, doch Maximilian trat mit einer erstaunlichen Ruhe an die Seite von Christoph und Lilly. „Ich habe von den Entscheidungen des Rates gehört, und ich muss sagen, ich unterstütze sie nicht."

Ein Hauch von Überraschung durchlief Lilly, und sie sah Maximilian an. „Du... hilfst uns?"

Maximilian nickte und sah Dr. Stein mit unbeugsamem Blick an. „Herr Direktor, wenn Sie mir verzeihen, aber ich glaube, dass das Leben in dieser Schule mehr ist als nur Regeln und Auflagen. Wenn der Rat wirklich glaubt, dass es keine Möglichkeit gibt, dass Menschen und Vampire in Frieden zusammen existieren können, dann... irrt er sich."

Dr. Stein musterte Maximilian mit einer Mischung aus Verwunderung und leiser Belustigung. „Maximilian, Ihre Loyalität und Ihr Engagement sind bewundernswert. Doch der Rat sieht das anders. Er hat bereits über Jahrhunderte Entscheidungen getroffen, die das Gleichgewicht bewahren."

„Ein Gleichgewicht, das auf Lügen basiert," warf Maximilian kühl ein. „Ein Gleichgewicht, das alle gefährdet, die den Mut haben, Liebe über blinde Tradition zu stellen."

Dr. Stein sah die drei einen Moment lang an, und ein schwaches, kaum wahrnehmbares Lächeln umspielte seine Lippen. „Vielleicht. Doch mein Rat an Sie ist dieser: Überlegen Sie sehr genau, wie weit Sie bereit sind zu gehen. Der Rat wird nicht zögern, das zu tun, was er für notwendig hält."

Mit diesen Worten ließ Dr. Stein sie stehen, und seine kühle, durchdringende Präsenz verblasste, als er den Raum verließ. Lilly spürte das Echo seiner Worte tief in ihrem Inneren widerhallen, als wäre es eine Prophezeiung.

Maximilian wandte sich an sie und Christoph, seine Augen waren voller Entschlossenheit. „Ihr wisst, dass ich nicht immer eurer Meinung war," begann er leise, „aber ich habe gesehen, was ihr bereit seid zu riskieren. Ich bin auf eurer Seite. Wir stehen das durch – gemeinsam."

DIE VERBOTENE BIBLIOTHEK der „Ewigen Nacht" war ein Ort, den Schüler nur aus flüsternden Gerüchten kannten. Sie lag tief unter der Schule, abgeschottet von Tageslicht und voller Geheimnisse, die über Jahrhunderte gesammelt und vor neugierigen Augen verborgen gehalten wurden. Es hieß, wer hierher kam, verließ diesen Ort nicht unverändert.

Lilly und Christoph schlichen durch die engen Gänge, vorbei an alten Regalen, deren Bücher so staubig und vergilbt waren, dass es aussah, als könnten sie jederzeit zu Asche zerfallen. Das gedämpfte Licht der wenigen flackernden Kerzen tauchte alles in ein geheimnisvolles Halbdunkel. Christoph hielt Lillys Hand fest, und obwohl sie wusste, dass sie hier nicht sein sollte, fühlte sie sich sicherer als je zuvor.

„Bist du sicher, dass wir hier die Antworten finden?" flüsterte Lilly, während sie versuchte, ihre Schritte leise zu halten.

Christoph nickte, sein Blick war entschlossen. „Wenn irgendwo die Wahrheit über die Vergangenheit unserer Welt zu finden ist, dann hier."

Sie schlichen weiter, bis sie einen großen, schweren Wälzer entdeckten, dessen lederner Einband fast schwarz und von Kratzern übersät war. Christoph zog das Buch vorsichtig aus dem Regal, und als er es öffnete, schlug ihnen der Geruch von altem Papier und geheimnisvoller Geschichte entgegen.

„'Die Chroniken der Vergessenen Blutsbande'?" murmelte Lilly und warf Christoph einen überraschten Blick zu.

DER KUSS DER EWIGEN NACHT

„Diese Chroniken dokumentieren die Fälle von Menschen und Vampiren, die... nun, die dieselbe Neigung wie wir hatten," erklärte Christoph, seine Stimme voller Bitterkeit. „Die meisten dieser Geschichten endeten nicht gut. Aber vielleicht... gibt es etwas, das wir noch nicht wissen."

Seine Finger fuhren langsam über die Seiten, und Lilly beobachtete ihn, sein Blick war so konzentriert, dass er sie kaum wahrzunehmen schien. Doch dann hob er den Kopf, seine Augen trafen ihre, und für einen Moment waren die Geheimnisse der Chroniken vergessen.

„Du weißt, dass ich alles für dich tun würde, oder?" Seine Stimme war sanft, fast brüchig, und Lilly spürte, wie sich ihr Herz zusammenzog.

„Ich weiß," flüsterte sie zurück, ihre Hand glitt sanft über seine Wange, und sie fühlte das vertraute Kribbeln, das ihre Berührung auslöste. „Und ich würde das gleiche für dich tun."

In dieser Dunkelheit, umgeben von den unheilvollen Geschichten der Vergangenheit, schienen ihre Worte noch mehr Gewicht zu haben, und Christoph zog sie näher zu sich. Seine Finger glitten sanft über ihren Rücken, und ihre Lippen fanden einander in einem Kuss, der so intensiv war, dass sie alles um sich herum vergaß.

Doch gerade, als die Welt um sie verschwinden sollte, löste Christoph sich von ihr, sein Atem war schwer, und in seinem Blick lag ein Hauch von Zurückhaltung. „Lilly, du weißt, dass ich manchmal... Angst habe, dir zu nahe zu kommen."

„Warum?" flüsterte sie und hielt seinen Blick fest. „Christoph, ich vertraue dir. Ich habe keine Angst."

Seine Hände ruhten auf ihren Schultern, und ein bittersüßes Lächeln spielte auf seinen Lippen. „Es ist nicht das, was ich dir zufügen könnte, Lilly. Es ist das, was diese Welt uns antun könnte."

Sie wollte ihm gerade antworten, als ihr Blick zurück auf das offene Buch fiel. Die Chronik war auf einer Seite geöffnet, auf der ein altes Bild eines Paares abgebildet war – eine Frau, ein Mensch, und ein

Vampir, dessen Gesicht ihr unangenehm vertraut vorkam. Darunter stand in alter, krakeliger Schrift: „Elena und Valentin. Verbannt und verflucht durch die Blutsbande des Ewigen Schattens."

Lilly runzelte die Stirn und deutete auf das Bild. „Sie wurden... verbannt?"

Christoph nickte, sein Gesicht verhärtet. „Verbannt, weil sie gegen die Gesetze verstoßen haben. Der Rat, die Gesellschaft... Sie dulden es nicht, dass sich Vampire und Menschen auf so tief verbundene Weise vereinen."

Ein leises Zittern durchlief Lilly, doch sie unterdrückte die aufkeimende Angst und zwang sich, ihm in die Augen zu sehen. „Aber wir sind nicht wie sie. Wir lassen uns nicht von alten Gesetzen definieren, Christoph."

Ein schwaches, unsicheres Lächeln erschien auf seinen Lippen, doch es schien mehr ein Versuch, seine eigene Unsicherheit zu verdecken. „Vielleicht. Aber wie lange können wir das noch verbergen?"

Die Worte hingen wie ein unsichtbares Versprechen in der Luft, und ein Zittern zog sich durch ihre Finger, als sie seine Hand nahm. In der bedrückenden Dunkelheit der verbotenen Bibliothek war ihr Schicksal unklarer denn je – aber sie wusste, dass sie an seiner Seite kämpfen würde, komme, was wolle.

Gerade als sie sich wieder dem Buch zuwenden wollten, hörten sie Schritte in der Ferne, die sich näherten. Die schweren Schritte hallten durch die Gänge, und Christoph schob sie hastig hinter ein Regal, das in Schatten getaucht war. Sie drückte sich an die kalte Steinwand, während Christoph schützend vor ihr stand und sie fest an sich zog, seine Augen wachsam.

„Wer auch immer das ist, sie dürfen uns hier nicht finden," flüsterte er leise, und seine Stimme war angespannt.

Lilly nickte, und für einen Moment blieb alles still, nur ihre leisen Atemzüge erfüllten den Raum. Doch dann senkte Christoph seinen

DER KUSS DER EWIGEN NACHT

Kopf zu ihrem, und seine Lippen fanden die ihren in einem Kuss, der alles ausdrückte, was er nicht in Worte fassen konnte – das Versprechen, sie zu beschützen, und die unausgesprochene Angst, die Wahrheit könnte sie beide auseinanderreißen.

Die Schritte verstummten plötzlich, und sie hörten, wie jemand eine Tür öffnete und dann wieder schloss. Die Gefahr war vorüber, doch die Anspannung blieb.

„Wir müssen hier raus, bevor jemand merkt, dass die Chronik fehlt," flüsterte Christoph und führte Lilly langsam aus ihrem Versteck heraus.

Doch tief in ihrem Inneren wusste Lilly, dass dies nur der Anfang war.

※

DIE FOLGENDE NACHT legte sich wie ein bedrückender Schleier über das Schloss. Jede Ecke der „Ewigen Nacht" schien von dunklen Geheimnissen durchdrungen, und die Luft war voll von einer Spannung, die greifbar war. Lilly wusste, dass etwas im Gange war. Etwas, das sich bedrohlich und unausweichlich anfühlte. Als sie über die leeren Korridore ging, spürte sie das vertraute Kribbeln im Nacken – eine stille Warnung, dass in dieser Nacht nichts „normal" sein würde.

Sie traf Christoph in einem verlassenen Teil der Schule, und er wirkte angespannt, die sonst so ruhige Kontrolle in seinem Gesicht schien sich aufzulösen. „Ich habe schlechte Nachrichten," sagte er knapp, sein Blick ernst.

„Ach, perfekt. Ich dachte schon, es würde ein ruhiger Abend," entgegnete Lilly mit einem schwachen Lächeln, das die Unruhe in ihrer Brust zu verstecken versuchte.

„Lilly, das ist ernst," Christophs Stimme klang tiefer als sonst, ein unheimliches Echo in den leeren Hallen. „Victoria hat den Schulrat manipuliert. Sie hat behauptet, dass unsere Beziehung das Gleichgewicht der Schule zerstört und uns alle in Gefahr bringt."

Lilly schnaubte und verschränkte die Arme. „Und? Was für ein großartiges Argument. Ich meine, wir könnten ja jeden Moment die Schule in die Luft jagen, wenn wir zusammen eine Tasse Tee trinken. Hat irgendjemand sie hinterfragt?"

Christoph schüttelte den Kopf, und seine Augen funkelten gefährlich. „Es ist nicht so einfach. Der Rat... sie haben Einfluss. Wenn Victoria sie wirklich auf ihre Seite zieht, könnte das Konsequenzen haben. Sie könnten uns trennen, Lilly. Sie könnten dich sogar... von der Schule verbannen."

Lilly spürte, wie ihre Wut aufstieg, und ihre Hände ballten sich zu Fäusten. „Ich lasse mich doch nicht von dieser selbstgefälligen Hexe aus meinem Leben drängen. Sie kann es ja versuchen, aber ich gehe nicht kampflos."

„Das weiß ich," sagte Christoph leise und legte eine Hand auf ihre Schulter. „Aber wir müssen vorsichtig sein. Victoria wird alles tun, um uns zu schwächen."

Plötzlich hörten sie schnelle Schritte, und eine Gestalt stürzte auf sie zu – es war Sofia, und ihre Augen waren gerötet und voller Tränen. Sie schien völlig aufgelöst, und als sie Lilly und Christoph erreichte, brach sie beinahe zusammen.

„Sofia!" Lilly packte sie an den Schultern und half ihr, wieder zu Atem zu kommen. „Was ist passiert?"

Sofia schluchzte und schüttelte den Kopf, ihre Stimme bebte, als sie endlich die Worte fand. „Henrik... er hat mich verraten. Er hat... er hat alles Victoria erzählt. Über euch beide, über unsere Pläne, über alles!"

Lillys Herz schien für einen Moment stillzustehen. Henrik – derjenige, den Sofia geliebt und vertraut hatte, war der Verräter, der sie alle an Victoria verkauft hatte. Lilly fühlte, wie die Wut und Enttäuschung in ihr wuchsen.

„Also hat sich Henrik endgültig zu Victorias Schoßhündchen entwickelt?" fragte sie kalt, und ein sarkastisches Lächeln huschte über

DER KUSS DER EWIGEN NACHT

ihre Lippen. „Vielleicht sollte sie ihm einen Knochen zuwerfen, wenn er so gern Befehle ausführt."

Sofia schluchzte erneut und griff nach Lillys Hand. „Ich wusste es nicht... Ich dachte, er liebt mich."

Christoph legte Sofia beruhigend eine Hand auf die Schulter und warf Lilly einen Blick zu, der sie stumm um Verständnis bat. „Henrik hat seine Entscheidung getroffen. Er ist nicht der, für den du ihn gehalten hast, Sofia," sagte er ruhig. „Aber wir werden Victoria und ihre Verbündeten aufhalten. Dafür sorge ich."

Gerade als diese Worte verhallt waren, tauchte eine vertraute Gestalt in der Dunkelheit des Ganges auf – Victoria selbst, und an ihrer Seite stand Henrik, dessen Gesicht von einer Mischung aus Arroganz und Kälte geprägt war. Victorias Augen glitzerten vor Vergnügen, als sie näherkam und die drei Freunde musterte.

„Oh, was für ein bezauberndes Bild. Die betrogene Freundin, die rebellische Menschin und der verfluchte Vampir, der versucht, seine edlen Prinzipien zu verteidigen." Ihre Stimme triefte vor Spott, und sie sah Henrik an, ein siegessicheres Lächeln auf ihren Lippen.

„Du hast eine interessante Wahl getroffen, Henrik," sagte Lilly scharf, ihr Blick voller Verachtung. „Aber war es das wirklich wert, Victoria in den Rücken zu lecken?"

Henrik zuckte nur mit den Schultern, seine Miene ungerührt. „Victoria versteht, wie diese Welt funktioniert. Es war... eine logische Entscheidung."

Sofia trat einen Schritt auf ihn zu, ihre Augen glühten vor Wut und Enttäuschung. „Du hast uns alle verraten! Du hast mich verraten!"

Victoria lachte leise und legte eine Hand auf Henriks Schulter. „Liebe Sofia, Henrik hat einfach nur das getan, was jeder vernünftige Vampir in seiner Situation tun würde. Er hat sich auf die Seite der Stärke gestellt – meine Seite. Ihr alle seid nur törichte Träumer, die glauben, dass die Liebe über das Blut siegen kann."

HELENA VOGLER

Lilly schritt voran und hielt Victorias Blick, ihre Augen brannten vor Entschlossenheit. „Vielleicht sind wir töricht, Victoria. Aber eines kannst du sicher sein: Ich werde dich nicht gewinnen lassen. Ich lasse mir nicht vorschreiben, wen ich lieben darf."

Victoria hob amüsiert eine Augenbraue. „Na, das ist ja ein rührendes Bekenntnis. Aber ich bin nicht hier, um zu verhandeln." Ihre Stimme wurde kalt, als sie sich an Christoph wandte. „Der Rat wird bald entscheiden. Und ich verspreche euch allen, dass das Urteil nichts Gutes für euer kleines Liebesdrama bedeuten wird."

Mit diesen Worten wandte sie sich ab und zog Henrik mit sich, der Sofia einen letzten, kühlen Blick zuwarf, bevor er in der Dunkelheit verschwand.

Christoph packte Lilly an der Schulter, und sein Blick war voller Ernst und Entschlossenheit. „Lilly, wir müssen uns vorbereiten. Victoria hat den Rat manipuliert, und sie wird alles tun, um uns auseinanderzubringen."

„Dann kämpfen wir," erwiderte Lilly, ihre Stimme fest und entschlossen. „Victoria will uns in den Schatten drängen, aber wir werden ihr Licht entgegenstellen."

Sofia sah sie beide an, und ein schwaches, aber entschlossenes Lächeln trat auf ihre Lippen. „Und ich werde an eurer Seite sein. Victoria mag glauben, dass sie Henrik gewonnen hat, aber sie unterschätzt uns alle."

In diesem Moment schworen sie sich stumm, dass Victoria ihren Triumph nicht erleben würde – und dass diese Nacht der Anfang ihres Widerstands sein würde.

Kapitel 14

Die Atmosphäre in der Halle war eisig, und jeder Atemzug von Lilly fühlte sich an, als würde er eine Spur aus Frost hinterlassen. Die hohen, steinernen Wände des Raums schienen zu schwanken, als der Rat nach und nach eintraf, finster und imposant, die Blicke kalt und abschätzend auf sie gerichtet. Lilly konnte das kalte Kribbeln im Nacken spüren – ein unmissverständliches Zeichen, dass ihr und Christoph heute ein entscheidender Kampf bevorstand.

Christophs Hand ruhte fest in ihrer, seine Berührung war das einzige, was sie in diesem Moment erdete. Die Blicke der Ratsmitglieder schweiften zwischen ihnen hin und her, und in jedem von ihnen spiegelte sich Missbilligung wider – das uralte, strenge Unverständnis gegenüber Mensch-Vampir-Beziehungen, die als „Schändung der Reinheit" betrachtet wurden.

Dr. Stein saß am Kopf des Tisches und musterte Christoph und Lilly mit einem Ausdruck, der sich nicht deuten ließ. Lilly spürte ein schwaches Zittern in ihrem Inneren. Wessen Seite würde er wählen? Dr. Stein hatte ihr mehrfach geholfen – aber er war und blieb ein Mitglied dieser uralten Elite. Das machte ihn ebenso unberechenbar wie alles andere hier.

Ein Mann mit scharfen, stechenden Augen erhob sich und räusperte sich. „Diese Versammlung wurde einberufen, um eine Entscheidung zu treffen," begann er mit einer Stimme, die vor Kälte förmlich knackte. „Über die unangemessene Bindung zwischen Christoph Böhm und..." Er verzog das Gesicht, als würde er gerade an einem Glas Essig nippen. „...einem Menschenmädchen."

Lilly funkelte ihn an, der Gedanke, dass sie wie ein Exemplar in einer Vitrine betrachtet wurde, ließ ihren Zorn aufsteigen. Doch bevor sie etwas sagen konnte, trat Christoph nach vorn, und seine Augen loderten vor Entschlossenheit.

„Ich denke, es reicht, dass wir Menschen und Vampire in zwei Kategorien trennen," sagte Christoph laut, und seine Worte hallten von den Wänden wider. „Meine Bindung zu Lilly mag ungewöhnlich erscheinen, aber sie ist nicht unnatürlich – sie ist ehrlich. Es gibt kein Gesetz, das besagt, dass Liebe durch Blut bestimmt werden muss."

Einige der Ratsmitglieder schnaubten, und einer von ihnen, ein älterer Vampir mit silbernem Haar und einem steinernen Ausdruck, starrte Christoph an, als hätte er einen Verräter vor sich. „Die Traditionen unseres Rates reichen länger zurück als deine... jugendliche Liebe, Christoph. Mensch-Vampir-Verbindungen schwächen uns. Sie haben in der Vergangenheit zu Katastrophen geführt."

Christophs Blick blieb starr und fest. „Die Vergangenheit hat uns gelehrt, dass Furcht und Vorurteile uns am meisten schwächen. Es ist nicht das Blut, das uns zerstört, sondern der Hass, den wir schüren."

In diesem Moment ging ein Raunen durch die Menge. Einige der Ratsmitglieder warfen sich unruhige Blicke zu, und ein unmerkliches Funkeln trat in Dr. Steins Augen, das Lilly nicht entging. Dann erhob er sich, und die gesamte Versammlung verstummte augenblicklich.

„Christophs Worte mögen den jungen Ohren sinnvoll erscheinen," begann Dr. Stein, und seine Stimme war ruhig und bedacht. „Doch der Rat hat schon oft genug erleben müssen, wie gefährlich solche Beziehungen werden können. Dennoch..." Er hielt inne und ließ seinen Blick zwischen Christoph und Lilly hin und her gleiten, „...dennoch würde ich sagen, dass jedes Zeitalter eine zweite Chance verdient."

Ein murmelnder Aufschrei folgte, doch Dr. Stein hob nur gelassen die Hand, und sofort verstummte die Menge. „Wir werden beobachten. Es wird Regeln geben, und jeder Verstoß wird Konsequenzen haben. Aber ich sage: Lasst ihnen diese Chance."

DER KUSS DER EWIGEN NACHT

Lillys Herz schlug schneller, und sie hielt den Atem an. Das war weit mehr, als sie zu hoffen gewagt hatte. Doch Christophs Blick blieb ernst, und als er sich leicht verneigte, spürte sie, dass er mehr wusste, als er preisgab.

Ein weiterer Mann stand auf, sein Gesicht verkniffen und voller Misstrauen. „Dr. Stein, bedenken Sie, was Sie sagen! Ein solcher Beschluss könnte uns alle gefährden!"

Dr. Stein nickte langsam, seine Augen blitzten kühl. „Und ich sage, wir beobachten. Sollte ihre Verbindung... gefährlich werden, werden wir einschreiten."

Die Versammlung war damit geschlossen, und Lilly spürte, wie die Last dieses Moments schwer auf ihren Schultern lag. Doch Christoph nahm ihre Hand und führte sie aus der Halle, weg von den wachsamen Blicken des Rates. Als sie den Flur erreichten, drehte er sich zu ihr um, seine Augen waren von einer Tiefe erfüllt, die mehr sprach als tausend Worte.

„Das war gefährlich, Christoph," murmelte sie und spürte, wie das Adrenalin langsam ihren Körper verließ.

Er zog sie in seine Arme, seine Stimme ein leises, schützendes Flüstern. „Ich würde alles für dich riskieren, Lilly. Aber wir haben eine kleine Gnadenfrist bekommen."

Lilly konnte das Zittern in seiner Stimme hören, und sie drückte sich fester an ihn. „Ich weiß. Und was auch passiert – wir lassen uns nicht auseinanderbringen."

In seinem Blick lag ein Versprechen, das nur sie verstand, und sie wusste, dass dies der Anfang eines langen, gefährlichen Spiels war.

DIE KALTEN STEINSTUFEN, die tief hinunter in die Katakomben führten, schienen endlos. Lillys Atem ging schneller, doch es war nicht nur die Anstrengung, die ihr Herz rasen ließ. Christoph führte sie sicher durch die dunklen, schmalen Gänge, die von Fackeln nur schwach erleuchtet wurden, und der Abstand zwischen ihnen war nie größer als ein Atemzug.

Nach der Sitzung des Rates war ihnen klar, dass ihre Sicherheit trügerisch war – ein gewagtes Spiel auf Zeit, mit Victoria im Hintergrund, die nur darauf wartete, dass sie einen Fehler machten. Christoph blieb stehen, und sie traten in einen breiten Raum mit hohen, feuchten Wänden, die das Licht der Fackeln verschluckten. Die Atmosphäre war wie geladen, jede Bewegung schien im Raum zu vibrieren.

„Hier sind wir sicher," flüsterte er und sah sie an, seine Augen in der Dunkelheit tiefgrün und voller Sorge.

„Sicher?" Lilly hob die Augenbrauen und ließ ein ironisches Lächeln aufblitzen. „Das war wohl die verstörendste ‚Sicherheitsmaßnahme' meines Lebens. Von einer Verhandlung, in der jeder Moment wie das letzte Urteil klang, zu einem nächtlichen Ausflug in die Katakomben... ich muss sagen, du verstehst es, das Leben spannend zu machen."

Christoph konnte ein schwaches Lächeln nicht verbergen. „Tja, was könnte besser sein, um das Blut in Wallung zu bringen?" Doch dann wurde sein Blick wieder ernst, und er trat einen Schritt näher, sodass er Lillys Gesicht in die Hände nahm. „Aber im Ernst – der Rat hat uns keine wirkliche Sicherheit gegeben. Nur ein Aufschub. Victoria hat uns im Visier, und ich vertraue ihr nicht eine Sekunde."

Lilly spürte die Spannung, die von ihm ausging, die kaum verhohlene Sorge. „Ich vertraue ihr auch nicht. Aber ich vertraue dir." Sie legte ihre Hände über seine, und ihre Augen trafen sich, eine stille Verbundenheit, die alles ausdrückte, was Worte nicht zu fassen vermochten.

Die Stille zwischen ihnen wurde von einem dumpfen Geräusch unterbrochen. Christoph ließ sie los, seine Augen blitzten gefährlich, und er drehte sich in Richtung des Gangs, aus dem das Geräusch kam.

DER KUSS DER EWIGEN NACHT

„Wir sind nicht allein," murmelte er angespannt und zog Lilly in den Schatten eines alten Steinsockels.

Lilly hielt den Atem an, und aus der Dunkelheit tauchten zwei Gestalten auf, deren Augen seltsam glitzerten. Victorias Spione. Sie durchsuchten den Raum mit flackernden Blicken, als ob sie ihre Anwesenheit in der Luft spüren könnten.

Lilly drückte sich dicht an Christoph, ihr Herz pochte wild, und ein Gedanke schoss ihr durch den Kopf – was, wenn sie entdeckt wurden? Doch Christoph schob sie sanft weiter in den Schatten, schirmte sie mit seinem Körper ab und flüsterte leise: „Keine Sorge, ich werde uns schützen. Niemand wird uns hier finden."

Die Spione schienen sich schließlich zurückzuziehen, ihre Schritte verklangen in den dunklen Gängen, und die Stille kehrte zurück. Lilly atmete erleichtert auf und sah Christoph an, dessen Gesicht voller Erleichterung und wachsamem Ernst war.

„Ich hätte wirklich darauf bestehen sollen, dass wir diese Nacht ruhiger angehen," murmelte sie sarkastisch und versuchte, das Adrenalin zu überdecken. „Vielleicht ein Abendessen mit weniger... mörderischen Absichten?"

Er lachte leise und zog sie näher, seine Hände glitten sanft über ihren Rücken. „Ich entschuldige mich. Ich wusste nicht, dass du solche Ansprüche an deine nächtlichen Aktivitäten hast." Seine Stimme war ein raues Flüstern, und seine Finger fanden ihren Weg zu ihrem Nacken, während seine Lippen sich ihr näherten.

Der Abstand zwischen ihnen schien zu verschwinden, als sie ihm entgegenkam, und sie spürte, wie ihre Anspannung in seiner Nähe schmolz. Sein Kuss war voller Leidenschaft und Dringlichkeit, eine Flucht in die einzige Sicherheit, die sie noch hatten – einander. Der kalte Stein und die Dunkelheit um sie herum verschwanden, und es gab nur noch Christophs Wärme und die unbändige Stärke seiner Umarmung.

HELENA VOGLER

Lilly schlang ihre Arme um ihn und verlor sich in diesem Moment, die ganze Welt schien still zu stehen, während sie sich fest an ihn klammerte. Christophs Lippen waren fordernd und doch sanft, und jede Berührung war wie ein Versprechen – dass er sie beschützen würde, dass sie gemeinsam gegen alle Widerstände kämpfen würden.

Doch dann entdeckte Christoph etwas in der Nähe, und er löste sich langsam von ihr, seine Augen waren plötzlich wachsam und interessiert. „Lilly... schau mal."

Er deutete auf einen kleinen Sockel in der Ecke, wo ein dickes, verstaubtes Buch lag, das wie vergessen auf dem kalten Stein ruhte. Das Leder des Einbands war abgegriffen, und goldene Runen schimmerten schwach im flackernden Licht der Fackel.

„Das ist eine der alten Schriften," murmelte Christoph und nahm das Buch vorsichtig in die Hand. „Die Prophezeiungen."

Lilly spürte, wie sich ihre Nackenhaare aufstellten. „Die Prophezeiung, die von... uns spricht?"

Christoph nickte, seine Augen waren angespannt, als er die Seiten aufschlug und durch die alten, kaum lesbaren Zeilen blätterte. „Es ist hier – es spricht von einem Band zwischen zwei Seelen, das die Grenzen unserer Welt herausfordert... und von den Schatten, die dieses Band zerstören wollen."

Lilly legte ihre Hand auf seine und sah ihm tief in die Augen. „Christoph, wenn diese Prophezeiung wirklich über uns spricht... dann bedeutet das, dass wir uns diesem Kampf nicht entziehen können."

Er nickte langsam, seine Finger legten sich um ihre, und in diesem Moment war er der unerschütterliche Schutz, den sie an seiner Seite fühlte. „Wir werden kämpfen, Lilly. Egal, was Victoria und ihre Spione planen – wir werden sie nicht gewinnen lassen."

In der Dunkelheit der Katakomben, umgeben von alten Geheimnissen und bedrückender Stille, fanden Lilly und Christoph den Mut, sich dem unausweichlichen Sturm entgegenzustellen, der sich über ihnen zusammenzog.

DER KUSS DER EWIGEN NACHT

∽≫≪∽

GERADE ALS LILLY UND Christoph durch die geheimen Gänge der Katakomben zurückkehrten, hörten sie ein leises Rascheln. Ein Flackern einer kleinen Laterne tauchte auf – Sofia, die mit angespannter Miene auf sie zuging. Ihr Gesicht war blass, und ihre Augen weiteten sich, als sie sie in der Dunkelheit erkannte.

„Da seid ihr ja! Ich habe euch überall gesucht!" flüsterte sie hastig und sah sich dabei unruhig um, als könnte jede Ecke ein Versteck für Victorias Spione sein.

Christoph warf Lilly einen alarmierten Blick zu und trat näher an Sofia heran. „Was ist los? Warum diese Eile?"

Sofia zögerte, ihre Stimme war kaum mehr als ein Flüstern. „Ich habe... Dinge gehört. Über Victorias Pläne. Sie bereitet etwas vor – etwas, das größer ist, als wir dachten. Ein Angriff."

Lillys Herz setzte für einen Moment aus. „Ein Angriff? Auf uns? Auf die Schule?"

Sofia nickte, ihre Augen voller Sorge. „Es ist schlimmer. Ich habe sie mit Henrik reden hören. Sie sprach von einem Ritual, von einer alten Macht, die sie entfesseln will, um... um das Band zwischen euch zu zerstören." Sie sah zwischen Christoph und Lilly hin und her, ihre Stimme war voller Angst. „Sie will euch beide auseinanderreißen. Und sie ist bereit, dafür alles zu tun."

Christoph schloss kurz die Augen, als würde er einen düsteren Gedanken bannen. „Das ist typisch für Victoria," murmelte er mit eisiger Ruhe. „Sie greift zu allen Mitteln, nur um zu beweisen, dass sie die Kontrolle hat."

„Aber wie ist das möglich?" fragte Lilly und sah zwischen den beiden hin und her. „Was genau plant sie?"

Sofia schüttelte verzweifelt den Kopf. „Ich weiß nicht genau. Aber das Ritual... es ist gefährlich. Es heißt, dass es die Energie der Verbindung zerrüttet – und die Prophezeiung zerstören könnte."

Christophs Kiefer spannte sich, und seine Hand legte sich auf Lillys Schulter, seine Berührung fest und beruhigend. „Das ist also ihre Strategie – uns unsere Stärke zu nehmen, indem sie die Verbindung, die uns schützt, bricht."

Sofia trat einen Schritt näher, ihre Augen flehten sie an. „Ihr müsst vorsichtig sein. Victoria lässt sich nicht so leicht stoppen. Und Henrik... er ist immer an ihrer Seite. Sie wird versuchen, dich zu isolieren, Lilly. Sie wird alles tun, um dich von Christoph zu trennen."

Lilly spürte die Wut in sich aufsteigen. „Also gut. Dann sollen sie es versuchen. Ich habe genug davon, mich von ihr in Angst und Schrecken versetzen zu lassen." Sie wandte sich an Christoph, ihre Augen funkelten. „Wir werden uns verteidigen. Egal, was es kostet."

Christoph zog sie an sich, seine Stimme ein leises, aber entschlossenes Flüstern. „Ja, Lilly. Aber wir müssen schlau sein. Wenn Victoria wirklich dieses Ritual plant, dann haben wir vielleicht einen Moment, in dem wir sie überraschen können."

„Und was schlagen wir vor? Dass wir zurückschlagen, bevor sie ihre Pläne umsetzen kann?" fragte Sofia, und ein Hauch von Mut blitzte in ihrem Blick auf. „Ich bin dabei. Was auch passiert – ich werde nicht zulassen, dass Victoria gewinnt."

In diesem Moment hörten sie Schritte hinter sich, und Maximilian trat aus den Schatten, sein Gesicht ernst und doch voller Entschlossenheit. „Verzeiht die Störung," begann er sarkastisch und ließ ein humorloses Lächeln aufblitzen, „aber wenn jemand einen Rat oder... eine helfende Hand benötigt – ich bin ganz Ohr."

Lilly schnaubte, und ein Lächeln huschte über ihr Gesicht. „Ach, Maximilian. Ich hätte wissen müssen, dass du uns im Geheimen folgst."

Maximilian hob die Hände und grinste. „Was kann ich sagen? Ein alter Gewohnheit von mir. Man weiß nie, wann Freunde einen Moment der Unterstützung benötigen. Und in eurem Fall scheint Unterstützung... sagen wir mal, dringend nötig zu sein."

DER KUSS DER EWIGEN NACHT

Christoph warf ihm einen finsteren Blick, doch Lilly spürte, dass seine Anwesenheit etwas in ihnen allen beruhigte. Maximilian hatte, trotz seiner sarkastischen Art und seines undurchschaubaren Wesens, bewiesen, dass er mehr als nur ein schlagfertiger Kommentator war.

„Also gut, Maximilian," sagte Lilly schließlich. „Was genau hast du im Sinn?"

Maximilian lehnte sich entspannt an die Wand, die Arme verschränkt, und sein Blick wurde ernst. „Victoria hat ihre Anhänger, und sie ist skrupellos genug, alles auf eine Karte zu setzen. Doch sie unterschätzt euch. Sie sieht die Verbindung zwischen euch beiden nur als Schwäche. Das könnte ihr Fehler sein."

„Also nutzen wir unsere... Schwäche?" fragte Christoph und warf Maximilian einen skeptischen Blick zu.

„Genau das," nickte Maximilian. „Ihr seid durch die Prophezeiung gebunden, aber diese Bindung hat Macht. Wenn ihr es schafft, Victorias Ritual rechtzeitig zu unterbrechen, könntet ihr verhindern, dass sie euch auseinanderreißt – und gleichzeitig ihre Pläne zerschlagen."

Sofia biss sich auf die Lippe und sah die drei entschlossen an. „Also, wie können wir ihr zuvorkommen? Wir wissen, dass sie uns nicht unvorbereitet erwartet."

Maximilian zuckte die Schultern und grinste verschmitzt. „Wer sagt, dass wir vorbereitet sein müssen? Manchmal ist der beste Plan, keinen Plan zu haben. Aber einen Vorteil haben wir: Victoria glaubt, dass wir kämpfen werden. Was sie nicht erwartet, ist, dass wir... sie austricksen."

Lilly sah Christoph an, ihr Blick fest und entschlossen. „Dann tun wir es. Gemeinsam. Sie hat keine Ahnung, was wir imstande sind."

Christoph nahm ihre Hand und drückte sie fest, ein unerschütterliches Versprechen in seinem Blick. „Ich werde dich schützen, Lilly. Victoria wird nicht gewinnen."

In dieser dunklen Ecke der Katakomben schmiedeten sie ihren Plan, und Lilly fühlte, wie eine unbändige Stärke in ihr aufstieg. Sie

HELENA VOGLER

waren keine Schachfiguren in Victorias Spiel – sie waren die Kraft, die das Spiel verändern würde.

Kapitel 15

Die Stille vor dem Sturm war wie ein schweres, unsichtbares Band, das sich um die Wände der „Ewigen Nacht" legte. Lilly und Christoph spürten es – etwas Dunkles, Bedrohliches, das auf sie zukam. Es lag ein unheilvolles Knistern in der Luft, das ihre Sinne schärfte, doch niemand war auf das vorbereitet, was als nächstes geschah.

Es begann mit einem leisen Summen, das sich bald zu einem pulsierenden Rauschen steigerte, wie der Ansturm einer nahenden Flutwelle. Dann öffneten sich die Türen zur Halle mit einem lauten Krachen, und die Anhänger Victorias strömten in die Schule, ihre Augen blitzten voller Bosheit und Lust auf Chaos.

Victoria selbst schritt an der Spitze ihrer Anhänger, ihr Gesicht war eine eiskalte Maske der Entschlossenheit. In ihren Augen lag ein Hass, der in seiner Intensität beinahe glühte. Sie blieb stehen und ließ den Blick über die Schüler gleiten, die sich erschrocken und verwirrt zu ihr umdrehten. Ein spöttisches Lächeln erschien auf ihren Lippen.

„Nun, ist das nicht bezaubernd?" begann sie mit süßlicher Stimme. „Eine Schule, die denkt, sie könnte das Chaos in Ketten legen." Ihr Blick blieb an Christoph und Lilly hängen, und ein Hauch von Triumph funkelte in ihren Augen. „Aber nichts bleibt ungestraft, wenn es sich gegen die natürlichen Ordnungen erhebt."

Lilly trat vor, ihre Hände ballten sich zu Fäusten. „Natürliche Ordnung? Meinst du die selbstherrliche Vorstellung, dass du entscheiden darfst, wer würdig ist und wer nicht?"

HELENA VOGLER

Victoria ließ ein amüsiertes Lachen hören, als hätte Lilly einen besonders amüsanten Witz gemacht. „Oh, Lilly, deine naive Romantik ist fast... rührend. Aber das hier ist kein Märchen. Das hier ist Macht – und Macht muss erkämpft werden."

„Ich werde dich nicht gewinnen lassen," erwiderte Lilly, und ihre Stimme war fest, selbst inmitten des Chaos, das sich um sie herum entfaltete. Doch sie konnte spüren, dass der Kampf unausweichlich war.

Ein lauter Knall zerriss die Luft, und plötzlich ging alles schnell. Victorias Anhänger stürzten sich auf die Schüler, und die Halle verwandelte sich in ein Schlachtfeld. Schreie, das Klingen von Stühlen, die umgestoßen wurden, und das unheilvolle Zischen, das von den Vampiren ausging, füllten die Luft.

Christoph stellte sich schützend vor Lilly und wehrte einen Angriff ab, sein Gesicht von Anstrengung und Zorn gezeichnet. „Bleib in meiner Nähe!" rief er, doch Lilly konnte bereits sehen, wie sich ein weiterer Angreifer näherte.

Sofia kämpfte ebenfalls in der Menge und versuchte verzweifelt, die jüngeren Schüler zu schützen. Doch gerade, als sie einen Gegner abwehren wollte, stürzte ein Vampir von der Seite auf sie zu, seine Augen glühten vor Wut. Lilly sah, wie Sofia nach Luft rang und zu Boden ging, ihre Hand blutend.

„Sofia!" schrie Lilly und wollte zu ihr eilen, doch Christoph hielt sie zurück, seine Augen voller Konflikt.

„Ich muss dir helfen," flüsterte er und sah auf Lilly hinab, seine Züge voller Entschlossenheit – doch etwas hielt ihn zurück, ein Teil seines Wesens, der gegen das kämpfte, was er tun musste. Es war eine Erinnerung an alte Loyalitäten, an das Leben, das er einst geführt hatte.

„Christoph, ich verstehe. Aber Sofia braucht uns jetzt. Jetzt!"

In einem Moment klarer Einsicht nickte Christoph, und der innere Kampf in seinen Augen verblasste. Er griff Lillys Hand und rannte mit

DER KUSS DER EWIGEN NACHT

ihr zu Sofia. Sie halfen ihr auf, während sich Christoph entschlossen gegen die Angreifer stellte, die um sie herum lauerten.

Victoria sah das alles aus der Ferne, ein funkelndes, bitteres Lächeln auf den Lippen. Sie schien es zu genießen, ihre „Rivalin" und den einstigen „Prinz" ihrer Welt in der Klemme zu sehen. Lilly konnte die verachtenden Blicke von ihr spüren, und Wut brannte heiß in ihrer Brust.

Doch Lilly wusste, dass dies nur der Anfang war – ein brutaler Vorgeschmack auf das, was Victoria wirklich vorhatte.

NACH DEM ANGRIFF SCHIENEN die Schatten im Wald dichter als gewöhnlich. Christoph führte Lilly durch das Dickicht, und hinter ihnen verblassten die Lichter der „Ewigen Nacht" im Nebel. Lillys Herz schlug wild – nicht nur vom Kampf, sondern auch von der bitteren Erkenntnis, wie weit Victoria bereit war zu gehen.

Schließlich erreichten sie eine kleine verfallene Hütte, die kaum mehr war als ein zerfallener Unterschlupf inmitten der Dunkelheit. Doch hier, in der bedrückenden Ruhe des Waldes, schien die Welt für einen Moment still zu stehen. Christoph schob die Tür auf, der Geruch von altem Holz und feuchter Erde erfüllte die Luft.

„Es ist nicht viel," murmelte er und musterte sie vorsichtig, „aber hier sind wir sicher."

„Sicher?" Lilly hob eine Augenbraue und ließ sich erschöpft auf den Boden sinken, das Herz noch immer rasend. „Ja, ich fühle mich absolut sicher – mitten im Wald, verfolgt von einer Vampir-Göttin des Wahnsinns."

Christoph lächelte schwach und trat zu ihr, setzte sich auf den Boden und zog sie sanft an sich. „Du weißt, dass ich dich nicht hätte gehen lassen, oder? Selbst wenn es der letzte Fehler meines Lebens wäre."

HELENA VOGLER

Sie spürte die Wärme seines Körpers, und all die Anspannung, die sie bis jetzt aufrechtgehalten hatte, schmolz in seinen Armen. Sie legte eine Hand auf seine Brust, fühlte sein Herz schlagen – ruhig und stark, wie ein beständiges Versprechen. „Und du weißt, dass ich mit dir durch die Hölle gehen würde, richtig?"

Er nickte, und in seinen Augen lag etwas Unergründliches, eine Mischung aus Liebe und Schmerz, die sie nur zu gut kannte. „Lilly," begann er leise, und seine Stimme war kaum mehr als ein Flüstern, „Victoria kann uns alles nehmen – die Schule, die Sicherheit, unsere Freunde. Aber eins kann sie nie berühren... das hier." Seine Finger glitten sanft über ihre Wange, und sie spürte, wie das Zittern in ihr verschwand, wie seine Nähe sie auf eine Weise erfüllte, die jenseits aller Worte lag.

Ihr Herz zog sich zusammen, als sie ihm in die Augen sah. Hier, in dieser Hütte, fernab von allem, was ihnen jemals Halt gegeben hatte, schien sich die Welt auf diesen einen Moment zu konzentrieren. Christoph beugte sich langsam zu ihr, seine Lippen streiften die ihren, und jeder Atemzug zwischen ihnen wurde schwerer, bedeutsamer.

Sein Kuss war voller Leidenschaft, intensiv und doch sanft, als würde er in diesem Moment alles geben wollen, was er besaß. Seine Hände glitten über ihren Rücken, und sie spürte, wie die Kälte der Nacht von ihrer Haut wich, ersetzt durch die Wärme, die zwischen ihnen auflöderte. Lilly legte ihre Arme um ihn und zog ihn näher, und all die Ängste, die Wut, die Unsicherheit schmolzen zu einem einzigen Verlangen.

„Christoph," flüsterte sie, und ihr Blick war ernst, tief in seine Augen versunken. „Versprich mir, dass wir das durchstehen. Was auch passiert."

Er hielt ihren Blick fest, und in diesem Moment war nichts als Ehrlichkeit in seinen Augen. „Lilly, ich schwöre dir, dass ich dich nicht loslassen werde. Egal, wie tief die Schatten um uns wachsen."

DER KUSS DER EWIGEN NACHT

Die Worte hingen zwischen ihnen, und Lilly spürte, dass dies mehr als nur ein Versprechen war – es war ein Schwur, ein Band, das durch nichts gebrochen werden konnte. Die Welt draußen war voller Chaos und Gefahr, doch in seinen Armen fühlte sie sich stärker, bereit, jeden Sturm zu überstehen.

Plötzlich fiel ihr Blick auf ein altes Buch, das neben dem Kamin auf dem Boden lag. Die Seiten waren vergilbt und verstaubt, und das Leder war von der Zeit abgenutzt. Sie griff danach, ihre Finger streiften über das goldene Siegel auf dem Einband – eine Rune, die sie nicht kannte, doch sie hatte etwas Unheimliches, Mystisches.

„Was ist das?" fragte sie leise und sah Christoph an, der ebenfalls auf das Buch blickte.

Er nahm es vorsichtig in die Hände und schlug eine Seite auf. Die Worte waren in einer alten Sprache geschrieben, die sie nicht lesen konnte, doch Christoph schien zu verstehen, was darin stand. „Es ist ein Ritualbuch," murmelte er und runzelte die Stirn. „Ein altes, das in unserer Welt kaum noch existiert. Diese Rituale... sie dienen dazu, Bindungen zu stärken oder... sie zu brechen."

Lillys Herz setzte einen Schlag aus. „Du meinst... Victoria könnte ein Ritual aus diesem Buch verwenden, um uns zu trennen?"

Christoph nickte langsam, seine Augen voller Entschlossenheit. „Aber wir könnten es auch nutzen. Es gibt hier ein Ritual, das zwei Seelen untrennbar miteinander verbindet – ein Schwur, der jede Macht, die sich gegen uns richtet, brechen könnte."

Ein Gedanke schoss ihr durch den Kopf, ein Funken von Hoffnung, aber auch von Angst. „Also könnten wir das Band zwischen uns noch stärker machen?"

Christoph lächelte, und ein schwacher Glanz trat in seine Augen. „Ja, Lilly. Wenn wir das tun, wäre unsere Verbindung für immer geschützt."

Sie hielt den Atem an, ihre Hände lagen noch immer auf dem Buch, ihre Finger umschlossen seine. „Dann tun wir es," flüsterte sie.

HELENA VOGLER

„Ich möchte mit dir verbunden sein, für immer. Egal, was noch kommt."

In der Dunkelheit der Hütte, zwischen den Schatten der Bäume und der drohenden Gefahr von Victorias Angriff, legten Christoph und Lilly ihre Hände auf das Buch und sprachen leise die uralten Worte des Rituals. Ihre Stimmen verschmolzen in einem leisen, zitternden Flüstern, das durch die Stille des Waldes hallte – ein Schwur, der sie beide verbinden würde, gegen alle Gefahren, für alle Zeit.

DAS LEISE RASCHELN der Blätter und das Knacken von Ästen verriet ihnen, dass jemand in der Nähe war. Lilly und Christoph hatten das Ritual gerade beendet, als sich in der Ferne Schritte näherten. Christoph sprang auf und stellte sich schützend vor Lilly, sein Gesicht hart und wachsam.

Aus dem Schatten trat Maximilian, dessen sonst so gelassene Haltung durch einen ungewohnten Ausdruck von Entschlossenheit und... Verrat ersetzt wurde. Lilly spürte, wie sich ihr Magen zusammenzog. Ein ungutes Gefühl breitete sich in ihr aus, als sie seinen kühlen, unnahbaren Blick auffing.

„Maximilian," begann Christoph, seine Stimme war wie ein scharfes Messer, das durch die kühle Waldluft schnitt. „Was tust du hier?"

Maximilian lächelte ironisch, und seine Augen funkelten im schwachen Mondlicht. „Nun, ich habe lange genug zugesehen, wie ihr euch wie naive Märchenfiguren aufführt – in einer Geschichte, die nur ein Ende kennen kann." Er sah zu Lilly hinüber, ein spöttisches Lächeln auf seinen Lippen. „Ihr dachtet wirklich, ich sei auf eurer Seite?"

Lilly trat einen Schritt nach vorne, ihre Augen funkelten vor Zorn. „Also war das alles nur ein Spiel? Deine Hilfe, dein Einstehen für uns – nur eine Farce, um uns zu täuschen?"

DER KUSS DER EWIGEN NACHT

„Nennen wir es... eine kleine Berechnung," erwiderte Maximilian kühl und zuckte die Schultern, als würde er über das Wetter sprechen. „Victoria hat ein attraktives Angebot gemacht, und ihr wisst doch, wie ich bin. Warum mich mit eurer unsinnigen Romanze zufrieden geben, wenn ich stattdessen Macht haben kann?"

Christoph ballte die Fäuste, und ein Muskel zuckte in seinem Kiefer. „Das ist also der wahre Maximilian. Derjenige, der nichts weiter als ein Heuchler ist."

Maximilian lachte leise und hob die Hände, als ob er sich verteidigen müsste. „Ach, Christoph, sei doch nicht so melodramatisch. Es ist nicht meine Schuld, dass du an diesen lächerlichen Traum von Liebe und Gerechtigkeit glaubst. Einige von uns sehen die Realität, während andere... sich in Gefühlen verlieren."

Lillys Blick wurde hart, und sie trat an Christophs Seite. „Ich hätte wissen müssen, dass du es nicht ernst meinst. Du hast nie an etwas geglaubt, außer an dich selbst."

Maximilian zuckte nur mit den Schultern. „Das Leben ist einfacher, wenn man nur sich selbst verpflichtet ist." Er ließ den Blick über sie gleiten, sein Gesichtsausdruck so unbeeindruckt wie eh und je. „Und euch beide werde ich Victoria übergeben – als Friedensangebot."

Christoph kniff die Augen zusammen, und ein dunkler Glanz trat in seine Augen. „Das wirst du nicht tun."

„Und wie willst du mich aufhalten?" fragte Maximilian, seine Stimme triefte vor Spott. „Du bist alleine gegen mich, Christoph, und ich habe mehr Unterstützung, als du denkst."

„Das glaube ich kaum," sagte Christoph leise, seine Stimme fest und voller Entschlossenheit. Dann zog er Lilly an sich, seine Arme fest um sie geschlungen, und flüsterte: „Bleib bei mir. Ich werde dich beschützen – vor allem."

Lilly spürte die Schwere seiner Worte, und für einen Moment herrschte eine elektrisierende Stille. Doch dann, wie aus dem Nichts, hörten sie ein lautes, bedrohliches Knurren. Aus den Schatten traten mehrere Gestalten hervor – Victorias Anhänger. Sie bildeten einen Halbkreis um Christoph, Lilly und Maximilian.

Maximilian schmunzelte, und ein Hauch von Triumph schlich sich in seine Augen. „Na? War das nicht ein wundervoller Auftritt?"

„Wenn du glaubst, dass wir uns einfach so ergeben, dann hast du uns nicht verstanden," entgegnete Christoph, seine Stimme klang gefährlich ruhig.

Victoria trat aus dem Dunkel hinter Maximilian hervor, ihre Augen funkelten im Licht des Mondes, und ein bösartiges Lächeln zierte ihre Lippen. „Oh, Christoph, mein alter Freund. Es ist wirklich rührend zu sehen, wie du dich für diese... lächerliche Romanze aufopferst. Glaubst du wirklich, sie wird dich retten?"

Lilly spürte, wie sich ihre Hände zu Fäusten ballten. „Du weißt nicht, was Liebe ist, Victoria. Das ist dein Problem."

Victoria lachte kalt und warf einen spöttischen Blick in Lillys Richtung. „Liebe ist ein lächerlicher Versuch, sich schwach zu machen. Und du, meine Liebe, bist das Paradebeispiel dafür. Du wirst das bereuen, was du für Christoph aufgegeben hast."

Doch bevor sie sich näherte, trat Christoph einen Schritt nach vorne, sein Blick fest auf Maximilian gerichtet. „Du hast deine Entscheidung getroffen, Maximilian. Aber ich werde meine Freunde schützen – und meine Liebe."

Mit diesen Worten zog er Lilly hinter sich, seine Augen blitzten entschlossen. Maximilian wirkte einen Moment überrascht, als würde er mit einer anderen Reaktion rechnen. Doch Christophs Blick blieb kalt und fest.

Victoria hob eine Hand, und die Gestalten schlossen sich enger um Lilly und Christoph. Maximilian trat zurück, eine Mischung aus Bedauern und Triumph in seinen Augen.

„Es tut mir leid, Christoph," sagte er leise, doch seine Worte klangen hohl. „Aber das ist mein Weg. Und er endet hier."

Kapitel 16

Nach dem Verrat und dem nächtlichen Kampf im Wald fühlte sich der Rückweg zur „Ewigen Nacht" seltsam gespenstisch an. Die ersten Strahlen der Morgendämmerung schimmerten durch das dichte Geäst, und Lilly konnte die Anspannung in Christophs Schultern spüren. Sie hatten nichts gewonnen – außer einem tiefen, unvermeidlichen Wissen darüber, wie weit Victoria und Maximilian gehen würden.

Als sie endlich den düsteren, gotischen Bau der Schule erreichten, stand Dr. Stein bereits in der Eingangshalle, wartend wie eine Statue, nur mit der Ruhe, die einem Vampir eigenen Alters gebührte. Sein Blick war undurchdringlich, seine Augen ein kalter Abgrund.

„Willkommen zurück," sagte er, seine Stimme war wie immer glatt und kontrolliert, aber etwas in seinem Tonfall ließ Lilly das Blut in den Adern gefrieren. „Es scheint, als hätte eure... kleine Nachtwanderung einige unerwartete Wendungen genommen."

Christoph trat vor, die Wut in seinem Gesicht war kaum zu übersehen. „Sie wissen, was passiert ist, Dr. Stein. Und ich will Antworten. Jetzt."

Dr. Stein hob eine Augenbraue, als würde ihn Christophs Zorn kaum berühren. „Antworten, Christoph? Ich dachte, du hättest bereits entschieden, was Wahrheit und was Täuschung ist."

„Verschonen Sie uns mit Ihrer Arroganz," zischte Lilly, ihre Augen funkelten vor Zorn. „Sie wissen genau, was Victoria plant. Sie war bereit, uns beide zu töten – und Maximilian war die ganze Zeit über ihr Verbündeter."

Dr. Stein ließ seine kalten Augen über Lilly gleiten, und ein Hauch von Belustigung zuckte um seine Lippen. „Miss Kästner, ich kann mir kaum vorstellen, dass Sie überrascht sind. In dieser Schule gibt es keine einfachen Verbündeten und keine klaren Grenzen. Das sollten Sie inzwischen verstanden haben."

Lilly fühlte, wie Christoph sich verspannte. „Warum schützen Sie sie, Dr. Stein? Warum lassen Sie zu, dass diese Schule in Chaos und Intrigen versinkt?"

Dr. Stein blieb ruhig und fixierte Christoph mit einem intensiven Blick. „Weil ich die Gesetze dieser Schule wahre, die älter sind als du – älter als Victoria und älter als jedes noch so romantische Märchen von Mensch und Vampir."

Er machte eine Pause, und seine Augen blitzten auf. „Weißt du, Christoph, diese Schule birgt Geheimnisse, die weit über eure kleine... Romanze hinausgehen. Es gibt Gründe, warum Menschen und Vampire nicht vereint sein dürfen."

Lilly schnaubte und verschränkte die Arme. „Ach ja? Und welche Gründe wären das? Ein paar alte, staubige Prophezeiungen, die angeblich unsere Leben definieren sollen?"

Ein Schatten huschte über Dr. Steins Gesicht, und sein Ton wurde eisig. „Diese Prophezeiungen sind kein Märchen, Miss Kästner. Sie sind das Fundament unserer Existenz."

Er wandte sich zu Christoph, und sein Blick wurde ernst. „Und du, Christoph, trägst eine Verantwortung, die über deine Wünsche hinausgeht. Wenn du dich diesem Band, das euch verbindet, wirklich verschreibst, wirst du die Prophezeiung erfüllen müssen."

Christoph schwieg einen Moment, seine Augen suchten Dr. Steins. „Dann erklären Sie mir, wie ich das tun soll."

Dr. Stein nickte, seine Miene voller Ernst und Kälte. „Es gibt einen alten Raum in der Kathedrale der Schule, verborgen und nur für jene zugänglich, die bereit sind, das Opfer einzugehen. Wenn du Lillys

DER KUSS DER EWIGEN NACHT

Menschlichkeit aufgeben willst, wenn du bereit bist, sie für immer in unsere Welt zu binden, dann geh dorthin und vollziehe das Ritual."

Lillys Atem stockte, und sie spürte, wie Christophs Hand in der ihren zitterte. „Christoph... willst du das wirklich?"

Er sah sie an, sein Blick voller Schmerz und Entschlossenheit. „Lilly, ich habe keine Wahl. Wenn das die einzige Möglichkeit ist, dich zu beschützen... dann werde ich es tun."

Lilly spürte die tiefe Tragik in seinen Worten, und ihr Herz zog sich zusammen. „Und wenn das bedeutet, dass ich alles verliere, was ich je war?"

„Dann werden wir das gemeinsam tragen," flüsterte Christoph, seine Augen suchten ihren Blick, und in diesem Moment war alles gesagt.

Dr. Stein nickte. „Dann bereitet euch vor. Wenn das Ritual beginnt, gibt es kein Zurück."

DIE KATHEDRALE WAR erfüllt von einer unheimlichen Stille, und die alten Wände schienen das Flüstern der Geister längst vergangener Schüler zu tragen. Christoph führte Lilly zur Mitte des Raumes, wo ein steinerner Altar stand, verziert mit alten Symbolen, die im Kerzenlicht unheilvoll leuchteten.

„Bist du bereit?" fragte Christoph leise, und seine Augen waren voller Schmerz und Liebe.

Lilly nickte, obwohl sie die Angst tief in ihrem Inneren spürte. „Ja. Ich habe keine Angst – solange du bei mir bist."

Sie legten gemeinsam ihre Hände auf den Altar, und Christoph begann die alten Worte des Rituals zu sprechen, Worte, die sie nicht verstand, die aber eine seltsame Macht hatten. Ein Licht flammte auf, umhüllte sie beide, und sie spürte eine Wärme, die sich in ihrem Inneren ausbreitete, eine Kraft, die tiefer reichte als jede andere Verbindung, die sie je gekannt hatte.

HELENA VOGLER

Doch plötzlich ertönte ein Lachen, das die Stille zerriss – und aus dem Schatten trat Victoria, ihre Augen funkelten voller Triumph.

„Ihr dachtet wirklich, ihr könntet das Ritual vollziehen, ohne dass ich davon erfahre?" Ihr Lächeln war kalt, fast bösartig. „Wie naiv."

Christoph trat schützend vor Lilly, seine Augen glühten vor Zorn. „Victoria, wenn du denkst, dass du uns aufhalten kannst, hast du dich getäuscht."

Victoria lachte spöttisch und hob eine Hand, und ein schwarzer, schimmernder Schleier breitete sich über die Kathedrale. „Ich habe keinen Grund, euch aufzuhalten – ich werde nur dafür sorgen, dass ihr nie an euer Ziel kommt."

In diesem Moment spürte Lilly, wie sich das Licht um sie herum verdunkelte, und eine seltsame Kälte legte sich auf ihr Herz. Sie sah Christoph an, ihre Augen voller Angst. „Christoph, was passiert hier?"

„Sie will die Prophezeiung durchbrechen," flüsterte er, und seine Stimme war voller Verzweiflung. „Wenn sie uns auseinanderreißt, wird das Band für immer gebrochen."

Victoria trat näher, und ihre Augen waren voller Triumph. „Ach, Christoph, war es das wert? All das für einen Menschen?"

Doch Lilly spürte eine plötzliche Stärke in sich aufsteigen. Sie trat vor, ihr Blick fest und voller Entschlossenheit. „Du wirst uns nicht besiegen, Victoria. Was wir haben, ist stärker als dein Hass."

Ein plötzlicher Lichtschein brach aus Lilly hervor, eine unheimliche Energie, die Victoria für einen Moment zurückweichen ließ. Christoph sah sie an, seine Augen voller Staunen. „Lilly... was ist das?"

„Ich weiß es nicht," flüsterte sie, ihre Stimme war wie ein ferner Hall, und sie spürte, wie das Licht sie durchströmte, als ob sie eine alte, verborgene Kraft entfesselte. Doch die Dunkelheit war noch nicht besiegt – und Victoria würde nicht aufgeben, bis sie ihre Macht gebrochen hatte.

DER KUSS DER EWIGEN NACHT

PLÖTZLICH FÜHLTE LILLY eine Veränderung tief in sich. Es war, als ob eine fremde Macht in ihr erwachte, eine Kraft, die nichts Menschliches mehr an sich hatte. Ihre Hände glühten, und das Licht, das von ihr ausging, schien stärker zu werden, als sie je für möglich gehalten hätte.

Christoph trat einen Schritt zurück, seine Augen voller Erstaunen und... Schuldgefühle. „Lilly... was ist passiert?"

Sie sah ihn an, und für einen Moment erkannte sie ihr eigenes Spiegelbild nicht mehr. Ihre Haut schimmerte im Licht des Rituals, und ihre Augen glühten wie die eines Wesens, das jenseits des Lebens stand.

„Ich... ich weiß es nicht," flüsterte sie, und ihre Stimme klang fremd in ihren eigenen Ohren. Sie spürte, wie ihre Menschlichkeit sich zu verändern begann, wie das Ritual sie in etwas anderes verwandelte.

Christoph trat vorsichtig an sie heran, und in seinen Augen lag eine Mischung aus Liebe und Trauer. „Lilly, ich habe dir das angetan. Ich wollte dich schützen, und jetzt..."

Doch Lilly schüttelte den Kopf, ihre Hand glitt sanft über seine Wange. „Christoph, das hier ist unsere Entscheidung. Wenn das der Preis ist, den wir zahlen müssen, dann zahle ich ihn gern."

In dieser Nacht war alles anders geworden. Lilly und Christoph standen nun vor einem neuen, unbekannten Weg – ein Weg, der sie an die Grenzen ihrer Liebe und ihres Schicksals führen würde.

Kapitel 17

Als Lilly die Augen öffnete, fühlte sie sich verändert. Die Dunkelheit des Raums war plötzlich viel weniger düster, und die Schatten schienen sich vor ihren Augen in feine Details zu entwirren. Ein Rascheln, das sie nie zuvor gehört hatte, ließ ihren Blick zur Tür gleiten, wo Christoph stand und sie aufmerksam beobachtete. Sie konnte seinen Herzschlag hören, das leise Zucken seiner Hand sehen, bevor er sich zu einem Lächeln zwang.

„Guten Morgen," sagte er leise, und in seinen Augen lag eine Mischung aus Sorge und ungläubiger Bewunderung. „Oder, sollte ich sagen: Willkommen im neuen Leben?"

Lilly setzte sich auf, und sofort schoss ein Kribbeln durch ihre Glieder, eine seltsame Energie, die sie dazu drängte, aufzustehen, sich zu bewegen, alles zu erleben. „Christoph... das ist unglaublich. Ich kann... alles hören, alles sehen. Es ist, als ob die Welt plötzlich... lauter wäre."

Er nickte, trat näher und setzte sich neben sie. „Es ist ein Teil des Erwachens, Lilly. Dein Körper hat sich verändert – und dein Geist auch." Seine Hand legte sich sanft auf ihre und er lächelte schwach. „Ich bin hier, um dich durch diesen Wandel zu führen."

Sie schloss kurz die Augen und atmete tief ein. Plötzlich spürte sie es – die Präsenz seiner Gedanken, leise, doch spürbar, wie ein sanfter Strom, der durch ihr Bewusstsein floss. Lilly öffnete die Augen und sah Christoph verwirrt an. „Ich... ich kann dich spüren. Deine Gedanken, deine Gefühle."

HELENA VOGLER

Christoph zog überrascht die Augenbrauen hoch, doch dann lächelte er leise. „Das ist ungewöhnlich schnell... aber ich hätte es mir denken können." Sein Blick wurde weicher, fast ehrfürchtig. „Vielleicht ist deine Verbindung zu mir stärker, als wir je dachten."

Ein leichter, elektrisierender Schauer zog durch Lillys Körper, und sie spürte, wie eine Wärme von ihm auf sie überging – eine Mischung aus Schutz, Bewunderung und tiefer Zuneigung. Es war, als ob seine Gefühle direkt in ihre Haut eindrangen und sie erfüllten. Sie schloss die Augen und tauchte tiefer ein, ließ sich von diesem neu entdeckten Band tragen.

Doch dann hörte sie ein leises Flüstern, eine fremde, bittere Stimme, die wie ein kalter Hauch durch ihren Kopf schlich.

„Diese neue Macht wird dich noch in den Wahnsinn treiben, Lilly. Du bist nicht bereit dafür."

Victoria. Ihre Stimme war ein leises Wispern, doch sie schien durch die Schatten zu kriechen, sich durch die Finsternis zu winden, die Lilly nun in sich trug. Sie öffnete die Augen und sah Christoph an, der bereits wusste, was sie empfand. Sein Gesicht verhärtete sich.

„Victoria hat Angst," flüsterte er und nahm ihre Hand fester in die seine. „Sie spürt, dass du jetzt stärker bist – stärker, als sie je sein wird."

Lilly holte tief Luft, ihre Augen funkelten entschlossen. „Dann soll sie ruhig Angst haben. Sie wird bald herausfinden, wozu ich fähig bin."

⁂

DIE LUFT IN DEN KATAKOMBEN war kalt und feucht, die Wände von jahrhundertealten Schatten umgeben, die still und wachsam in der Dunkelheit verharrten. Christoph führte Lilly in die Mitte des Raums, und seine Augen waren voller Stolz und leiser Aufregung.

„Lilly, deine neuen Fähigkeiten... sie brauchen Übung. Kontrolle. Sonst könnten sie dir schaden." Er legte eine Hand auf ihre Schulter,

DER KUSS DER EWIGEN NACHT

und der Druck seiner Finger vermittelte ihr das Vertrauen, das sie brauchte. „Also, fangen wir an. Zeig mir, was du spüren kannst."

Lilly schloss die Augen und atmete tief ein. Plötzlich fühlte sie, wie sich die Luft um sie herum veränderte – als ob jede einzelne Bewegung, jedes Flüstern Teil eines größeren Bildes wäre, das sich nur vor ihren Augen entfalten würde. Sie hob eine Hand und konzentrierte sich auf die Energie in ihrem Inneren, eine Art Funke, der in ihr zu glimmen begann und sich nach außen ausbreiten wollte.

Christoph stand vor ihr, und sie konnte seine Präsenz fast körperlich spüren. Ohne ein Wort zu sagen, ließ er seine Energie durch das Band zu ihr fließen, ein Strom, der durch ihre Sinne pulsierte und sie wie ein ruhiges, doch intensives Feuer erfüllte.

Ihre Hände fanden sich, und als sich ihre Finger verschränkten, fühlte sie eine Verbindung, die über alles hinausging, was sie jemals gefühlt hatte. Sie sah in seine Augen, und plötzlich war er nicht nur vor ihr – er war in ihrem Kopf, in ihren Gedanken, in jedem Gefühl, das sie empfand. Sie konnte spüren, wie sein Herz für sie schlug, wie er sie mit einer Tiefe und einer Leidenschaft liebte, die sie bis ins Mark erfüllte.

Ein leises Lächeln zog über seine Lippen. „Wusste ich es doch – du bist stärker, als ich je gedacht hätte."

Sie erwiderte sein Lächeln, und als sie sich wieder auf ihre Energie konzentrierte, spürte sie, wie sie den Raum um sie herum veränderte. Die Wände schienen zu vibrieren, die Luft um sie herum zitterte, und die Schatten flackerten leicht, als ob sie die Macht, die von ihr ausging, wahrnehmen würden.

„Jetzt," sagte Christoph leise, „versuch, die Schatten zu kontrollieren. Nutze sie, mach sie zu einem Teil deiner Kraft."

Lilly schloss die Augen und konzentrierte sich auf die Dunkelheit, die sich um sie herum verdichtete. Sie spürte, wie sie die Schatten zu lenken begann, sie formte, als wären sie aus flüssigem Rauch. Die Dunkelheit um sie herum folgte ihrem Willen und verschmolz mit ihrem Körper, bis sie fühlte, dass sie selbst zur Dunkelheit wurde.

Doch es war nicht nur die Dunkelheit, die sie kontrollierte – es war auch Christophs Präsenz, die ihr Kraft gab. Er war in ihren Gedanken, in ihrem Geist, und durch ihre neue Fähigkeit spürte sie seine Nähe, als wäre er ein Teil von ihr.

„Christoph," flüsterte sie und öffnete die Augen, ihr Blick glühte vor Kraft und tiefer Verbundenheit. „Ich... ich fühle dich. Ich kann deine Gedanken spüren, deine Gefühle – alles."

Er zog sie zu sich, seine Hände fuhren sanft über ihren Rücken, und ihre Lippen fanden einander in einem Kuss, der alles ausdrückte, was Worte nicht sagen konnten. Die Schatten um sie herum schienen ihren Tanz zu verstärken, und sie verloren sich in der Dunkelheit, in der intensiven Verbindung, die sie zu einem Ganzen verschmolz.

Die Welt schien zu verschwinden, und es gab nur noch sie beide – zwei Seelen, die sich jenseits aller Grenzen vereinten.

ZURÜCK AN DER OBERFLÄCHE, kehrten Lilly und Christoph zur Schule zurück, wo bereits spürbare Unruhe herrschte. Die Gerüchte über Victorias Pläne verbreiteten sich wie ein Lauffeuer, und jeder schien in ständiger Erwartung zu sein, dass etwas geschehen würde.

In einem der langen Flure begegneten sie Sofia, die mit Henrik sprach. Seine Augen waren voller Reue, und Lilly erkannte das Zögern in Sofias Gesicht – sie schien zwischen Wut und Vergebung zu schwanken.

„Lilly!" Sofia wandte sich an sie, und ihre Augen waren eine Mischung aus Sorge und Hoffnung. „Henrik... er hat mir alles erklärt. Er war... manipuliert, unter Druck gesetzt von Victoria. Er will uns helfen."

Henrik nickte, und in seinem Gesicht lag eine Entschlossenheit, die Lilly überraschte. „Ich weiß, dass ich Fehler gemacht habe. Aber

DER KUSS DER EWIGEN NACHT

ich will es wiedergutmachen – ich werde alles tun, um euch zu unterstützen."

Lilly sah Christoph an, und in seinen Augen lag ein Hauch von Vorsicht. Doch dann nickte er knapp. „Dann bist du auf unserer Seite, Henrik? Kein Spiel, keine Täuschung mehr?"

Henrik schüttelte den Kopf. „Keine Täuschung. Victoria plant etwas Großes – sie sammelt ihre Anhänger, um gegen uns vorzugehen. Es wird ein Kampf, und es wird gefährlich."

Lillys Blick wurde fest, ihre Augen funkelten. „Dann lasst uns vorbereitet sein. Victoria wird diesmal diejenige sein, die sich fürchten muss."

Sofia trat neben sie, ihre Augen voller Entschlossenheit. „Wir kämpfen gemeinsam. Egal, was passiert – wir werden diesen letzten Kampf überstehen."

In dieser Nacht begann die letzte Vorbereitung, und Lilly fühlte die Kraft in sich wachsen, die Dunkelheit und das Licht in ihrem Inneren, die sich zu etwas Neuem verbanden. Sie wusste, dass der finale Kampf bevorstand – und dass sie alles geben würde, um jene zu beschützen, die ihr Herz gewann.

Kapitel 18

Die düsteren Hallen der „Ewigen Nacht" waren von einem schwebenden Unheil erfüllt. Lilly spürte, wie die Spannung sie von innen zerriss, als sie und Christoph die Tür zum Ratssaal öffneten, hinter der sich das Schicksal zu verdichten schien. Hier erwartete sie nicht nur Dr. Stein, sondern auch Maximilian – und seine Erklärung für das scheinbare Doppelspiel, das sie alle in das Chaos der letzten Wochen gestürzt hatte.

Dr. Stein stand, wie so oft, mit verschränkten Händen hinter dem großen Pult, sein Gesicht eine Maske der Unbewegtheit. Doch Lilly spürte, dass sich in ihm etwas verändert hatte. Diese Ruhe war nicht mehr nur die Ruhe eines Lehrers, der sie alle beobachtete. Es war die Ruhe eines Jägers.

„Willkommen, Christoph, Lilly," sagte Dr. Stein mit einem Lächeln, das kalt und spöttisch war. „Ich nehme an, ihr seid neugierig auf die letzten Entwicklungen."

„Das ist eine interessante Umschreibung für ‚Verrat', Dr. Stein," erwiderte Christoph und verschränkte die Arme, sein Blick fest auf den Direktor gerichtet. „Wir wissen, dass Sie hinter Victorias Plänen stehen. Ihre Neutralität war eine Lüge."

„Ach, diese ewige Menschlichkeit in dir, Christoph," murmelte Dr. Stein und schüttelte leicht den Kopf. „Du glaubst wirklich, dass das alles so simpel ist? Ein einfaches Spiel aus Gut und Böse?"

„Also kein Plan des Bösen, sondern eine ‚tiefergehende' Manipulation, die unsere kläglichen menschlichen Gehirne ohnehin nicht verstehen würden?" warf Lilly trocken ein und funkelte Dr. Stein herausfordernd an.

„Etwas in der Art." Dr. Steins Lippen verzogen sich zu einem sardonischen Lächeln. „Ihr glaubt wirklich, dass ihr durch eure... romantische Rebellion die Strukturen, die seit Jahrhunderten bestehen, ins Wanken bringen könnt? Meine Absichten sind es, die wahre Ordnung zu bewahren – auch wenn das bedeutet, dass ich jene opfere, die ihre Rolle nicht akzeptieren."

„Und wie passt Maximilian in diese... noble Aufgabe?" fragte Lilly mit einer kalten Schärfe in der Stimme und sah zu Maximilian, der still neben Dr. Stein stand. „Willst du auch etwas zur Rettung dieser Welt beitragen, Maximilian?"

Maximilian warf ihr einen Blick zu, und in seinen Augen lag etwas Unergründliches, etwas, das sie nicht deuten konnte. „Lilly, du weißt, dass ich auf meiner eigenen Seite stehe. Das Spiel ist größer als du und Christoph es begreifen könnt. Dr. Stein hat... Ressourcen, die weit über eure Vorstellungskraft hinausgehen."

„Ressourcen?" Christoph lachte bitter. „Du meinst also, du hast dich einem Mann angeschlossen, dessen einziges Ziel darin besteht, Macht um jeden Preis zu erhalten?"

„Oh, ihr versteht es wirklich nicht," sagte Maximilian mit einem leichten Kopfschütteln. „Dr. Stein hat Mittel, die dazu dienen, uns alle zu beschützen. Die Liebe zwischen Mensch und Vampir ist nicht nur eine emotionale Unschicklichkeit. Sie ist eine Bedrohung für das Gleichgewicht der Welt. Wenn ihr... euch wirklich vereint, könnte das Kräfte entfesseln, die sogar Dr. Steins Macht in den Schatten stellen."

Lilly verschränkte die Arme und betrachtete Maximilian abschätzig. „Also, das ist deine Erklärung? Dass es für das ‚Wohl der Welt' ist, uns in den Rücken zu fallen?"

„Es ist mehr als das, Lilly," sagte Dr. Stein mit kühler Entschlossenheit. „Deine Verbindung zu Christoph ist ein Schlüssel – ein Schlüssel zu einer Macht, die das Gleichgewicht, das diese Schule bewahrt, gefährden könnte. Wenn Victoria den Sieg erringt, bleibt alles, wie es war. Und das ist... notwendig."

„Also alles nur, um euer sauberes Gleichgewicht zu bewahren?" Christophs Augen glühten vor Zorn, und seine Faust ballte sich. „Du bist bereit, uns zu opfern, um deinen antiquierten Status Quo zu schützen?"

„Nicht zu ‚opfern', Christoph. Zu führen." Dr. Steins Gesichtsausdruck wurde eindringlich, seine Augen waren kälter als je zuvor. „Du gehörst nicht zu den Rebellen. Du bist ein Bewahrer der Ordnung, auch wenn du das nicht mehr erkennst."

„Wenn ich ‚Ordnung' als Vorwand für Machtgier und Täuschung sehe, dann verzichte ich dankend," zischte Christoph und trat einen Schritt zurück, zog Lilly an seine Seite. „Ich werde niemals Teil deines Machtsystems sein, Dr. Stein."

In diesem Moment füllte ein schweres Schweigen den Raum, und Lilly spürte die Kluft, die zwischen ihnen allen entstand, als wäre sie ein brennender Graben. Dr. Stein sah sie alle an, Maximilian und Christoph eingeschlossen, und das kühle, abwägende Funkeln in seinen Augen machte klar, dass dies nur der Anfang einer Auseinandersetzung war, die weit über ihre Vorstellungskraft hinausging.

„Ihr habt eine Wahl," sagte er leise, sein Blick eine kalte Bedrohung. „Entweder fügt ihr euch und spielt eure Rollen – oder ihr werdet die Konsequenzen eurer törichten Entscheidungen ertragen. Die Wahl liegt bei euch. Doch sei gewarnt, Christoph: diese Liebe, die du so romantisierst, wird dein Untergang sein."

Christoph trat noch näher an Lilly heran, seine Hand fest um ihre geschlungen, und sein Blick begegnete Dr. Steins unerschrocken. „Dann lassen Sie uns untergehen. Zusammen."

Dr. Stein beobachtete sie einen Moment und lachte dann leise. „Wie... theatralisch. Aber gut. Ihr habt eure Entscheidung getroffen."

Mit einem scharfen, spöttischen Lächeln wandte er sich ab und verließ den Raum, Maximilian folgte ihm, doch bevor er die Tür erreichte, hielt er kurz inne und sah zu Christoph zurück, ein Hauch von etwas Traurigem in seinem Blick, das fast wie Bedauern wirkte. Doch dann verschwand er ebenfalls, und die schweren Türen des Ratssaals fielen hinter ihnen ins Schloss.

Lilly atmete tief durch und sah Christoph an, die Wut und Entschlossenheit in seinen Augen spiegelte ihre eigenen Gefühle wider. „Also sind sie bereit, uns zu zerstören, wenn wir nicht kuschen."

Christoph nickte langsam, seine Stimme leise und fest. „Ja. Aber wir sind ebenfalls bereit."

„Dann bereiten wir uns vor," sagte Lilly, und ein kaltes Lächeln zog über ihre Lippen. „Wenn Dr. Stein glaubt, dass er uns in die Knie zwingen kann, hat er sich geirrt."

Sie gingen gemeinsam aus dem Saal, und Lilly spürte das Gewicht dieses Moments auf ihren Schultern, doch an Christophs Seite schien die Last ein wenig leichter. In den kommenden Tagen würden sie sich vorbereiten, trainieren, ihre Kräfte stärken und die Verbindung, die sie nun in sich trugen, zu ihrer stärksten Waffe machen.

Das Wissen, dass der letzte Kampf bevorstand, hing wie ein drohendes Gewitter über ihnen, doch es brachte auch eine gefährliche Entschlossenheit mit sich – ein Gefühl, dass sie alles ertragen könnten, solange sie einander hatten.

Und so machten sie sich bereit für die stürmische Nacht, die in den Schatten ihrer Welt heraufzog.

※

DER ROSENGARTEN SCHIEN in der Dunkelheit noch mystischer zu wirken. Die alten Rosenbüsche warfen gespenstische Schatten, und das Licht des Mondes tauchte den Garten in eine silberne, fast unwirkliche Aura. Lilly und Christoph saßen auf einer alten Steinbank, umgeben vom Duft verwelkter Blütenblätter, die wie kleine Geister im Wind tanzten.

DER KUSS DER EWIGEN NACHT

Christophs Blick war ernst, seine Hände ruhten fest auf ihren. „Vielleicht ist das unsere letzte Nacht hier," sagte er leise und sah Lilly tief in die Augen. „Wenn morgen der Sturm losbricht, wissen wir beide, dass alles anders sein könnte."

Lilly lächelte schwach, ihre Augen glänzten im Mondlicht. „Ich weiß. Aber in diesem Moment ist das egal." Sie legte ihre Hand an seine Wange, und ein Hauch von Wärme zog durch die kühle Nachtluft. „Ich möchte diesen Moment mit dir – ohne das Morgen, ohne die Gefahr. Nur wir."

Christoph schloss die Augen und lehnte sich in ihre Berührung. „Lilly," flüsterte er, seine Stimme war voller Leidenschaft und Schmerz, „ich hätte mir nie vorstellen können, dass jemand wie du meine Welt so verändern könnte."

Ein leichtes Lächeln zuckte über ihre Lippen. „Jemand wie ich? Was soll das denn heißen? Ein Mensch, eine Außenseiterin... oder einfach ein wenig stur?"

Er öffnete die Augen und sah sie mit einem Ausdruck an, der sie bis in die Tiefe ihrer Seele berührte. „All das. Du bist all das und mehr. Du bist die einzige Konstante in einem Universum voller Chaos."

Lilly spürte, wie sich ihre Brust zusammenzog, ihre Augen füllten sich mit Tränen, doch sie zwang sich zu einem frechen Grinsen. „Jetzt wirst du poetisch, Christoph. Wer hätte gedacht, dass der verschlossene Vampirprinz so viele Worte für mich übrig hat?"

Christoph schnaubte leise, zog sie näher und legte seinen Arm um ihre Schultern, während seine Lippen sanft ihre Stirn berührten. „Wenn ich mit dir spreche, könnte ich das ganze Universum beschreiben und es würde immer noch nicht reichen."

Ein leises Kichern entwich ihr, das jedoch schnell zu einem Lächeln voller Zuneigung wurde. „Na schön, Vampir. Wenn du schon so ernst bist – dann möchte ich, dass du mir etwas versprichst."

Er zog die Augenbrauen hoch und sah sie neugierig an. „Was möchtest du?"

„Dass wir das hier überstehen. Dass wir uns nicht von dieser absurden Prophezeiung und den Spielchen von Victoria und Dr. Stein zerstören lassen. Ich will, dass wir zurückkommen – und das hier ist nicht das Ende."

Christophs Augen blitzten entschlossen, und er nahm ihr Gesicht in seine Hände, sein Blick brannte in die Tiefe ihrer Seele. „Lilly Kästner, ich verspreche dir – ich werde alles tun, um dich zu beschützen. Und wenn es mich mein Leben kostet, dann werde ich dafür sorgen, dass du sicher bist."

Die Nacht war still um sie herum, die Schatten zogen sich wie ein Schutzmantel um ihre Körper, und Lilly spürte, wie die Distanz zwischen ihnen schwand. Ihre Hände glitten langsam über seine Brust, sie fühlte sein Herz unter ihren Fingern pochen, und das Band, das sie beide verband, pulsierte stärker als je zuvor.

Sie lehnte sich näher, ihre Lippen fanden seine in einem Kuss, der sie alles um sie herum vergessen ließ. Sein Atem vermischte sich mit ihrem, und sie spürte, wie sich seine Hände sanft an ihren Rücken legten und sie noch näher an sich zogen, als könnte er sie in sich aufnehmen.

Der Kuss wurde intensiver, und Lilly fühlte, wie sich eine Verbindung zwischen ihnen öffnete, eine unsichtbare Linie, die ihre Gedanken und Gefühle vereinte. Plötzlich war da nicht nur die Berührung, sondern auch seine Gedanken, seine Ängste, seine Liebe – alles floss direkt in ihr Bewusstsein und ließ sie erbeben.

„Christoph," flüsterte sie atemlos, ihre Lippen nur einen Hauch von seinen entfernt, „ich... ich kann dich spüren. Wirklich spüren."

Er sah sie erstaunt an, seine Augen glänzten. „Das ist... du hast eine Fähigkeit, die selbst ich nicht erklären kann. Es ist, als ob unsere Seelen sich berühren."

Lilly spürte, wie ihr Herz schneller schlug, und ein Lächeln huschte über ihr Gesicht. „Du meinst, wir sind nicht nur körperlich verbunden?"

DER KUSS DER EWIGEN NACHT

„Nicht einmal ansatzweise," murmelte er und zog sie wieder an sich, seine Lippen fanden ihren Hals, und eine Welle von Hitze durchlief ihren Körper. „Was wir haben, geht über alles hinaus, was ich je gekannt habe."

Lilly spürte, wie ihre Körper auf eine Weise miteinander verschmolzen, die sie fast erschreckte, doch zugleich erfüllte es sie mit einer intensiven Geborgenheit. Sie wollte diesen Moment für immer bewahren, die Wärme, die Zärtlichkeit, das Versprechen, das in seinem Blick lag. Hier, unter dem nächtlichen Himmel, schienen sie frei von allen Ketten, die die Welt ihnen auferlegt hatte.

„Christoph," flüsterte sie schließlich, ihre Stimme war ein leises Beben in der Dunkelheit, „was auch immer morgen passiert – ich liebe dich. Und das wird nie enden."

Er sah sie mit einer Intensität an, die jede Barriere in ihr durchdrang. „Lilly, meine Liebe zu dir hat mich verändert. Was auch passiert – du wirst immer in meinem Herzen sein, in jeder Entscheidung, die ich treffe."

Er zog sie noch enger an sich, und der Rosengarten wurde zum Schauplatz eines Augenblicks, der über die Zeit hinausreichte. Ihre Körper, ihre Seelen, verschmolzen in einer Verbindung, die tief und intensiv war, unberührt von der Kälte der Realität, die sie am nächsten Tag erwartete.

In diesem Moment gab es keine Prophezeiungen, keine Kämpfe, keine Feinde – nur die Stille der Nacht, den Duft der verwelkten Rosen und das unausgesprochene Versprechen, dass ihre Liebe auch das Schlimmste überstehen würde.

Als die ersten Sonnenstrahlen den Himmel erhellten und die Dunkelheit verdrängten, saßen sie immer noch zusammen, die Hände fest ineinander verschränkt.

HELENA VOGLER

DER MORGEN WAR KAUM angebrochen, als sich die Stille in der „Ewigen Nacht" schlagartig in Chaos verwandelte. Ein ohrenbetäubendes Krachen ließ die Fenster erzittern und brachte das Schloss zum Beben. Lilly und Christoph hatten die Nacht im Rosengarten verbracht, doch die Ruhe war nun endgültig verflogen. Ein unheilvolles Schaudern jagte ihr über den Rücken, und sie wusste, was das bedeutete: Victoria hatte ihre Drohung wahrgemacht.

„Es beginnt," flüsterte Christoph, seine Augen schmal und wachsam. „Sie ist hier."

Noch bevor Lilly antworten konnte, hörten sie Schritte und Schreie aus den Fluren. Christoph griff nach ihrer Hand, und ohne ein weiteres Wort liefen sie los. Das Schloss glich einem Kriegsgebiet: Überall panische Gesichter, ein wilder Tumult, der von dunklen Gestalten durchbrochen wurde – Victorias Anhänger.

„Versteck dich irgendwo, Lilly!" rief Christoph, sein Blick voller Sorge, während er sie festhielt.

Lilly schüttelte entschieden den Kopf. „Vergiss es. Wir machen das zusammen."

Sie liefen durch die verworrenen Gänge, die von flackerndem Licht erhellt wurden. In einer Ecke entdeckten sie Sofia, die mit verzweifelter Miene gegen zwei Angreifer kämpfte. Henrik lag blutend am Boden, doch Sofia wich keinen Schritt zurück. Lilly sah das Feuer in Sofias Augen – ihre Freundin war bereit, ihr Leben zu riskieren, um Henrik zu retten.

„Sofia!" rief Lilly und rannte auf sie zu. Gemeinsam mit Christoph stürzte sie sich in den Kampf. Ein Angreifer griff nach Lilly, doch in dem Moment, in dem seine Hand sie berührte, spürte sie, wie eine ungeahnte Kraft in ihr aufstieg.

Ein plötzlicher Energiestoß schoss aus ihr heraus und schleuderte den Angreifer gegen die Wand, wo er reglos liegen blieb. Lilly starrte ihre Hände an, völlig überwältigt. „Ich... ich habe ihn..."

DER KUSS DER EWIGEN NACHT

Christoph lächelte stolz, trotz der Gefahr, die sie umgab. „Es ist deine neue Kraft, Lilly. Du bist stärker, als du denkst."

„Beeindruckend," sagte eine eisige Stimme hinter ihnen, die ihre Nackenhaare aufstellte. Sie drehten sich um – und da stand Victoria, mit einem kalten, grausamen Lächeln auf den Lippen. Ihre Augen funkelten vor triumphierendem Wahnsinn, und hinter ihr warteten weitere Gestalten, die die Gänge füllten und jeden Fluchtweg blockierten.

„Lilly Kästner, die kleine Menschenfreundin, die glaubt, sie könnte überleben," sagte Victoria höhnisch und klatschte sarkastisch in die Hände. „Das hier endet heute. Denkst du wirklich, deine lächerliche Macht könnte mich aufhalten?"

Lilly spürte das Zittern in ihrem Körper, doch sie hielt Victorias Blick stand. „Ich mag nicht so stark sein wie du, Victoria, aber ich habe etwas, das du nie verstehen wirst."

Victoria zog eine Augenbraue hoch, ihr Blick verächtlich. „Oh, und was soll das sein? Ein Kindermärchen über Liebe und Freundschaft?"

„Loyalität," antwortete Lilly fest, und sie bemerkte, wie Christoph an ihrer Seite stand, seine Hand auf ihrem Rücken. „Etwas, das du in all deiner Selbstherrlichkeit nie verstehen wirst."

Victoria lächelte kalt und hob eine Hand. „Dann zeigen wir doch mal, wie weit euch diese Loyalität bringt."

In diesem Moment begann der Angriff. Victorias Anhänger stürmten auf sie zu, und Christoph stellte sich schützend vor Lilly. Gemeinsam kämpften sie sich durch die Welle der Feinde, die wie Schatten aus allen Richtungen kamen. Lilly spürte, wie ihre neue Kraft sie erfüllte, jede Bewegung schien von einer unsichtbaren Energie getragen, die sie schneller und stärker machte.

Sofia kämpfte an ihrer Seite, während Henrik, noch schwach, sich mühsam aufrichtete. „Lass mich nicht allein, Sofia," murmelte er und schob sich an ihre Seite, das Gesicht verzerrt vor Schmerz und Entschlossenheit.

Sofia warf ihm einen flüchtigen Blick zu, und für einen Moment war der Hass in ihren Augen einem warmen, verzweifelten Lächeln gewichen. „Wenn du mir noch einmal in den Rücken fällst, Henrik, bringe ich dich persönlich um," sagte sie trocken, bevor sie wieder einen Gegner mit einem Tritt außer Gefecht setzte.

„Abgemacht," flüsterte Henrik und schlug einen weiteren Angreifer nieder.

Lilly und Christoph bewegten sich synchron durch die Menge, als wären sie ein einziges Wesen, jedes Mal, wenn sie sich ansahen, verstärkte sich ihre Verbindung, und Lilly spürte seine Gedanken in ihrem Kopf – seine unerschütterliche Entschlossenheit, sie zu schützen, seine Liebe, die wie ein strahlendes Licht in ihrem Bewusstsein brannte.

Doch Victoria stand ruhig in der Mitte des Raums und beobachtete den Kampf, als würde sie sich an einem Schauspiel erfreuen. Plötzlich trat sie näher und richtete ihren Blick direkt auf Lilly.

„Du glaubst wirklich, dass du mit diesem kindischen Märchen über Liebe und Loyalität siegen kannst, Lilly? Es ist fast rührend."

Lillys Blick war fest, und sie fühlte die Kraft in sich pulsieren. „Das ist kein Märchen, Victoria. Das ist, was uns von dir unterscheidet. Wir kämpfen füreinander, und das ist etwas, was du nie verstehen wirst."

Victoria lachte kalt und hob die Hände, und mit einem Mal schien die Luft um sie herum schwerer zu werden, dunkler, als würde ein unsichtbarer Schleier den Raum umhüllen. Ein kaltes Kribbeln zog sich über Lillys Haut, und sie spürte, wie Victorias Macht sie zu erdrücken drohte.

Doch Christoph griff ihre Hand und sah ihr in die Augen. „Vertraust du mir?" flüsterte er, seine Stimme war kaum mehr als ein Hauch.

Lilly nickte, ihre Augen voller Entschlossenheit. „Mehr als allem anderen."

DER KUSS DER EWIGEN NACHT

In diesem Moment spürte sie, wie ihre Kräfte mit seinen verschmolzen, wie ein Licht, das sich von ihr auf ihn übertrug und dann wieder zu ihr zurückkehrte, stärker und intensiver als zuvor. Eine unsichtbare Verbindung schien sich zwischen ihnen zu formen, und sie spürte seine Energie, seine Gedanken, seine Liebe.

Victoria zuckte zurück, als hätte sie die Verbindung zwischen ihnen gespürt, und für den Bruchteil einer Sekunde lag ein Hauch von Furcht in ihren Augen.

„Nein!" schrie sie, ihre Stimme scharf wie ein Messer. „Das hier ist mein Sieg! Ihr seid nichts weiter als schwache, naive Kinder!"

Doch Lilly ließ sich nicht beirren. Sie hielt Christophs Hand fest und trat einen Schritt auf Victoria zu, ihre Stimme fest und klar. „Deine Macht endet hier, Victoria. Wir haben alles, was wir brauchen, um dich zu besiegen."

Victoria kniff die Augen zusammen und hob die Hände, bereit, ihre dunkle Macht auf sie herabzuschmettern. Doch bevor sie handeln konnte, spürte Lilly, wie eine gewaltige Kraft aus ihrem Inneren emporstieg, eine unaufhaltsame Welle von Licht und Dunkelheit, die sich um sie beide wickelte und sie in einem hellen, strahlenden Schein einhüllte.

Victoria schrie vor Wut, doch das Licht um Lilly und Christoph wurde nur stärker, und die Dunkelheit begann sich zurückzuziehen, als hätte sie endlich das gefunden, vor dem sie sich fürchtete.

In diesem Moment wusste Lilly: Sie hatten eine Chance, sie konnten kämpfen – und sie waren nicht allein.

Kapitel 19

Die alte Bibliothek der „Ewigen Nacht" war eine Welt für sich, ein Labyrinth aus vergessenen Schriften und Schatten, die sich selbst bei Tag nicht zu lichten schienen. Der Staub schwebte in dicken Schleiern durch die Luft, als Christoph und Lilly die knarrenden Holzdielen betraten. In diesem verborgenen Winkel des Schlosses, abseits der Hektik des Kampfes, war die Luft von einer fast unerträglichen Schwere erfüllt. Es war, als warteten die uralten Bücher darauf, ihnen endlich das Geheimnis der Prophezeiung zu offenbaren.

„Hier irgendwo ist es," murmelte Christoph und führte Lilly zu einem hohen, schlanken Regal in einer entlegenen Ecke der Bibliothek. Seine Finger fuhren über die Rücken der Bücher, die mit Symbolen und Zeichen bedeckt waren, die selbst für ihn, trotz seiner 117 Jahre, fast unlesbar waren.

„Du weißt schon, dass diese Bücher wahrscheinlich uns beißen werden, bevor wir überhaupt herausfinden, was die Prophezeiung bedeutet, oder?" fragte Lilly und verschränkte die Arme. Ihr Blick war skeptisch, doch ihr Herz klopfte heftig vor Aufregung. Es war ein Rätsel, eine Wahrheit, die sie um jeden Preis finden mussten.

Christoph warf ihr einen kurzen, amüsierten Blick zu. „Falls das passiert, hast du ja genug neue Kräfte, um das Buch in seine Schranken zu weisen."

Lilly verdrehte die Augen, aber ein Lächeln stahl sich auf ihre Lippen. „Wirklich beruhigend, danke."

Dann wurde er plötzlich ernst. „Hier ist es." Er zog ein schweres, schwarzes Buch hervor, das mit einer Art Siegel verschlossen war, das sich anfühlte, als wäre es aus kaltem Metall gegossen worden. In der Mitte des Einbands prangte ein Symbol, das sie beide nur zu gut kannten – das Symbol des Blutmonds.

Langsam, mit einem fast rituellen Respekt, schlug Christoph das Buch auf. Die Seiten waren verblasst, die Buchstaben schienen in einer uralten, fast lebendigen Schrift geschrieben. Doch trotz der Schwierigkeit, die Worte zu entschlüsseln, entfaltete sich allmählich die Geschichte der Prophezeiung vor ihren Augen.

„‚Der Blutmond bringt das Ende und den Anfang,'" las Christoph leise vor, seine Stimme hallte in der Stille wider. „‚Eine Vereinigung zwischen Leben und Tod, zwischen Mensch und Schatten, wird das Schicksal aller bestimmen.'"

Lilly spürte, wie sich ein kalter Schauer ihren Rücken hinaufzog. „Das klingt... ziemlich endgültig."

„Und riskant," fügte Christoph hinzu, seine Augen immer noch auf das Buch gerichtet. „Hier steht, dass die Verbindung zwischen einem Menschen und einem Vampir nicht nur ihre eigenen Kräfte vereint, sondern eine Welle von Energie freisetzt, die das Gleichgewicht der Welt verändern kann."

„Das Gleichgewicht der Welt?" Lilly sah ihn ungläubig an. „Das ist... mehr, als ich erwartet hatte."

Christoph schloss das Buch langsam und sah Lilly direkt in die Augen. „Es bedeutet, dass unsere Verbindung... dass das, was wir gemeinsam tun, alles verändern könnte."

„Oder alles zerstören könnte," ergänzte Lilly leise und legte ihre Hand auf das Buch. Sie spürte die kalte Oberfläche unter ihren Fingern, doch gleichzeitig auch eine Art Wärme, die wie ein leises Pulsieren durch das alte Leder ging. „Es klingt, als hätte jemand einen epischen Preis für uns vorbereitet."

„Und das ist noch nicht alles," sagte eine kalte Stimme hinter ihnen.

Lilly und Christoph fuhren herum, und da stand Dr. Stein, sein Gesicht war von einer Ernsthaftigkeit gezeichnet, die sie noch nie zuvor

DER KUSS DER EWIGEN NACHT

gesehen hatten. Er wirkte... erschöpft. Doch in seinen Augen lag ein seltsamer Glanz, der zwischen Bedauern und Entschlossenheit schwankte.

„Dr. Stein," murmelte Christoph und trat schützend vor Lilly. „Was machen Sie hier?"

Der Direktor musterte sie beide und ließ seinen Blick auf dem Buch ruhen, das Lilly noch in den Händen hielt. „Ihr habt die letzte Prophezeiung gefunden. Gut. Es ist an der Zeit, dass ihr die ganze Wahrheit erfahrt."

Lilly spürte, wie sich die Spannung in ihrem Inneren verstärkte. „Die ganze Wahrheit?" fragte sie leise, während ihre Augen sich in Dr. Steins Blick vergruben, der nun schärfer und intensiver wurde.

Dr. Stein seufzte schwer und trat einen Schritt näher. „Ich wollte euch schützen, indem ich euch von diesem Wissen fernhielt. Aber das Schicksal ist unerbittlich." Er legte eine Hand auf das Buch und sprach weiter, seine Stimme kaum mehr als ein heiseres Flüstern. „Das Ritual der Vereinigung, das ihr beide vollziehen müsst... wird euch miteinander verbinden. Für immer. Es wird eure Energien freisetzen – und eure Seelen unlösbar aneinander binden."

„Das haben wir bereits gewusst," sagte Christoph mit scharfer Stimme, seine Augen blieben wachsam auf Dr. Stein gerichtet. „Was gibt es noch?"

Dr. Stein schwieg einen Moment und schloss die Augen, als kämpfe er mit sich selbst. „Es wird nicht nur eure Energien vereinen," murmelte er schließlich. „Das Ritual der Vereinigung wird einen Fluss von Macht freisetzen, der alles, was wir kennen, zerstören oder erneuern kann. Es ist das ultimative Opfer."

Lilly erstarrte und starrte Dr. Stein an, ihre Augen weit vor Schock. „Was... was meinen Sie damit?"

„Einer von euch beiden wird den Preis zahlen müssen," erklärte Dr. Stein kalt, doch in seiner Stimme lag ein Hauch von Bedauern.

HELENA VOGLER

„Das Ritual fordert ein Leben. Entweder das von Christoph – oder das deine."

Lillys Herz setzte einen Schlag aus, und sie griff unwillkürlich nach Christophs Hand. Ihre Finger verkrampften sich, und die Realität dessen, was Dr. Stein sagte, brannte sich wie ein glühender Schmerz in ihr Herz.

„Sie verlangen von uns, dass wir... uns gegenseitig opfern?" flüsterte sie, und in ihrer Stimme lag Ungläubigkeit, gemischt mit Entsetzen.

Dr. Stein nickte langsam. „Ja. Denn nur durch dieses Opfer kann das Gleichgewicht bewahrt werden. Wenn sich Mensch und Vampir in einer solchen Kraft vereinen, muss ein Teil von ihnen vergehen – ein Teil, der die Energie aufrechterhält."

Christoph trat näher und sein Gesicht war eine Maske aus Zorn und Schmerz. „Warum haben Sie uns das verschwiegen, Dr. Stein? Warum haben Sie uns nicht die Wahl gelassen?"

Dr. Stein sah ihm direkt in die Augen, und für einen Moment schien in seinem Blick eine tiefe Trauer aufzuflammen. „Weil ich gehofft habe, dass ihr nicht so weit gehen würdet. Ich wollte euch beide schützen... und die Welt vor dem zerstörerischen Potenzial eurer Liebe bewahren."

Lilly fühlte, wie sich Tränen in ihren Augen sammelten, doch sie zwang sich, den Blick nicht abzuwenden. „Und Sie... Sie haben wirklich geglaubt, dass wir einfach zurückschrecken und alles aufgeben würden?"

Dr. Stein schwieg, und sein Blick fiel auf den Boden. Doch dann nahm er einen tiefen Atemzug und hob das Kinn. „Ich weiß, dass ich keine Macht mehr über eure Entscheidungen habe. Deshalb werde ich das letzte Opfer bringen, das mir bleibt."

Lilly runzelte die Stirn, ihr Herz raste vor Anspannung. „Was meinen Sie damit?"

Dr. Stein trat einen Schritt zurück, sein Blick fest und entschlossen. „Ich werde das Gleichgewicht halten. Meine Kraft, mein Leben, soll

DER KUSS DER EWIGEN NACHT

euer Opfer ersetzen. Ich werde diesen Teil der Prophezeiung übernehmen und sicherstellen, dass eure Verbindung – euer Ritual – vollzogen werden kann, ohne dass einer von euch dafür büßen muss."

Ein Schock durchfuhr Lilly, und sie spürte, wie Christoph sie fester an sich zog. „Dr. Stein... das würden Sie wirklich tun?"

Ein schwaches Lächeln erschien auf Dr. Steins Gesicht, und für einen Moment sah er so viel menschlicher aus, als sie ihn je erlebt hatten. „Es ist meine letzte Chance, etwas Gutes zu tun – nachdem ich so lange versucht habe, euch auseinanderzuhalten."

Lilly sah ihm in die Augen und spürte eine tiefe, unerwartete Dankbarkeit. „Danke," flüsterte sie, und ihre Stimme zitterte vor Emotionen.

Doch Dr. Stein nickte nur kurz und trat zurück, seine Augen funkelten im Licht der Bibliothek. „Macht euch bereit. Das Ritual erwartet euch – und diesmal müsst ihr bereit sein, alles zu geben."

In der tiefen Stille der Bibliothek, umgeben von den uralten Geheimnissen und den dunklen Schatten, wussten sie beide, dass die letzte Stunde geschlagen hatte.

DIE NACHT WAR HEREINGEBROCHEN, und der Mond stand hoch am Himmel – blutrot und unheimlich, als ob er das bevorstehende Ritual mit seinem bedrohlichen Schein segnete. Christoph und Lilly standen inmitten des alten Gewölbes, das tief in den Katakomben der „Ewigen Nacht" verborgen lag. Der Raum war erfüllt von Kerzenlicht, das tanzende Schatten auf die steinernen Wände warf und den Raum in ein schwaches, geisterhaftes Glühen tauchte. Die Atmosphäre war so schwer und dicht, dass sie kaum zu atmen wagten.

„Also," murmelte Lilly, während sie das alte, unheilvolle Muster auf dem Boden betrachtete. „Alles, was wir tun müssen, ist... das Schicksal herauszufordern, das Gleichgewicht der Welt stören und hoffen, dass Dr. Steins Opfer genügt."

Christoph lächelte schwach und ergriff ihre Hand. „Ein gewöhnlicher Dienstag in der ‚Ewigen Nacht', würde ich sagen."

Lilly schnaubte leise, konnte aber das nervöse Lachen nicht unterdrücken. „Falls wir das hier überleben, sollten wir definitiv über einen Schulwechsel nachdenken."

Christoph zog sie an sich, seine Hände ruhten sanft auf ihren Schultern, und in seinen Augen lag eine Tiefe, die sie für einen Moment vergessen ließ, dass es hier um Leben und Tod ging. „Falls wir das überleben," flüsterte er, „werde ich dich nie mehr loslassen."

Für einen Augenblick, während sie in seinen Augen versank, schien alles andere zu verschwimmen. Der blutrote Mond, die drückende Schwere der uralten Mauern – nichts war von Bedeutung, nur das Band, das sie miteinander verband, die Kraft, die wie ein unaufhaltsamer Fluss zwischen ihnen pulsierte. Sie spürte seinen Atem auf ihrer Haut, seine Nähe, die sie mit einer überwältigenden Sehnsucht erfüllte.

Doch das Ritual musste beginnen. Christoph nahm ihre Hände und führte sie in die Mitte des Symbols, wo das Licht des Blutmonds sie direkt traf. Ein sanftes, rhythmisches Beben begann, als ob das Schloss selbst mit ihrem Herzschlag verschmolz.

„Bist du bereit?" fragte er leise, seine Stimme war sanft und fest zugleich.

Lilly nickte, ihre Augen fest auf ihn gerichtet. „Mit dir – immer."

Christoph schloss die Augen, und seine Stimme hob sich zu einem leisen Murmeln, als er die alten Worte des Rituals sprach, Worte in einer Sprache, die so fremd klang, dass sie mehr zu singen als zu sprechen schienen. Die Energie, die von ihm ausging, pulsierte durch ihre Haut, und Lilly spürte, wie etwas in ihr erwachte, eine Magie, die sich mit seiner vereinte und zu einer einzigen Kraft wurde.

DER KUSS DER EWIGEN NACHT

Das Licht des Mondes fiel auf sie beide, und Lilly fühlte, wie ihre Füße den Boden verließen, wie die Zeit selbst zu zerfließen schien. Die Energie zwischen ihnen wurde stärker, intensiver, und es war, als ob ihre Körper, ihre Seelen, zu einem Ganzen verschmolzen. Jede Berührung, jeder Atemzug, schien ein unendlicher Moment voller Intimität und Magie zu sein.

Doch genau in dem Moment, als sie das Gefühl hatten, das Ritual vollendet zu haben, wurde die Tür zu den Katakomben aufgestoßen. Ein kaltes, spöttisches Lachen hallte durch den Raum.

„Wirklich? Ihr dachtet, ihr könntet das Ritual vollziehen und ich würde einfach zusehen?" Victorias Stimme war schneidend und durchdringend, und ihre Augen funkelten wie die des Teufels selbst, als sie auf das Licht des Blutmonds zutrat. „Ich habe lange genug zugesehen, wie ihr euch in euren romantischen Schwärmereien verliert."

Lilly und Christoph schwebten noch immer in der Mitte des Symbols, ihre Körper ein einziger, kraftvoller Lichtstrahl, der von ihnen ausging und den Raum erleuchtete. Doch Victorias kalte Präsenz schnitt wie ein scharfes Messer durch die Atmosphäre.

„Victoria," zischte Christoph, seine Augen funkelten vor Wut, während er seine Hand fester um Lillys schloss. „Wir haben keine Zeit für deine Spielchen."

Victoria hob eine Augenbraue, und ein gefährliches, diabolisches Lächeln schlich sich auf ihr Gesicht. „Oh, das glaube ich sehr wohl. Tatsächlich würde ich sagen, dass ihr gar keine Zeit mehr habt."

Mit einer blitzschnellen Bewegung hob sie die Hände, und eine Welle dunkler Magie breitete sich wie eine Klinge in der Luft aus und zielte direkt auf das Symbol. Lilly spürte das Gewicht der Dunkelheit, das auf sie beide drückte, doch sie spürte auch die unbändige Macht in ihr – ein Teil von Christophs Kraft, die nun in ihr pulsierte.

„Nicht diesmal, Victoria," murmelte Lilly leise, ihre Augen glühten in einem hellen, fast unirdischen Schein, als sie ihre Hand hob und

Victorias Angriff abwehrte. Ein Funken von Erstaunen blitzte in Victorias Augen auf, doch ihre Miene verhärtete sich sofort wieder zu einem eisigen Ausdruck.

„Ihr glaubt wirklich, dass ihr das hier gewinnen könnt? Dass eure absurde Liebe mich besiegen könnte?" Sie lachte kalt und hob erneut die Hände, ihre Augen funkelten gefährlich. „Na gut, dann lassen wir die Kräfte sprechen."

Doch Lilly ließ sich nicht beirren. Sie konnte die Energie in sich spüren, eine unaufhaltsame Flutwelle von Licht und Dunkelheit, die nun vollständig eins mit ihr war. Ihre Stimme war fest, und in ihrem Blick lag eine Entschlossenheit, die Victorias Überlegenheit zerschmettern konnte.

„Unsere Liebe ist alles, was wir brauchen. Du wirst heute Nacht verlieren, Victoria."

Mit einem wütenden Schrei warf Victoria sich auf sie, ihre dunkle Magie pulsierte wie ein kalter Sturmwind durch die Katakomben. Doch Lilly spürte die Kraft von Christophs Händen, die sich um ihre schlossen, ihre Verbindung, die wie ein leuchtender Schutzschild um sie beide strahlte.

In einem letzten, entscheidenden Moment verschmolzen sie vollständig – ein einziges Wesen aus Licht und Schatten, eine unaufhaltsame Macht, die sich Victorias Angriffen entgegenstellte und sie mit einer Wucht zurückwarf, die den Raum erschütterte.

Victoria schrie vor Wut, doch die Macht, die Lilly und Christoph vereinte, war stärker. Das Licht strahlte aus ihnen heraus, erfüllt von einer Liebe, die selbst die dunkelste Magie überstrahlte. In einem einzigen, glühenden Augenblick wurde Victorias Magie zerschmettert, und ihr Körper löste sich in einem Nebel aus Schatten auf, der in die Tiefe der Katakomben gezogen wurde.

Als das Licht erlosch und die Stille zurückkehrte, standen Lilly und Christoph noch immer Hand in Hand, erschöpft, aber vereint, während der blutrote Mond langsam hinter den Wolken verschwand.

DER KUSS DER EWIGEN NACHT

DIE KATAKOMBEN HALLTEN von der Stille wider, die Victoria hinterlassen hatte. Der Raum war nun nur noch von dem sanften Licht des verblassenden Blutmondes erfüllt, und Lilly und Christoph standen sich gegenüber, die Hände immer noch fest ineinander verschränkt. Ihre Herzen schlugen im selben Rhythmus, und die Energie, die zwischen ihnen pulsierte, war wie ein beständiges, leises Rauschen in der Stille der Nacht.

Doch ihre Erleichterung währte nur einen Moment. Ein leises Knarren erfüllte plötzlich die Luft, und aus den tiefsten Schatten der Katakomben erhob sich ein leises, aber bösartiges Kichern. Der Nebel, der Victorias letzte Form gewesen war, begann sich wieder zu verdichten. In der Dunkelheit glühten ihre Augen, voller Hass und ungebändigter Entschlossenheit.

„Habt ihr wirklich geglaubt, dass ich mich so leicht besiegen lasse?" Ihre Stimme war kaum mehr als ein Flüstern, ein unheilvolles Echo, das sich durch die Kälte der Katakomben zog.

Lillys Atem stockte. Sie spürte Christophs Hand, die sich noch fester um ihre schloss, als er ihr einen kurzen Blick zuwarf, in dem Entschlossenheit und Schutzinstinkt glühten. „Wir lassen uns von ihr nicht beeindrucken," sagte er leise, seine Stimme fest, aber leise genug, dass Victoria es nicht hören konnte.

„Ihr liebt es, alles zu romantisieren," höhnte Victoria und trat aus den Schatten hervor. „Aber Liebe ist Schwäche, das solltet ihr doch inzwischen gelernt haben."

Lilly funkelte sie an, ihre Augen brannten mit einem Glanz, der nichts mit Angst zu tun hatte. „Und doch bist du immer noch hier und hast verloren, Victoria. Sieht nicht so aus, als hätte deine Kälte dir viel gebracht."

Ein Funken Zorn zuckte über Victorias Gesicht, und sie hob die Hände, in denen dunkle, pechschwarze Energie aufblitzte. „Das werdet ihr bereuen."

Doch bevor sie ihren Angriff vollenden konnte, schoss Christoph vorwärts und riss Lilly zur Seite. Ein schwarzer Blitz krachte genau dort in den Boden, wo sie eben noch gestanden hatten, und Steinbrocken sprühten wie gefährliche Splitter durch die Luft.

„Lilly, konzentrier dich," flüsterte Christoph, sein Atem war schnell und seine Augen glühten vor Entschlossenheit. „Du hast die Kraft in dir, wir beide haben sie."

Lilly nickte, und sie spürte, wie die Verbindung zwischen ihnen erneut zu pulsieren begann, eine Welle von Energie, die wie ein Feuer durch ihre Adern floss. Sie sah Victoria direkt an, und in ihrem Blick lag keine Furcht mehr, nur noch das unausweichliche Wissen, dass dies der Moment der Entscheidung war.

„Victoria," sagte Lilly laut, ihre Stimme hallte durch die Katakomben, „das hier endet jetzt."

Victoria lachte höhnisch und hob erneut die Hände. Doch diesmal ließ Lilly ihre eigene Energie erwachen, eine leuchtende Flamme, die in ihren Händen aufglühte und die Dunkelheit erhellte.

Neben ihr sammelte Christoph ebenfalls seine Kräfte, und das Licht, das von ihnen ausging, verschmolz zu einer einzigen, leuchtenden Welle, die durch die Katakomben pulsierte. Victoria wurde von dem Schein getroffen, und ein Schrei des Hasses und der Verzweiflung drang aus ihrer Kehle.

„Nein!" schrie sie, doch das Licht verstärkte sich nur, und Lilly konnte spüren, wie Victorias Macht immer schwächer wurde.

„Für alles, was du uns genommen hast," flüsterte Lilly, ihre Augen fest auf Victorias Schattenform gerichtet. „Für jedes Leben, das du zerstört hast."

Victoria schrie, ein kehliger Laut voller Verzweiflung und Bitterkeit, und ihre Form begann zu zerfließen, zu schwinden wie ein Schatten im Sonnenlicht. Lilly und Christoph bündelten ihre Kräfte in einem letzten Stoß, und in einem gleißenden Strahl brach ihre Energie durch die Dunkelheit und durchbohrte Victoria wie ein Speer aus Licht.

Mit einem letzten, verzweifelten Aufschrei zerbarst Victorias Form in tausend dunkle Fragmente, die wie Asche in die Dunkelheit wehten. Ihre Präsenz verschwand vollständig, und eine Stille, tiefer und unheilvoller als je zuvor, legte sich über die Katakomben.

Christoph ließ Lillys Hand los und schlang die Arme um sie, zog sie fest an sich. Sie spürte, wie ihr Herz raste, doch sie fühlte auch den Frieden, der sich über sie legte, wie ein ruhiger, sanfter Nebel, der alle Spuren von Angst und Bedrohung vertrieb.

„Wir haben es geschafft," flüsterte er, seine Stimme war leise, aber erfüllt von einer Mischung aus Erleichterung und Staunen.

Lilly atmete tief ein und lehnte sich gegen ihn, ihre Augen noch immer auf die Stelle gerichtet, wo Victoria verschwunden war. „Ja," flüsterte sie zurück, und ein sanftes, erschöpftes Lächeln breitete sich auf ihrem Gesicht aus. „Endlich."

Für einen Moment schlossen sie die Augen, und die Katakomben schienen sich um sie herum zu beruhigen, als ob auch die Mauern des Schlosses die Freiheit spürten, die sie gerade erlangt hatten.

Kapitel 20

Der erste Lichtstrahl der Morgendämmerung drang durch die schweren Vorhänge der „Ewigen Nacht" und warf ein sanftes Glühen auf die alten Mauern. Das Schloss, das so viel Leid und Dunkelheit gesehen hatte, war still – eine Stille, die wie ein tiefer Atemzug klang, als würde es selbst auf die neu gewonnene Freiheit reagieren.

Lilly stand am Fenster ihres Zimmers und sah hinaus in den Schulgarten, wo die ersten Strahlen die Rosenbüsche in ein warmes, goldenes Licht tauchten. Sie hatte nie gedacht, dass das Schloss einmal so friedlich wirken könnte. Doch der Kampf war vorbei. Victoria war endgültig besiegt, und die Schule begann, sich von ihren Wunden zu erholen – genau wie ihre Schüler.

Ein leises Klopfen an der Tür riss sie aus ihren Gedanken. Christoph trat ein, sein Blick war weich, doch auch er schien von der Erschöpfung der letzten Nacht gezeichnet. „Bist du bereit? Es gibt einige Dinge, die geregelt werden müssen."

Lilly lächelte schwach und nickte. „Ja, lass uns sehen, wie sich das Leben nach einem nächtlichen Krieg anfühlt."

Sie gingen gemeinsam in die große Halle, die heute weniger wie eine Aula und mehr wie ein Lazarett aussah. Verletzte Schüler saßen auf den Stufen, ihre Wunden wurden versorgt, und die meisten von ihnen schienen erleichtert, dass das Chaos vorbei war. Sofia, die neben Henrik saß und eine blutige Schramme auf ihrer Stirn hatte, winkte ihnen zu. Sie sah erschöpft aus, doch das Lächeln auf ihrem Gesicht war breiter und echter, als Lilly es je gesehen hatte.

„Seht mal, wer sich endlich blicken lässt!" rief Sofia und deutete auf Lilly und Christoph, ihr Blick neckend. „Die Helden der Stunde, die sich während des größten Dramas wohl romantisch zurückgezogen haben?"

Christoph schnaubte leise, doch ein amüsiertes Funkeln lag in seinen Augen. „Na ja, immerhin haben wir das Drama beendet, während du hier mit Henrik herumgeschmust hast."

Sofia verdrehte die Augen, ihr Lächeln blieb jedoch. „Glaubt ihr wirklich, dass irgendjemand in diesem Schloss nach dieser Nacht noch schockiert wäre? Im Ernst, die Schule könnte von heute an als Liebes- und Kriegsklinik in einem durchgehen."

Henrik räusperte sich und nahm Sofias Hand, seine Gesichtszüge schienen weicher, und das übliche, arrogante Lächeln war von einer Art Dankbarkeit ersetzt worden. „Ich denke, es ist Zeit, dass sich die Dinge hier ändern," sagte er leise und sah Lilly und Christoph ernst an. „Vielleicht können wir endlich diese alte Ordnung brechen und etwas Neues beginnen."

Lilly nickte. „Genau das müssen wir jetzt tun. Wenn es eines gibt, das diese Nacht uns gezeigt hat, dann, dass wir nur durch Zusammenarbeit – Menschen und Vampire – eine echte Chance haben."

Ein murmelndes Raunen ging durch die Halle, als Dr. Stein die Szene betrat. Seine sonst so strenge Miene war ungewöhnlich gelöst, und seine Stimme war sanft, als er sprach. „Es ist Zeit für eine neue Ordnung. Von nun an wird diese Schule ein sicherer Ort sein – für Menschen und Vampire gleichermaßen."

Die Schüler schauten sich verwirrt an, als wäre es schwer zu glauben, dass der strenge Direktor ihnen plötzlich so etwas wie eine Zukunft versprach. Lilly spürte, wie sich eine Art Erleichterung in der Luft ausbreitete, eine Hoffnung, die lange verborgen gewesen war.

Dr. Stein fuhr fort: „Die Ereignisse der letzten Tage haben gezeigt, dass wir nur vereint stark sind. Der Schulrat wird neue Regelungen erlassen, die es Menschen und Vampiren erlauben, friedlich und gleichberechtigt hier zu leben und zu lernen."

Ein leises Klatschen begann von den hinteren Rängen und wurde allmählich lauter, bis die gesamte Halle in Applaus ausbrach. Es war, als ob die Schüler den Frieden förmlich in sich aufsogen, als ob das Ende der Unterdrückung ein Tor in eine neue Ära öffnete.

Maximilian, der bis jetzt ruhig in einer Ecke gestanden hatte, trat nun vor und nickte Dr. Stein respektvoll zu. „Ich möchte mich bei euch allen entschuldigen. Mein... ‚Verrat' war ein Versuch, euch zu schützen, auch wenn ich wusste, dass es wie ein riskantes Spiel aussehen musste. Doch ihr habt gezeigt, dass ihr stärker seid, als ich dachte."

Lilly begegnete seinem Blick und nickte langsam. „Danke, Maximilian. Was zählt, ist, dass wir es gemeinsam überstanden haben."

Maximilian schenkte ihr ein aufrichtiges Lächeln, etwas, das sie so selten bei ihm gesehen hatte, und ein wenig von dem arroganten Sarkasmus schien für einen Moment in seinen Augen zu funkeln. „Vielleicht bin ich doch nicht ganz verloren."

Sofia grinste breit und klopfte Maximilian auf die Schulter. „Das wird noch zu beweisen sein, aber fürs Erste bist du auf Bewährung."

Die Gruppe lachte, und es fühlte sich fast wie eine normale Schulpause an – als wären sie einfach Jugendliche, die sich über belanglose Dinge unterhielten, statt über Leben und Tod. Lilly spürte, wie ihr Herz sich auf eine Weise beruhigte, die sie lange nicht gefühlt hatte. Der Albtraum war vorbei.

───※───

DIE SONNE WAR INZWISCHEN aufgegangen und tauchte die Halle der „Ewigen Nacht" in warmes, goldenes Licht, als sich die Schüler in kleinen Gruppen versammelten. Die Geschehnisse der letzten Nacht hatten tiefe Spuren hinterlassen, doch jetzt lag eine unerwartete Gelöstheit in der Luft. Die Schüler, Menschen und Vampire gleichermaßen, sahen einander mit einer Mischung aus

Misstrauen und neuem Respekt an – und mit einer stillen Übereinkunft, dass sich die Dinge hier ändern mussten.

Lilly stand neben Christoph, ihre Hand ruhte fest in seiner, während Dr. Stein an die Menge trat, diesmal ohne das übliche distanzierte Auftreten. Seine Stimme war ruhig, fast sanft, und die Worte, die er sprach, trugen eine Schwere, die alle Schüler in den Bann zog.

„Von heute an," begann er, „wird die ‚Ewige Nacht' ein Ort sein, an dem Menschen und Vampire nicht nur nebeneinander, sondern miteinander leben können."

Ein leises Raunen ging durch die Menge, und Lilly sah, wie einige Schüler die Augen zusammenkniffen, als würden sie gerade einen Geist vor sich sehen. Ein solches Versprechen, hier im Herzen des uralten Vampirreiches – es war mehr, als sich die meisten je hätten vorstellen können.

Sofia, die neben Henrik stand und dessen Hand fest hielt, hob den Kopf und trat einen Schritt vor. „Also, Henrik und ich haben beschlossen, das Ganze auch öffentlich zu machen. Ja, ich bin ein Mensch, und ja, er ist ein Vampir." Ihre Augen funkelten trotzig, als sie in die Menge sah. „Und wir werden das hier durchziehen. Gemeinsam."

Ein erstauntes Murmeln durchzog die Halle, doch diesmal schien es von Neugier und leiser Bewunderung geprägt zu sein. Henrik, sonst so still und distanziert, erwiderte Sofias Blick mit einer Zärtlichkeit, die beinahe unnatürlich für ihn wirkte. „Sie ist stur," sagte er mit einem leichten, fast unsicheren Lächeln, „aber das ist vielleicht genau das, was ich brauche."

„Vielleicht?" Sofia hob eine Augenbraue und stieß ihn leicht in die Seite. „Das ist das einzige, was dich vor dem sicheren Wahnsinn bewahrt."

Einige der Schüler lachten, und die Stimmung in der Halle begann, sich zu heben. Lilly konnte spüren, wie die Atmosphäre sich veränderte

– wie alte Vorurteile zu bröckeln schienen, auch wenn der Weg noch weit war.

Maximilian trat nun vor, die Hände in den Taschen seines schwarzen Mantels, und sah zu Dr. Stein. „Was ist mit all den Verfehlungen, die wir gemacht haben? Mit den Fehlern, den Intrigen? Wird das alles so einfach unter den Teppich gekehrt?"

Dr. Stein betrachtete Maximilian ruhig, doch ein schwaches Lächeln umspielte seine Lippen. „Jeder, der hier ist, hat in den letzten Nächten Opfer gebracht. Fehler wurden gemacht, ja. Aber ich bin überzeugt, dass wir alle die Chance verdienen, neu zu beginnen. Und das schließt dich ein, Maximilian."

Maximilian zuckte die Schultern und schnaubte leise. „Was für ein Glück. Dann werde ich wohl noch eine Weile hier sein."

Lilly grinste schief und flüsterte Christoph zu: „Schau an, der Rebell unter den Rebellen hat sich wohl doch wieder eingekriegt."

Christoph erwiderte ihr Lächeln und zog sie sanft näher an sich. „Vielleicht hat er nur auf den richtigen Moment gewartet, um als der wahre Retter in Erscheinung zu treten."

In diesem Moment hob Dr. Stein die Hände, um die Aufmerksamkeit zurückzugewinnen. „Wir werden neue Regeln schaffen, die allen die Freiheit geben, doch das bedeutet auch neue Verantwortung. Und das gilt für Menschen und Vampire gleichermaßen."

Die Schüler nickten langsam, das Gewicht der Verantwortung schien ihnen bewusst zu werden. Das war kein einfaches Versprechen, keine schnelle Änderung. Es war ein neues Zeitalter, das von Vertrauen und Vorsicht geprägt sein würde.

Dann geschah etwas Unerwartetes. Lilly bemerkte, dass Henrik und Sofia einander leise etwas zuflüsterten, bevor Sofia erneut das Wort ergriff. „Ich möchte auch sagen, dass wir uns dem Schwur anschließen, die Schule zu einem sicheren Ort zu machen. Und das schließt die Akzeptanz von Mensch-Vampir-Beziehungen ein."

HELENA VOGLER

Ein aufgeregtes Raunen ging durch die Menge, und Henrik nickte ernst. „Das ist eine neue Chance. Ein Bund, der uns alle schützen wird, wenn wir lernen, zu vertrauen."

Lilly sah Sofia an, in deren Gesicht eine Mischung aus Nervosität und Entschlossenheit lag. „Ich bin stolz auf dich," sagte Lilly leise und drückte Sofias Hand.

„Glaub mir, ich bin genauso überrascht, wie du es bist," murmelte Sofia zurück und lächelte. „Aber wenn wir je eine Chance auf echten Frieden haben wollen, dann jetzt."

In diesem Moment kam Maximilian näher und nickte Lilly zu. „Na, was meinst du? Glaubst du, wir schaffen das?"

Lilly zuckte mit den Schultern, doch ein sanftes Lächeln lag auf ihren Lippen. „Es wird sicher nicht einfach, aber ich denke, wir haben eine Chance. Und mit dir als... sagen wir, ‚Reformator', könnten wir es sogar hinbekommen."

Maximilian lachte leise. „Reformator? Das klingt erschreckend ernst. Nenn mich einfach ‚Max' – wir sind ja jetzt alle Freunde, nicht wahr?"

„Ach, Max," sagte Lilly trocken. „Versuch nicht, sympathisch zu wirken. Es könnte dir sogar stehen."

Das Lachen, das daraufhin durch die Halle hallte, fühlte sich an wie eine Erleichterung nach dem Sturm. Hier standen sie, Schüler und Lehrer, Menschen und Vampire, mit einer neuen Zukunft vor Augen, die sie alle zusammen gestalten konnten. Es war nicht das Ende ihrer Kämpfe, aber es war der Anfang einer neuen, vielleicht friedlicheren Ära.

※

DIE SONNE WAR MITTLERWEILE weit über den Horizont geklettert und tauchte den Rosengarten in ein warmes, goldenes Licht. Es schien, als hätten die Rosen selbst beschlossen, den Frieden zu feiern und ihre Blüten weiter geöffnet als je zuvor. Lilly und Christoph

DER KUSS DER EWIGEN NACHT

spazierten langsam durch die gepflegten Beete, ohne ein Wort zu sagen, während die Stille zwischen ihnen zu einer sanften Melodie wurde. Es war eine Ruhe, die sie beide nicht gekannt hatten, seit sie die Schule betreten hatten.

Christoph zog Lilly sanft an sich, und sie blieben stehen, während er ihr sanft über die Wange strich. „Es fühlt sich... fast surreal an," murmelte er. „Dass wir das alles überlebt haben und noch hier stehen."

Lilly grinste schief. „Ich glaube, ich hab dir am Anfang gesagt, dass ich nicht gerade auf Dramen stehe. Und schau, wo das geendet ist – mit einem epischen Kampf gegen eine verrückte Vampirin, die fast das Ende der Welt gebracht hätte."

Er lachte leise, seine Augen funkelten vor Zärtlichkeit. „Wenn jemand das mit mir durchstehen kann, dann du, Lilly. Du hast mich stärker gemacht – und mich zu dem Mann, oder Vampir, gemacht, der ich jetzt bin."

Ein Schmunzeln zog sich über Lillys Gesicht. „Na ja, so gesehen habe ich dir wahrscheinlich das Leben gerettet. Also bin ich jetzt deine Heldin."

„Und meine Zukunft," erwiderte er ernst und sah ihr tief in die Augen. Seine Worte trafen sie mitten ins Herz, und für einen Moment blieb ihr fast die Luft weg. Die Bedeutung hinter seinem Blick und seiner Berührung war klar: Das hier war nicht nur eine flüchtige, gefährliche Liebe gewesen. Es war ein Versprechen.

Sie atmete tief ein und sah ihn an. „Und was... bedeutet das für uns? Für unsere Zukunft?"

Er nahm ihre Hand und drehte sie sanft, seine Finger spielten mit ihren. „Es bedeutet, dass ich bereit bin, wo auch immer du sein wirst. Und dass ich... diese Schule verlassen würde, wenn du das willst."

Lilly sah ihn überrascht an. „Du würdest wirklich alles hier aufgeben? Für mich?"

Christoph nickte, und sein Gesichtsausdruck war ernst und ehrlich. „Diese Schule war mein Zuhause, aber jetzt... bist du es, Lilly. Was auch immer du willst – ich bin bei dir."

Ein Schauer lief Lilly über den Rücken, und sie musste blinzeln, um die aufkommenden Tränen zu unterdrücken. „Christoph... ich weiß nicht, was die Zukunft bringt. Ich meine, Vampir und Mensch? In der realen Welt? Wir wären... na ja, anders."

Ein schiefes Grinsen huschte über seine Lippen. „Das ist ein nettes Wort für ‚kompliziert'. Aber ehrlich gesagt, Lilly, war irgendetwas davon jemals einfach?"

Sie lachte leise und lehnte sich an seine Schulter, ihr Blick ruhte auf den Blütenblättern, die sanft im Wind schaukelten. „Nein. Einfach war es nie. Aber... ich will es trotzdem versuchen. Wo auch immer uns das hinführen mag."

Für einen Moment hielten sie einander nur fest, die Welt um sie herum schien in stiller Zustimmung mit ihnen zu sein, der Garten schien wie in einem warmen Licht zu leuchten. Christoph beugte sich vor und berührte sanft ihre Lippen, der Kuss war zärtlich und voller Dankbarkeit, als würde er sie für all die Kämpfe und all die schweren Entscheidungen belohnen.

„Also gut," flüsterte er, seine Stimme kaum mehr als ein Murmeln gegen ihre Lippen. „Ich verspreche dir, Lilly, dass ich bei dir bleibe – in jeder Hinsicht. Egal, ob das bedeutet, dass wir hierbleiben oder die Welt zusammen erobern."

„Die Welt erobern klingt ziemlich verlockend," flüsterte sie zurück und spürte das Lächeln auf seinen Lippen. „Aber vielleicht beginnen wir einfach mit einem Kaffee irgendwo, wo die Leute keine Fangzähne haben."

„Ein guter Anfang," murmelte er und zog sie näher an sich. Ihre Körper verschmolzen in einer Umarmung, die so vertraut und doch so voller neuer Möglichkeiten war, als hätten sie all die dunklen Schatten hinter sich gelassen und wären in ein helles Licht getreten, das ihnen nur noch das Beste versprach.

Der Garten, die Schule, alles wirkte friedlich, und in dieser Momentaufnahme der Ruhe wusste Lilly, dass die Kämpfe zwar nicht vorbei waren, dass es immer Herausforderungen geben würde – doch das, was sie gemeinsam hatten, würde sie stärker machen.

„Komm," sagte sie schließlich und griff nach seiner Hand, ihre Augen funkelten schelmisch. „Lass uns dieses neue Leben mit etwas Abenteuerlichem beginnen – vielleicht einem Spaziergang in die reale Welt?"

Christoph grinste, und in seinen Augen lag ein Funkeln, das ihr Herz schneller schlagen ließ. „Ich liebe deine Definition von Abenteuer, Lilly."

Hand in Hand verließen sie den Garten, die Schule hinter sich lassend – und begaben sich gemeinsam in das neue Leben, das sie sich erkämpft hatten.

Epilog

Ein Jahr später

Die große Halle der „Ewigen Nacht" war festlich geschmückt. Der Schulabschluss – ein symbolträchtiger Moment, der dieses Jahr eine besondere Bedeutung trug. Die Schüler und Lehrer versammelten sich, ihre Blicke gemischt aus Stolz, Freude und einem Hauch Melancholie. Es war das Ende eines Kapitels und der Beginn eines neuen Zeitalters für die Schule.

Inmitten der Menge stand Lilly, inzwischen eine Hybrid-Vampirin, die als erste ihrer Art auf diese Schule zurückkehrte. Ihre Präsenz war beeindruckend – eine Aura von Stärke und Eleganz umgab sie, doch ihre Augen hatten das warme Braun beibehalten, das Christoph einst in den Bann gezogen hatte. Heute trug sie das Abschlusskleid mit einer Eleganz, die sogar die ältesten Vampire zum Staunen brachte. Neben ihr stand Christoph, der jetzt in der Rolle des Schulvertrauenslehrers eine ganz neue Seite von sich zeigte. Sein Blick ruhte sanft auf Lilly, ein ständiges stilles Versprechen.

Dr. Stein, der alte Direktor, hatte sich in den Hintergrund zurückgezogen. Es hieß, er habe der Schule sein Vermächtnis hinterlassen, eine Stiftung, die sicherstellen würde, dass Menschen und Vampire auch in Zukunft gemeinsam lernen konnten. Lilly warf einen kurzen Blick zu ihm, wo er diskret neben der Bühne stand. Er war ein Mann voller Geheimnisse gewesen, doch in diesem Moment schien er sich seines Einflusses bewusst zu sein und lächelte ihr fast väterlich zu.

„Siehst du das, Christoph?" Lilly flüsterte, ein leises Lächeln auf den Lippen. „Hier stehen wir – ein Jahr später. Ich als... seltsame

Mischung aus Mensch und Vampir, und du als... Schulvertrauenslehrer." Sie schmunzelte und stieß ihn leicht in die Seite. „Ich muss schon sagen, das passt irgendwie nicht zu dir."

Christoph grinste und hob die Augenbrauen. „Nicht zu mir? Ich finde, die Rolle eines autoritären Erziehers steht mir ganz gut. Frag die Schüler, die ich nachts bei ihren heimlichen Abenteuern erwische."

Lilly lachte leise. „Autoritär? Du? Eher ein ‚sanfter Mentor', der die Regeln ab und an zu seinen Gunsten biegt." Ihr Blick glitt zu den Schülern, die nervös auf ihre Namen warteten. Sie konnte sich vorstellen, dass Christoph nur wenig gegen das eine oder andere regelbrechende Abenteuer unternahm – besonders, wenn es um menschlich-vampirische Romanzen ging.

Die Abschlussfeier begann, und einer nach dem anderen wurde auf die Bühne gerufen, um sein Diplom entgegenzunehmen. Als Lilly ihren Namen hörte, atmete sie tief durch und ging mit festem Schritt nach vorne. Sie fühlte die Blicke auf sich – die neugierigen, die bewundernden, die skeptischen. Doch sie hielt dem Stand und nahm stolz das Diplom entgegen, das sie sich in diesem verrückten Jahr erkämpft hatte.

Christoph applaudierte ihr mit einem stolzen Lächeln, und Dr. Stein, der noch immer am Rand der Bühne stand, nickte ihr anerkennend zu. Sein Vermächtnis, dachte sie. Vielleicht war es tatsächlich mehr wert, als sie je vermutet hatte.

NACHDEM DIE FEIERLICHKEITEN sich ihrem Ende zuneigten, versammelte sich eine kleine Gruppe neuer Schüler am Rand der Bühne. Die jüngsten Schüler der „Ewigen Nacht" standen erwartungsvoll zusammen, ihre Gesichter neugierig und ein wenig ängstlich, während die älteren Schüler ihnen freundliche Blicke zuwarfen.

DER KUSS DER EWIGEN NACHT

Sofia und Henrik standen vorne in der Gruppe, ein Bild der Zuversicht und Reife. Sofia hatte sich im letzten Jahr zu einer wahren Mentorin entwickelt – die junge Frau, die einst unsicher und fast schüchtern gewesen war, wirkte jetzt wie eine erfahrene Anführerin. Henrik stand neben ihr, sein Gesicht ernst, aber mit einem Hauch von Stolz in den Augen, der nur für Sofia reserviert zu sein schien.

„Na, Sofia?" fragte Lilly, die sich ihnen näherte. „Bereit, die neue Generation zu schulen?"

Sofia lachte leise. „Oh, du hast ja keine Ahnung. Diese jungen Vampire sind jetzt schon eine Herausforderung. Sie bringen die verrücktesten Theorien über Menschen und Vampire mit, die sie aus... sagen wir, weniger vertrauenswürdigen Quellen haben."

Henrik nickte mit einem wissenden Lächeln. „Es ist fast unterhaltsam. Ich meine, das meiste, was sie über Menschen denken, kommt aus den klischeehaftesten Horrorfilmen."

Maximilian, der inzwischen offiziell als Berater der Schule eingesetzt war, trat zu ihnen und schüttelte schmunzelnd den Kopf. „Keine Sorge, ihr jungen Rebellen. Ich werde dafür sorgen, dass sie die Realität kennenlernen – und das mit dem nötigen Maß an... sagen wir, strenger Nachhilfe."

Lilly grinste und sah Maximilian schief an. „Oh, ich bin sicher, du bist der Inbegriff von Strenge. Wann war nochmal das letzte Mal, dass du eine Regel eingehalten hast?"

Maximilian legte die Hand aufs Herz, als wäre er verletzt. „Lilly, so ein Misstrauen! Ich bin die pure Verkörperung von Disziplin." Er zwinkerte ihr zu, seine Augen blitzten vor Belustigung.

Die Gruppe lachte, und für einen Moment fühlte sich die „Ewige Nacht" tatsächlich wie ein gewöhnlicher Ort an, ein Zuhause für Freundschaft und Verbundenheit. Es war ein unglaublicher Wandel, den diese Schule durchgemacht hatte, und Lilly wusste, dass all die Kämpfe, die sie hier durchgestanden hatten, es wert gewesen waren.

HELENA VOGLER

SPÄTER, ALS DIE NACHT hereingebrochen war und die neuen Schüler sich in ihren Räumen eingelebt hatten, führte Christoph Lilly in den Rosengarten. Die Rosenbüsche standen in voller Blüte, der Mond beleuchtete die feinen Blütenblätter, die wie leuchtende Punkte in der Dunkelheit schimmerten.

Sie setzten sich auf ihre alte Bank, die immer noch an demselben vertrauten Ort stand, und die Stille um sie herum war erfüllt von einer friedlichen Spannung, als ob der Garten selbst auf das letzte Kapitel wartete, das noch zu erzählen war.

„Weißt du noch," begann Christoph leise, „unser erstes Treffen hier? Als ich dir klarzumachen versuchte, dass du besser auf Abstand bleibst?"

Lilly grinste und sah ihn aus schmalen Augen an. „Ja, das hat wirklich gut geklappt. Du hast dich wie ein geheimnisvoller, unnahbarer Held aufgeführt, und natürlich wollte ich genau deshalb wissen, wer du wirklich bist."

„Du hast alles verändert," murmelte er und legte seinen Arm um sie. „Alles, was ich jemals gedacht habe, was ich jemals geglaubt habe. Du hast es komplett auf den Kopf gestellt."

Lilly lehnte sich gegen ihn, und für einen Moment genossen sie die Stille des Gartens, die Wärme ihrer Nähe. Es war ein friedvoller Abschluss und ein gleichzeitig aufregender Neubeginn. Sie dachte an all das, was noch vor ihnen lag, an die Abenteuer, die sie noch erleben würden – ob hier oder irgendwo da draußen, in der Welt, die ihnen nun offenstand.

„Was denkst du, Christoph? Was wird aus uns werden?"

Er lächelte und sah ihr tief in die Augen. „Wir werden das Leben gemeinsam herausfordern, uns an neue Orte wagen und alte Schatten hinter uns lassen. Denn eines weiß ich jetzt mit Sicherheit: Meine Zukunft, Lilly, ist bei dir."

Lilly spürte, wie ihr Herz schneller schlug, und sie hob das Kinn, um seine Lippen zu berühren. Der Kuss war sanft und voller

DER KUSS DER EWIGEN NACHT

Emotionen, ein stilles Versprechen für alles, was noch kommen würde. Die Sterne schienen über ihnen zu tanzen, und die Rosen schienen ihnen zuzuhören, als sie in einer Umarmung versanken, die all das umfasste, was sie durchgemacht hatten.

„Lilly," flüsterte Christoph und streichelte ihr sanft über das Haar, „was auch immer kommen mag – ich bin bereit, es mit dir zu erleben. Für immer."

Lilly schloss die Augen, und ein sanftes Lächeln umspielte ihre Lippen. Sie spürte, wie die Zukunft sie rief, wie die Welt vor ihnen lag, bereit, von ihnen entdeckt zu werden.

Don't miss out!

Visit the website below and you can sign up to receive emails whenever Helena Vogler publishes a new book. There's no charge and no obligation.

https://books2read.com/r/B-A-PLSSC-FRYGF

BOOKS 2 READ

Connecting independent readers to independent writers.

Did you love *Der Kuss der Ewigen Nacht*? Then you should read *Fashion for Furry Friends: Pet Clothes Sewing Patterns*[1] by Larysa Krasnova!

Unlock your creativity and spoil your furry friend with "Fashion for Furry Friends: Pet Clothes Sewing Patterns", the ultimate guide to crafting beautiful and practical pet outfits! Whether you're an experienced sewist or just beginning your journey, this book provides everything you need to create unique, stylish clothing for dogs of any size.

What makes this book truly special is the innovative pattern system developed by the author. The patterns included are universal, allowing you to easily adapt them to fit dogs of any breed, shape, or size. Using the custom grid-based system, you'll be able to create perfect-fitting

---

1. https://books2read.com/u/boogN0

2. https://books2read.com/u/boogN0

garments with simple adjustments, ensuring that every outfit is tailored exactly to your pet's measurements. No more worrying about whether patterns are too small or too large—the flexible designs in this book are made for everyone!

From chic dresses and cozy sweaters to protective coats and fun accessories, "Fashion for Furry Friends: Pet Clothes Sewing Patterns" offers a range of patterns that are as stylish as they are functional. Plus, pet clothing is more than just fashion—it helps keep your pet warm, clean, and comfortable. With detailed instructions and step-by-step guides, you'll be able to create outfits that not only look great but also offer practical benefits, whether for daily walks or special occasions.

So why stick to store-bought when you can make something one-of-a-kind? Get your copy of "Fashion for Furry Friends: Pet Clothes Sewing Patterns" and start designing custom looks that fit your dog's unique personality and size, all while keeping them safe, warm, and stylish!

Also by Helena Vogler

Der Ruf des Blutes: Ein romantischer Paranormalthriller voller Leidenschaft, dunkler Mächte und riskanter Allianzen
Der Kuss der Ewigen Nacht

About the Author

Helena Vogler ist eine deutsche Schriftstellerin, die sich auf spannende, gefühlsgeladene Fantasy-Romane spezialisiert hat. Sie vereint ihre Faszination für das Übernatürliche mit einer Leidenschaft für spannende Plots und fesselnde Liebesgeschichten.